名家散文典藏

彩插版

苏雪林散文精选

苏雪林 著

图书在版编目（ＣＩＰ）数据

苏雪林散文精选 / 苏雪林著. -- 武汉：长江文艺出版社，2017.12
（名家散文典藏：彩插版）
ISBN 978-7-5354-9982-0

Ⅰ. ①苏… Ⅱ. ①苏… Ⅲ. ①散文集－中国－当代 Ⅳ. ①I267

中国版本图书馆 CIP 数据核字(2017)第 247324 号

| 责任编辑：张远林　梅若冰 | 责任校对：陈　琪 |
| 封面设计：龙　梅 | 责任印制：邱　莉　王光兴 |

出版：长江出版传媒　长江文艺出版社
地址：武汉市雄楚大街 268 号　　邮编：430070
发行：长江文艺出版社
电话：027—87679360
http://www.cjlap.com
印刷：荆州市翔羚印刷有限公司

开本：640 毫米×970 毫米　　1/16　　印张：16　　插页：6 页
版次：2017 年 12 月第 1 版　　2017 年 12 月第 1 次印刷
字数：198 千字

定价：32.00 元

版权所有，盗版必究（举报电话：027—87679308　87679310）
（图书出现印装问题，本社负责调换）

目录

苏雪林 散文精选
名家散文典藏

◆ 辑一　绿天 ◆

绿天 / 003

鸽儿的通信 / 008

我们的秋天 / 024

小猫 / 036

收获 / 041

小小银翅蝴蝶的故事 / 047

小小银翅蝴蝶的故事之二 / 057

◆ 辑二　人生 ◆

母亲的南旋 / 071

来梦湖上的养疴 / 078

巴黎圣心院 / 087

一封信 / 097

家 / 106

青春 / 115

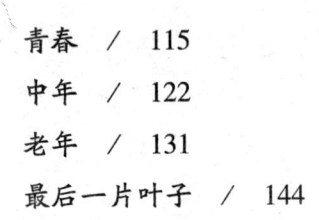

中年 / 122

老年 / 131

最后一片叶子 / 144

◆ 辑三 履痕 ◆

掷钵庵消夏记 / 153

黄海游踪 / 160

青岛的树 / 169

栈桥灯影 / 173

千石谱 / 176

花都漫拾 / 178

春山顶上探灵湖 / 184

培丹伦岩穴探奇 / 187

罗马的地下墓道 / 190

辑四　情思

喝茶 / 199

山窗读画记 / 201

故乡的新年 / 207

童年琐忆 / 211

想起四川的耗子 / 233

适之先生和我的关系 / 237

幽默大师论幽默 / 241

北风 / 244

辑一 绿天

绿天

康的性情是很孤僻的,常常对我说:"我想寻觅一个水木清华的地方,建筑一所屋子,不和俗人接见,在那里,你是夏娃,我便是亚当。"

我的脾气,恰恰和他相反,爱热闹,虽不喜交际,却爱有几个知心的朋友,互相往来,但对于尘嚣,也同他有一样的厌恶,因为我的祖父,都是由山野出来的,我也在乡村中生活了多少时候,我原完全是个自然的孩子呵!

康因职务的关系,住在S埠,我和他同居在一处,他每天到远在二三十里外的工厂里去上工,早上六点钟动身,晚上六点钟才得回家,只有星期日方得自由。

他上工去后,我就把自己关闭在一个又深又窄的天井底,沈沈寂寂,度过我水样的年华。偶然出门望望:眼只看见工厂烟囱袅袅上升的黑烟,耳只听见隆隆轧轧的电车和摩托卡,我想念着我从前所爱的花,鸟,云,阳光……但这些东西不但闪躲着,不和我实际相接触,连我的梦境里都不来现一现了,于是我的心灵便渐渐陷于枯寂和烦闷之中。

我曾读过都德《磨房文牍》,最爱那《西简先生的小羊》的一篇。咳,现在我也变成这小白羊了,虽然系在芳草芊芊的圈子里,却望着那边的崇山峻岭,幻想那垂枝的青松,带刺的野参华,银色的瀑泉,

苏雪林
散文精选

晚风染紫了的秋山，鼻子向着遥天，"咪！"发出一声声悠长的叫唤。

某年，即 S 埠为五十年未有之大热所燃烧的一年，某月，即秋声和鸿雁同来之一月，我们由 S 埠搬到 S 城里来了。

起先，康接着 S 城某大学的聘书，请他为大学理科主任，并允由学校赁给我们屋子一所。那时我们并不知新屋是怎样一个形式，想象那或是几间平房，有一个数丈长宽的庭院，庭中或者还有一二棵树，但这于我已经很好，我只要不再做天井底下的蛙，耳畔不再听见喧闹的车马声，于愿已足，住屋就说狭小，外边旷阔清美的景物，是可以补偿这个缺点的。所以康接到聘书之后，心里尚在踟蹰不决，我却极力地怂恿，呵！西简先生的小羊，已经厌倦了栅和圈了，它要毅然投向大自然的怀抱里去。

康于是决定了赴 S 城教书的计划。

行李运去之后，康先去布置，我于第二天带了些零碎的东西离开了 S 埠。

我虽然在 S 城住过半年，但新屋的路却不认识，同车夫又说不明白，我便到 H 女学校请校长洛女士引导，因为我曾在这个学校授过课，和洛女士颇有交情。

洛女士是美国人，性情极为和蔼，见我来很高兴，听见康也来 S 城教书，更为欢喜。她请我坐了，请出她朋友沙女士来陪我，又倒给我一杯冰柠檬水。两个钟头在火车里所受的暑热，正使我焦渴呢，喝了那杯水真有甘露沁心的爽快。

我谈起请她引导去看新屋的话，洛女士说："那屋子很好，我常常想住而不可得，你们能够赁到这样的屋，运气真不错呀！"

"她们住在这样精雅的屋子里还羡慕我们的屋么？"我暗想。

喝完冰水后，她和沙女士引我走出学校，逆着刚才来的道路，沿着河走了十分钟，进了一堵墙，我们便落在一片大空场之中，场中只有一个小茅庐余无别物。我正在疑惑，洛女士指着屋后一道矮墙，和一丛森森的树木说：

——你们的屋子在这墙里。

推开板扉，走进那园，才发见了一座极幽蒨的庭院。

呵！这真是"山穷水尽疑无路，柳暗花明又一村"！

走到屋前，康听见我们的声音，含笑由屋中走出，洛女士和他寒暄了几句话，便作别去了。

等她转过身去，我就牵着康的手，快乐得直跳起来：

——有这样一个好地方，我真做梦也没有想到！

我们牵着手在园里团团地走了一转，这园的风景便都了然了。

园的面积，约有四亩大小，一座坐北朝南半中半西的屋子，位置于园的后边，屋之前面及左右，长廊围绕，夏可以招凉风，冬可以负暄日。

这园的地势太低而且杂树蒙密，日光不易穿漏，地上有些潮湿。所以屋子是架空的，离地约有六七尺高，看去似乎是楼，其实并不是楼，屋子下面不能住人，只好堆煤，积柴，或者放置不用的家具。

园中尚有一个土墩，土墩上可以眺望墙外广场中青青的草色，和那一双秀丽的塔影。

园中的草似乎多时不曾刈除了，高高下下长了许多杂草，草里缠纠着许多牵牛花，和茑萝花，猩红万点，映在浅黄浓绿间，画出新秋的诗意。还有白的雏菊，黄的红的大理花，繁星似的金钱菊，丹砂似的鸡冠，也在这荒园中杂乱地开着。秋花不似春花，桃李之秾华，牡丹芍药的妍艳，不过给人以温馥之感，你想于温馨之外，更领略一种清远的韵致和幽峭的情绪么？你应当认识秋花。

讲到树，最可爱的莫如那几株合抱的大榆树了，树干臃肿丑怪，好像画上画的古木，青苔覆足，常春藤密密地蒙盖了一身，测其高寿至少都在一二百岁以上。西边一株榆树已经枯死了，紫藤花一株，附它的根蜿蜒而上，到了树巅，忽又倒挂下来，变成渴蛟饮涧的姿势，可惜未到春天，藤花还没有开，不然绿云深处，香雪霏霏，手执一卷书，坐在树上，真如置身于华严界里呢。

有一株双杈的榆树最高，天空里闲荡的白云，结着伴儿常在树梢头游来游去，树儿伸出带瘿的突兀的瘦臂，向空奋挐，似乎想攫住它们，云儿却也真乖巧，只永远不即不离地在树顶上游行，不和它的指端相触，这样撩拨得树儿更加愤怒，臂伸得更长，好像要把青天抓破！

苏雪林
散文精选

春风带了新绿来，阳光又抱着树枝接吻，老树的心也温柔了，它抛开了那些讨厌的云儿，也来和自然嬉戏。你看，它有时童心发作，将清风招来密叶里，整天飘飘渺渺地奏出仙乐般的声音。它们拚命使叶儿茂盛，苍翠的颜色，好像一层层的绿波，我们的屋子便完全浸在空翠之中，在树下仰头一望，那一片明净如雨后湖光的秋天，也几乎看不见了。呀！天也让它们涂绿了！绿天深处，我们真个在绿天深处！

"这园子虽荒凉，却富有野趣，"康笑着对我说，"如果隔壁没有别人搬来，便可以算做我们的地上乐园了啦！"

我没有答他的话，只注视着那些大榆树，眼前仿佛涌现了一个幻象：

杲杲秋阳，忽然变得炫目强烈了，似乎是赤道下的日光。满园的树，也像经了魔杖的指点，全改了样儿；梧桐亭亭直上，变成热带的棕榈，扇形大叶，动摇微风中，筛下满地日影，榆树也化成参天拔地的大香木，缀着满树大朵的花和累累如宝石如珊瑚如黄金的果实，空气中香气蓊勃，非檀非麝，令人欲醉。

长尾的猴儿，在树梢头蹿来蹿去，轻捷如飞，有时用臂儿钩着树枝，将身悬在空中，晃晃荡荡地打秋千顽玩。骄傲的孔雀，展出它们锦屏风般大尾，带着催眠的节拍，徐徐打旋，献媚于它们的雌鸟。红嘴绿毛的鹦哥和各色各样的珍禽异鸟，往来飞舞，不住地唱出妙婉的歌声。

树下还有许多野兽哩，但它们都是驯扰不惊的。毛鬣壮丽的狮子抱着小绵羊睡觉，长颈鹿静悄悄在数丈高的树上摘食新鲜叶儿，摆出一副哲学家的神气，金钱豹和梅花鹿在林中竞走，白象用鼻子在河中汲水，仰天喷射，做出一股奇异的喷泉，引得河马们，张开阔口，哈哈大笑。

这里没有所谓害人的东西，鳄鱼懒洋洋地躺在岸边，做它们的沙漠之梦去了，一条条红绿斑斓的蛇，并不想噬人，也不想劝人偷吃什么智慧的果子，只悠闲地盘在树上，有时也吱吱地唱它们蛇的曲子，那声音幽抑，悠长，如洞箫之咽风。

这里的空气是鸿蒙开辟以来的清气，尚未经过市场尘埃的溷浊，

也没有经过潘都兰箱中虫翅的扰乱，所以它是这样澄洁，这样新鲜，包孕着永久的和平，快乐，和庄严灿烂的将来。

林之深处，瀑布如月光般静静泻下，小溪儿带着沿途野花野草的新消息，不知流到什么地方去，朝阴夕阳，气象变化，林中的光景也是时刻不同的，时而包裹在七色的虹霓光中，时而隐于银纱般的雾里……

流泉之畔，隐约有一男一女在那里闲步。那就是人类的始祖，上帝用黄土抟成的人，地上乐园的管领者。

…………

"你又痴痴儿地想什么呢？我们进屋里去罢。"康用手在我的肩上一拍，呵！一切的幻象都消失了，我们依然在这红尘世界里。

世上哪有绝对的真幸福呢？我们又何妨将此地当做我们的"地上乐园"。

一切我们过去生命里的伤痕，一切时代的烦闷，一切将来世路上不可避免的苦恼，都请不要闯进这个乐园来罢，让我们暂时做个和和平平的好梦。

乌鸦，休吐你不祥之言，画眉，快奏你新婚之曲！

祝福，地上的乐园，祝福，园中的万物，祝福，这绿天深处的双影！

（《绿天》，1928年上海北新书局初版，选自1956年台湾光启出版社增订本）

鸽儿的通信

一

亲爱的灵崖：

　　昨天老人转了你的信来，知道你现在已经到了青岛了。这回我虽然因为怕热，不能和你同去旅行，但我的心灵却时刻萦绕在你身边。呵！亲爱的人儿，再过三个星期，我们才得相聚吗？我实在不免有些着急呵。

　　拜祷西风，做人情快些儿临降，好带了这炎夏去，携了我的人儿回。

　　昨晚我独自坐在凉台上，等候眉儿似的新月上来，但她却老是藏在树叶后，好像怕羞似的，不肯和人相见。有时从树叶的缝里，露出她的半边脸儿，不一时又缩了回去。雨过后，天空里还堆积着一叠叠的湿云，映着月光，深碧里透出淡黄的颜色。这淡黄的光，又映着暗绿的树影儿，加上一层蒙蒙薄雾，万物的轮廓，像润着了水似的，模糊晕了开来，眼前只见一片融和的光影。

　　到处有月光，天天晚上有我，但这样清新的夜，灵幻的光，更着一缕凄清窈渺的相思，却是我第一次得到的灵感。

　　栏杆上的蔷薇——经你采撷过的——都萎谢了。但是新长的牵牛，却殷勤地爬上栏杆来，似乎想代替它的位置，它们龙爪形的叶儿，在

微风里摇摇摆摆的，像对我说：

主人呵，莫说我们不如蔷薇花的芬芳，明天朝阳未升露珠已降时，我们将报给你以世间最娇美的微笑。

今晨起来喂小鸡和鸽儿，却被我发现了一件事，我看见白鹇又在那里衔草和细树枝了。他张开有力的翅膀，从屋瓦上飞到地面来，用嘴啄了一根树枝，试一试，似乎不合他的需要，随即抛开了。又啄一枝，又不合式，最后在无花果树根，寻到一根又细又长，看去像很柔软的枝儿。这回他满意了，衔着唰地飞起来到要转弯的地方，停下来顿一顿，一翅飞进屋子，认定了自己的一格笼，飞了上去，很妥贴地将树枝铺在巢里。和站在笼顶上的小乔——他的爱侣——很亲热地无声地谈了几句话，又飞出去继续他的工作。

为了好奇的缘故，我轻轻地走进他们的屋子。拿过一张凳子，垫了脚向笼里看时，呀，有好几位鸽太太在那里坐月子了。

玲珑的黑衣娘小心谨慎地伏在那里，见了人还能保持她那安静的态度，不过当我的手伸进巢去摸她的卵时，她似乎很有些着急，一双箍在鲜红肉圈里的大眼，亮莹莹地对我望着，像在恳求我不要弄碎她的卵。

第四格笼里，孵卵的却是灰瓦，他到底是个男性，脾气刚强，一看见我的头伸到他的笼边，便立刻显出不耐烦的仇视的神气。我的手还没有伸到他的腹下，咕！他嗔叱了一声，同时给我很重的一翅膀，虽然不痛，不提防，也被他吓了一跳。

再过半个多月，鸽儿的家族，又加兴旺了。亲爱的人，你回来时当看见这绿阴庭院，点缀着无数翩翩白影。

你的寂寞的碧衿　八月二日

二

灵崖：

你现在已由青岛到了天津，见了你的哥哥和嫂嫂了。过几天也许要到北京去游览了。你在长途的旅行中，时刻接触着外界不同的景象，

苏雪林
散文精选

心灵上或者不会感到什么寂寞，然而我这里，却是怎样的孤另呵！

今晨坐在廊里，手里拿了一本书，想凝聚心神去读，然而不知怎样，总按捺不下那驰骛的神思。我的心这时候像一个小小氢气球，虽然被一条线儿扯住了，但它总是飘飘荡荡地向上浮着，想得个机会，挣断了线好自由自在地飞向天空里去。

鸽儿吃饱了，都在檐前纷飞着，白鹇仍在那里寻细树枝，忙得一刻也不停，我看了忽然有所感触起来：

你在家时曾将白鹇当了你的象征，把小乔比做我，因为白鹇是只很大的白鸽，而小乔却是带着粉红色的一只小鸽，他们的身量，这样的大小悬殊，配成一对，这是有些奇怪的。我还记得当你发现他们匹配成功时，曾异常欣喜地跑来对我说：

——鸽儿也学起主人来了；一个大的和一个小的结了婚！

从此许多鸽儿之中，这一对特别为我们注意。后来白鹇和小乔孵了一对小鸽，你便常常问我讨小鸽儿。

——要小鸽儿，先去预备了巢来，我说，白鹇替他妻子衔了许多细树枝和草，才有小鸽儿出现呢。

——是的，我一定替你预备一个精美适意的巢。你欣然地拉着我的手儿说，就在我的手背上轻轻地亲了一下。

真的，亲爱的灵崖，我们到今还没有一个适当的居处，可以叫做我们自己巢呢。——这个幽蒨的庭院，虽然给我们住了一年，然而哪能永久地住着，哪能听凭我们布置自己所要的样儿？

我们终朝忙忙碌碌地研究学问，偷一点工夫便要休息以恢复疲劳的精神，总没有提到室家的话。有一次，亲爱的灵崖，你还依稀记得吗？我们曾谈过这个。

一个清美的萧晨，——离开我们的新婚不过半月之久，——我们由家里走到田垄上，迤逦走入松川，一阵清晓的微风，吹到我们的脸上，凉意沁心，同时树梢头飘飘落下几片黄叶，新秋来了。

残蝉抱着枝儿，唱着无力的恋歌，刚辛苦养过孩子的松鼠，有了居家的经验似的，正在采集过冬的食粮，时时无意间从树枝头打下几颗橡子。

树叶由壮健的绿色变成深黄,像诗人一样,在秋风里耸着肩儿微吟,感慨自己萧条的身世。但乌桕却欣欣然换上了胭脂似的红衫,预备嫁给秋光,让诗人们欣羡和嫉妒,她们没有心情来管这些了。

我们携着走进林子,溪水漾着笑涡,似乎欢迎我们的双影。这道溪流,本来温柔得像少女般可爱,但不知何时流入深林,她的身体便被囚禁在重叠的浓翠中间。

早晨时她不能更向玫瑰色的朝阳微笑,夜深时不能和娟娟的月儿谈心,她的明澈莹晶的眼波,渐渐变成忧郁的深蓝色,时时凄咽着幽伤的调子。她是如何的沉闷呵!在夏天的时候。

几番秋雨之后,溪水涨了几篙,早凋的梧楸,飞尽了翠叶,黄金色的晓霞,从权丫树隙里,泻入溪中,泼靛的波面,便泛出彩虹似的光。

现在,水恢复从前的活泼和快乐了,一面疾忙地向前走着,一面还要和沿途遇见的落叶、枯枝……淘气。

一张小小的红叶儿,听了狡狯的西风劝告,私下离开母枝出来顽玩,走到半路上,风偷偷儿地溜走了,他便一跤跌在溪水里。

水是怎样地开心呵,她将那可怜的失路的小红叶儿,推推挤挤地推到一个漩涡里,使他滴滴溜溜地打团转儿。那叶儿向前不得,向后不能,急得几乎哭出来,水笑嘻嘻地将手一松,他才一溜烟地逃走了。

水是这样欢喜捉弄人的,但流到坝塘边,她自己的魔难也来了。你记得么?坝下边不是有许多大石头,阻住水的去路?

水初流到石边时,还是不经意地涎着脸撒娇撒痴地要求石头放行,但石头却像没有耳朵似的,板着冷静的面孔,一点儿不理。于是水开始娇嗔起来了,拚命向石头冲突过去,冲突激烈时,浅碧的衣裳袒开了,露出雪白的胸臂,肺叶收放,吸呼极其急促,发出怒吼的声音来,缕缕银丝头发,四散飞起。

辟辟拍拍,温柔的巴掌,尽打在石头皱纹深陷的颊边,——她真的怒了,不是儿嬉。

谁说石头是始终顽固的呢?巴掌来得狠了,也不得不低头躲避。于是水得安然渡过难关了。

苏 雪 林
散 文 精 选

她虽然得胜了,然而弄得异常疲倦,曳了浅碧的衣裳去时,我们还听见她断续的喘息声。

我们到这树林中来,总要到这坝塘边参观水石的争执,一坐总是一两个钟头。

——这地方真幽静得可爱呀!你常微笑地对我说,我将来要在这里造一所房子,和你隐居一辈子。

呵,亲爱的灵崖,这话说过后,又忽忽地将两年了,鸽儿一番番经营他们的巢,我们的巢,到底在哪里?

你的碧衿 八月三日

三

灵崖:

这两天来,天天下午总有个风暴,炎暑减退了许多,我想北京定然更凉爽,你可以畅畅快快地游玩了。近来我有些懊悔,不该不和你同去。

但是,今早在床上时,看见映在窗槛上的太阳,便预料今天的热,于是赶紧爬起身,好享受那霎时间就要给炎威驱走的清晓凉风。

近中午时,果然热得叫人耐不住,园里的树,垂着头喘不过气儿来。麝香花穿了粉霞色的衣裳,想约龙须牡丹跳舞,但见太阳光过于强烈,怕灼坏了嫩脸,逡巡地折回去了;紫罗兰向来谦和下人,这时候更躲在绿叶底下,连香都不敢香。

憔悴的蜀葵,像年老爱俏的妇人似的,时常在枝头努力开出几朵黯淡的小花,这时候就嘲笑麝香花们:如何?你们娇滴滴地怕日怕风,哪里比得我的老劲!

鸡冠花忘了自己的粗陋,插嘴道:

——至于我,连霜都不怕的。

群花听了鸡冠花的话,都不耐烦,但谁也不愿意开口。

站在枝头的八哥却来打不平:

——啧,啧,你以为自己好体面罢,像蜀葵妈妈,她还有嘲笑人

的资格,因为在艳阳三月里,她曾出过最足最足的风头,你,什么蠢丫头也配多话!

鸡冠花受了这顿训斥,羞得连蒂儿都红了。

八哥说过话,也就飞过墙外去,于是园里暂时沈寂,只有红焰焰的太阳依旧照在草,木,和平地上。

正在扇不停挥的当儿,忽然听见敲门的声音,我的心便突突地跳起来,飞也似的跑去开,果然是邮差来了,果然是你的信来了!

以后便是看信和写信的事。你说后天还要给我写一封,我等着就是了。

祝你旅途安好!

碧衿　八月四日

四

夜间下了雨,天气又凉了。傍晚时到园中徘徊,望见三四丈的绿树丛中荡漾着粉红衫的影儿。我知道汤夫人也在那里散步。忽然听见她在土山上唤我的声音,我便顺着碎石子路,穿过几丛雏菊,上了那螺旋式道儿的山,才看见和她并肩坐着的还有汤先生。

——你独一个人,觉得寂寞罢,和我们谈谈如何?

——好,好。我们开始谈起话来了。我用的是不完全的英语,他们用的是不纯熟的中国话,遇着讲不出的事件,便用手势来形容。这种谈话,觉得可怜罢,但又何妨呢?人与人心灵间的交通,定要靠着言语和文字么?

我们先谈天气,譬如去年很热,今年却凉等一类的话,又谈园艺。你知道的汤先生是一位园艺家。他一天到晚一把锄在园里,我们只看见他所分的地里,菜蔬一畦一畦的绿,花儿一时一时的红。

后来谈到他们的结婚,汤先生说前天是他们结婚周年纪念日,去年比今天还早两个星期,正是汤夫人由美国到上海的时候。

汤先生说到这里,一只手不知不觉地搭上夫人的肩,眼望着我慢慢地说:林白太尉由新大陆驾着飞机渡过几万里海洋,降落在巴黎。

她,——一面回望他夫人一眼——由美国飞到中华降落在 Married State 上。"

汤先生隽妙的词令,不禁使我微笑:"自然,爱情的翅膀,比什么飞机的力量都强。"于是大家都笑了。

他们问我们是几时结婚的。差不多两年了。我答。但这番的谈话,引起我的心思,我默默地望着苍茫暮霭里的北方出神了!

碧衿　八月五日

五

一早起,就惦记着你今天有信来。

但今天有些古怪,邮差照例是午前来的,差不多十二点钟了,还不见他到。一听见敲门的声音,便叫阿华去开,我走到栏杆边望着,小孩子轻捷的身躯,像鸟儿翩然飞去,我还嫌他慢。但每次开门,进来的不是那缺了牙齿说话不清楚的老公公,便是来拿针线的厨子的老婆,哪里有绿衣人的影儿?

等着,等着,太阳快要到午时花家里茶会了!

呵,亲爱的,什么是午时花的家呢?我趁这个机会告诉你,这是你去后才有的,你不知道。——这是我的计时器呢。

朋友送了我几盆午时花,我便将她们放在东边草场上——盖满了榆影儿的草场之一角——因为树下有一只水缸,灌浇便利。

午时花是极爱日光的,但早晚时,偷惰自私的榆影,伸长他的肢体,将一片绿茵,据为卧榻,懒洋洋躺着,尽花儿们埋怨,只当耳边风——不是的,他早沈沈儿地睡着了,什么都不能惊动他的好梦。

可是,日午时,太阳驾着六龙的金车,行到天中间,强烈的光华,直向下射。榆影儿闭着的眼,给强光刺着,也给逼醒了,好像畏慑似的,渐渐弯曲了他的长腰,头折到脚,蜷伏做一团。

花儿们这才高兴哩,她们分穿了红黄紫白的各色衣裳,携着手在微风里,轻鼙浅笑地等候太阳的光临。

这位穿着光辉灿烂金缕衣的贵客,应酬极忙——池塘里的白莲花

展开粉靥,等他来亲吻,素雅的翠雀花凝住了淡蓝色秋波,盈盈眺盼,山鹭豆性急,爬上架儿,以为可以望得远一点。葵花的忠心,更是可佩的;她知道自己比不上群花的娇美轻盈,也不敢冀望太阳爱她,但她总是伸着她长长的颈,守着太阳的踪迹,太阳走到哪里,她的颈也转到哪里。轻佻的花儿们和太阳亲热不上两三天,又和风儿跳舞去了。但在萧条的秋光里,还见葵花巍然地立着,永远望着太阳——但无论如何每天总要匆匆地到午时花家里走一转。我的钟表你在这里时,便都坏了,又懒得拿去修,我就把太阳降临花儿家时刻,代替了钟表,看见牵牛花咧嘴笑时,知是清晨,榆影儿拱起背来时,定然是正午,葵花的颈儿转到西,天就快黑了。

但是今天为什么呢?太阳已经由午时花家出来了,你的信还没有到。

碧　八月六日

六

…………

七

昨天又没有等到信,我真有些不高兴起来了,所以也不写信给你——今天却又忍不住——只好让我通信的日历上留几行空白,虽然这是不很美观的,然而错处不在我。

心里的忧闷,像雨后遥山一般,浓酽酽的又翠深了一层!

你失望的碧衿　八月八日

八

我应当怎样忏悔这两天以来对于你的怨望呢?我明明知道这两天来没有信,是邮差在弄鬼,或者在路上耽搁了,不是你骗我,教我发急,然而我偏偏要怨恨你。亲爱的人儿,这真是不可解的无理和褊狭呵,我偏偏要怨恨你!

果然,懒惰的邮差,将你应许我的信,同你七月廿九的一张明信片同时送了来,我接着时恨恨地望了他一眼,恨不得说:先生,下回请你多跑趟罢。多跑一趟,你的腿不见得会长,但我便不至于错怪我爱的人儿了。

你的信里说:到天津已经三天,明天便得上北京,还要游北戴河。

北京,是我旧游的地方,自从离开它已经有六年了。虽然我后来又游历了许多地方,见了些世界著名的建筑,然而我总忘不了北京。在我的记忆里,巍峨的凯旋坊影子,没有掩没了庄严苍古的大前门。想起双阙插云的巴黎圣母寺,便立刻联想到天坛。呵!那浑圆天体的象征,给我的印象真是深刻;它,屹立在茫茫旷野里,背后衬托的只是一片单色的蔚蓝天——连白云都没有一朵——寂寥,静穆,到那里引不起你的愉快或悲哀,只教你茫然自失地感觉自己的渺小。到那里想不起种种的人生问题,只教你惊奇着宇宙永久之谜。有时候和人谈起鲁渥儿博物院,我每每要问一句:朋友,你到过北京没有?文华和武英两殿的宝藏真富。枫丹白露和威尔塞的离宫真壮丽呵,但同时那淹在金色夕阳中红墙黄瓦的故宫,也涌到我的心头。

听说北京现在不如从前了,灵崖,我很想知道你经历些什么地方,好和我从前所游的印证,但请不要提起它的不幸——我和北京有如相别多年的老友很想知道他一点消息,然而,灵崖,听见地坛几百年的老柏都斫做柴烧了,古皇城的墙都拆下来一块块地卖了,就如听见老友家里遭了灾难,那是如何的惆怅呵!

你的碧衿 八月九日

九

昨天晚上,坐在凉台上,做了一个好梦,亲爱的人,让我把这个梦详详细细地告诉你。

心思杂乱的人都多梦罢,你常常对我说,平生没有几个梦,而却

因此就自己夸为"至人"。但我的梦真多呵，天天晚上梦儿乱云似的在我脑筋里涌现。醒来时却一个记不清，好像园里青草地上长着的黄白野花，寂寞地在春风里一阵阵地开了，又寂寞地在春风里一阵阵地萎谢了。

不过，昨晚的梦，却非常清楚，醒时那清美的新鲜的味儿，还回旋在我心头，经过好久好久。如果将杂错的野花，比我平常那些乱梦，昨晚凉台上的梦，我便要将它比做一朵睡莲——银色月光浸着的池塘里的一朵睡莲——夜里的清风，拍着翅儿，轻轻地飞过她的身边，她便微微动摇着，放出阵阵清幽的香气。在水光月影中，她的影儿又是那般的异样清晰。

梦是这样开始的。晚饭后沐浴过了，换上宽博的睡衣，照例到凉台上招凉。有时和阿华讲讲故事，有时吟吟古人的诗句，但大部分的时间消磨在用我寂寞的心灵和自然对语。

昨晚月光颇佳——虽然还没有十分圆，已经是清光如水——我想起你日间寄来的信，便到屋里取出来，在月光下披读，读了一遍，又读一遍，呵！我的心飞到北京去了。

在冷冷幽籁里，我躺在藤椅上神思渐渐懵腾起来了。

恍惚间我和你同在一条石路上走着，夹路都是青葱的树，仿佛枫丹白露离宫的驰道，然而比较荒凉，因为石路不甚整齐，缝里迸出乱草，时常碍着我们的脚。

路尽处，看见一片荒基，立着几根断折了的大理石柱。斑斑点点，绣满了青苔，黝黝然显出苍古的颜色。圆柱外都是一丛丛的白杨，都有十几丈高，我们抬头看去，树梢直蘸到如水的碧天。杨树外还是层层叠叠的树，树干稀处，隐约露出淡蓝的碎光，——树外的天。

没有蝉声，没有鸟声，连潺潺流水的声音，都听不见。这地方幽静极了，然而白杨在寂静的空气里，萧萧寥寥响出无边无际的秋声。

荒垣断瓦里，开着一点点凄艳可怜的野花。

同坐在一片云母石断阶上，四面望去，了无人踪——只有浸在空翠中间的你和我。

——红心满地宫人草，碧血千年帝子花！

苏雪林
散文精选

以后梦境便模糊了，圆柱和荒基都不见了，眼前一排排的大树慢慢倒了下去，慢慢平铺了开来，化作一片绿茫茫的大海。风起处波涛动荡，树梢瑟瑟的秋声，变为沙沙的浪响。

这时候，我们坐着的不是石阶，却躺在波面上了，我们浮拍着，随着海波上下，浑如一对野凫，我们的笑声，掩过了浪花的笑声。

海里还有飞鱼呢，蓦然从浪里飞了起来，燕儿似的掠过水面丈许，又钻入波心，在虹光海气里，只看见闪闪的银鳞耀眼。

忽然一尾飞鱼，从我身边飞过，擦着我的脸。一惊便醒了，身子依旧躺在藤椅上，才知方才做了一场大梦，——手里的信已掉在地上去了。

呼呼地正在起风呢，月儿已经不见了，梦里的涛声，却又在树梢澎湃。——鬓边像挂着什么似的，伸手摸时，原来是风吹来的一片落叶。

夜凉风紧，不能更在凉台上停留了。拾起地上的信，便惘然地走进屋子，收拾睡下了。

梦儿真谎呵，我本来不会游泳，怎么在梦里游得那般纯熟，这也不过是因为你这里说要到北戴河练习海水浴，惹起来的罢。真的，灵崖，我也想学游泳呢，什么时候同你到海边练习去。

碧衿　八月十日

十

灵崖：

平常时候，你知道我是怎样爱惜光阴的一个人，然而现在心情变易了，每天撕下一张日历，便好像透过一口闷气似的。暗暗说声惭愧，又过去一天了，他的归期又近一天了。

每天除了和你写封信之外，别的事总是懒懒的；一张双塔的写生，只涂上一片淡青的天空，点缀了几笔树影，便连画架儿抛在那里，已经封满了尘埃了；还有许多小飞虫，当油布未干时，上来歇息歇息，不意细细的羽儿，被油粘住，再也挣扎不脱，便都死在上面了。那张

未完工的画，算不能用了。

写信外，睡午觉，午觉醒来已经天黑，便洗一个浴，到园里风凉风凉，夜间躺在凉台的藤椅上，用大芭蕉扇扑去趁便来叮的蚊子，同阿华谈谈闲话。这就是我一天的生活。而且天天如此，一点没有改变。——但是，今天忽然想着这个办法很不对，我用一点功，这样风凉的长夜，这样清净的园林，不可辜负了。

整天潺潺大雨，好闷呀！你什么时候回来呢？

碧衿　八月十一日

十一

灵崖：

本来从今天起，我就要用一点功的，然而难关又来了，要想用功，就得有书看，偏偏大学图书馆为修理房屋的缘故，今夏不开放，我们的《四部丛刊》又在上海，没法搬来，架上寥寥百余卷，实在不够我几天的翻阅，——而且大半从前都看过的了。

于是想起省立第一图书馆离我们这里不远，何不去走一趟？上午同阿华走出后门，雨后的郊原，风景颇不坏，一片蘅皋，绣着芊绵细草。沟里流水潺湲，沿着堤埂流去，埂上蒙密的丛条，缀着浅紫色的花朵，据说是木棉花。阿华想折几朵来插瓶，我怕他掉下水沟，不许他去折，我们家里，好花多着呢，留着这个，给农夫村妇润润枯燥的心田罢。

穿过几条巷，看见一带虎纹石的墙，护着扶疏小树，我们知道到了目的地点，脚步便缓起来了。这个地方，你从前也曾到过的，现在正在修改，园里随处有未完的工程，园正中处，有一个水门汀筑的八角池，新划出的花坛，疏疏朗朗地长着些杂花，也是从前所没有的。这园总算在积极整理了。不过树还太稀少，骄阳下，人们走来看书，目睛里晃耀着几百亩沙地上反射来的阳光，心灵不免感着烦躁。

我想起从前在郭霍诺波城的图书馆了。里面参天的老树，何止几百株，高上去，高上去，郁郁葱葱地绿在半天里。喷泉从古色斑斓的铜像里迸射出来，射上一丈多高，又霏霏四散地落下。浓青浅紫中，终日织着万道水晶帘，展开书卷，这身儿不知在什么世界里。——或者，就是理想中的仙宫罢。

他们那里到处都有林子，天上夕阳云影，人间鸟语花香，衬托了一派绿阴，便觉分外明媚。

可怜中国还说是四千余年的文明老国呢。孟子说："所谓故国者，非谓有乔木之谓也……"可见必有乔木，才称得起故国。然而我们在这故国，所看见的只是一片荒凉芜秽的平地，没有光，没有香，没有和平，没有爱……就因为少了树——即说有几株，不到成阴时，便被人斫去用了，烧了，哪里还有什么乔木？

我们所爱的祖国呵，你种种都教人烦闷，不必说了，而到处的童山，到处的荒原，更是烦闷中之烦闷。

馆里书也少得可怜，我所要借的书，只得到《花石湖》诗集一部，翻开看不到几页，已经是关门的时候了，于是走了出来。回家吃了饭，和阿华到街上逛逛，不知不觉地又踏入相识的书店。

在书店里倒翻出我所需要的几部书，但惜《四部丛刊》里都有，买了太不上算，就向书贾商量借。我以为他定然不肯的，谁知他竟欣然地答应，居然让我携了四五部书回家。我开了一个地址给他，约定下星期来取，他也答应了。

我觉得这个书贾，真风雅可人，远胜于所谓读书明理的士流，那"借书一痴，还书一痴"的法律，不是士流定出来的么？

从此我也可以略略有书看了，不过以为在这将残的假期中，我还能做出什么成绩，那就未必罢，我实在是懒得可怕呵！

碧衿　八月十二日

十二

秋天来了，也是无花果收获的时期了。但今年无花果不大丰稔。在那大而且厚的密叶中，我翻来覆去地寻熟了的果子，只寻到两个。其余都是青的而且都只有梅子般大小，——就是这样的也不多，一株

树上至多不过十来个。懊恼！去年冬天我还在树下埋过两只病死的鸡呢，她所报酬我的却只有这一点，——真吝啬呀！

　　提到鸡，我又要将它们的消息报告报告了。你去后小鸡长大了不少，但八只鸡之中只有三只母的，其余都是公的。母鸡全长得轻巧玲珑便捷善飞，譬如它们在墙根寻虫豸吃时，你这里一呼唤它们便连跳带飞地赶过来，一翅可以一丈多远。据说这都是江北种，将来不很会生蛋的。于是我记起母亲从前的话了，母亲曾在山东住过，常说北边的鸡会上屋，赶得急了，就飞上屋顶去了。又会上树，晚上差不多都登在树上，像鸟似的。后来读古人诗如陶渊明的"狗吠深巷中，鸡鸣桑树巅"，杜甫的"驱鸡上树去，始闻叩柴荆"等语，于母亲的话，更得了一层证明，不过总还没有亲见，现在见我们鸡之能飞，很感趣味。

　　小公鸡更茁壮，冠子虽没有完全长出，但已能啼了，啼得还不很纯熟，没有那只大白公鸡引吭长鸣的自然，然而已经招了它的妒忌。每晨，听见廊下小公鸡号救声甚急，我以为有谁来偷它们了，走出一看，却是那大白鸡在追啄它未来的情敌呢。小公鸡被它赶得满园乱飞，一面逃，一面叫喊，吓得实在可怜，并不想回头抵抗一下——如果肯抵抗，那白公鸡定然要坍台，它是丝毛种，极斯文，不是年富力强的小公鸡的对手。——我于是懂得"积威"两字的利害，这些小公鸡从幼在这园里长大，惧怕那白公鸡是有素的，所以到力量足以防卫自己时，还不敢与它对敌。一个民族里有许多强壮有为的青年，能被腐败的老年人，压制得不敢一动，就是被"积威"所劫的缘故。

　　不过大白公鸡威名坠地的时期也不远了。只要这些小公鸡一懂人事知道拥护自己的权利时，革命就要起来了——我祝这些小英雄胜利！

　　请伯哥转的信都收到了么？几天以来没有接到你的消息，不免又挂念，快开学了，希望你早些回来。

碧衿　八月十三日

十三

灵崖：

　　你临走时，教我随时报告鸽儿的消息，但他们都和从前一样，所以我也寻不出什么来做报告的材料。然而这两天有一段关于他们的趣事，说来想你也要称奇的：

　　红宝石眼失踪后，他的小媚雌青玉已经同灰瓦配成对偶了。然而灰瓦却有一个同性的朋友，就是大黑鸽。灰瓦今春死了妻子以后，不耐岑寂，时常咕咕地在别个雌鸽面前打旋，但她们都罗敷自有夫的，谁理他呢？不知什么时候，他和大黑鸽认识了。从此行止必偕，宛如伉俪，甚至住在一个笼里。你知道鸽儿对于他们的笼，最视为神圣的，不是自己的配偶，错进去了，便要出死力地打出的。至于两雄同栖，更是从来所没有的事，然而他们居然和和睦睦地同栖了。现在灰瓦和青玉好起来，大黑鸽非常之吃醋，一听他们在笼里亲密地互相叫唤时，他立刻要飞进去，乱搅一阵。青玉在孵卵，他也要进去捣乱。昨天两个在笼里恶打一场，孵过七天的蛋，踏得粉碎，蛋黄流了一笼子，你说可恨不可恨呢？——但灰瓦对于大黑鸽仍然很好，他们两个时常在屋脊上，交颈密语，或用喙互刷毛衣。虽然他们亲爱的表现，仅此而已，然而够叫我纳罕了。如果有生物学家在这里，我真要去请教一番，这难道不是一个问题吗？动物竟也会发生不自然的恋爱。

　　至于白翮和小乔已经孵了一星期的蛋了。不久当有小鸽儿出来。

　　　　　　　　　　　　　　　　　　　碧　八月十四日

十四

亲爱的灵崖：

　　听老人说你决定南回，就要动身了，这是怎样使我欣慰呵！虽然我们在上海分别，至今天不过一月，然而在寂寞的生活中，便觉得有半年之久。更使我感到不快的，就是你的信太稀少，在这样风鹤惊心

的年头,未免使我焦急。——但也不必更埋怨了,只要你能回来,我也就满意了。这信你或者接不着了,但也要写一写。

碧　八月十五日

(《绿天》,1928年上海北新书局初版,选自1956年台湾光启出版社增订本)

我们的秋天

一　扁豆

"多少时候,没有到菜圃里去了,我们种的扁豆,应当成熟了罢?"康立在凉台的栏边,眼望那络满了荒青老翠的菜畦,有意无意地说着。

谁也不曾想到暑假前随意种的扁豆子,经康一提,我恍然记起,"我们去看看,如果熟了,便采撷些来煮吃,好吗?"康点头,我便到厨房里拿了一只小竹篮,和康走下石阶,一直到园的北头。

因无人治理的缘故,菜畦里长满了杂草,有些还是带刺的蒺藜。扁豆牵藤时我们曾替它搭了柴枝做的架子,后来藤蔓重了,将架压倒,它便在乱草和蒺藜里开花,并且结满了离离的豆荚。

折下一枝豆荚,细细赏玩。造物者真是一个伟大的艺术家呵!他不但对于鲜红的苹果,娇艳的樱桃,绛衣冰肌的荔枝,着意渲染;便是这小小一片豆荚,也不肯掉以轻心的。你看这豆荚的颜色,是怎样的可爱,寻常只知豆荚的颜色是绿的,谁知这绿色也大有深浅,荚之上端是浓绿,渐融化为淡青,更抹三层薄紫,便觉润泽如玉,鲜明如宝石。

我们一面采撷,一面谈笑,愉快非常,不必为今天晚上有扁豆吃而愉快,只是这采撷的事实可愉快罢了。我想这或是蛮性遗留的一种,

我们的祖先——猿猴——寻到了成熟的榛栗，呼朋唤类地去采集，预备过冬，在他们是最快活的，到现在虽然进化为文明人了，这性情仍然存在。无论大人或小孩子，——自然孩子更甚，逢到收获果蔬，总是感到特别兴趣的，有时候，拿一根竹竿，偷打邻家的枣儿，吃着时，似乎比叫仆人在街上买回的鲜果，还要香甜呢。

我所禀受的蛮性，或者比较的深，而且从小在乡村长大，对于田家风味，分外系恋；我爱于听见母鸡咯咯叫时，赶去拾它的卵，我爱从沙土里拔起一个一个的大萝卜，到清水溪中洗净，兜着回家，我爱亲手掘起肥大的白菜，放在瓦钵里煮。虽然不会挤牛乳，但喜欢农妇当着我的面挤，并非怕她背后搀水，只是爱听那迸射在冰铁桶的嗤嗤声，觉得比雨打枯荷，更清爽可耳。

康说他故乡有几亩田，我每每劝他回去躬耕，今天摘着扁豆，又提起这话，他说我何尝不想回去呢，但时局这样的不安宁，乡下更时常闹土匪，闹兵灾，你不怕么？我听了想起我太平故乡两次被土匪溃兵所蹂躏的情形，不觉深深地叹了一口气。

二　画

自从暑假以来，仿佛得了什么懒病，竟没法振作自己的精神，譬如功课比从前减了三分之一，以为可以静静儿地用点功了，但事实却又不能，每天在家里收拾收拾，或者踏踏缝纫机器，一天便混过了。睡在床上的时候，立志明天要完成什么稿件，或者读一种书，想得天花乱坠似的，几乎逼退了睡魔，但清早起床时，又什么都烟消云散了。

康屡次在我那张画稿前徘徊，说间架很好，不将它画完，似乎可惜。昨晚我在园里，看见树后的夕阳，画兴忽然勃发，赶紧到屋里找画具！呵，不成，画布蒙了两个多月的尘，已变成灰黄色，画板，涂满了狼藉的颜色，笔呢，纵横抛了一地，锋头给油膏凝住，一枝枝硬如铁铸，再也屈不过来。

今天不能画了，明天定要画一张。连夜来收拾，笔都浸在石油里，刮清了画板，拍去了画布的尘埃，表示我明天作画的决心。

早起到学校授完了功课，午膳后到街上替康买了做衬衫的布料，归家时早有些懒洋洋的了。傍晚时到凉台的西边，将画具放好，极目一望，一轮金色的太阳，正在晚霞中渐渐下降，但他的光辉，还像一座洪炉，喷出熊熊烈焰，将鸭卵青的天，煅成深红。几叠褐色的厚云，似炉边堆积的铜片，一时尚未销熔，然而云的边缘，已被火燃着，透明如水银的融液了。我拿起笔来想画，呵，云儿的变化真速，天上没有一丝风，——树叶儿一点不动，连最爱发抖的白杨，也静止了，可知天上确没有一丝风——然而他们像被风卷飐着推移着似的，形状瞬息百变，才氤氲蓊郁地从地平线袅袅上升，似乎是海上涌起的几朵奇峰，一会儿又平铺开来，又似几座缥缈的仙岛，岛畔还有金色的船，张帆在光海里行驶。转眼间仙岛也不见了，却化成满天灿烂的鱼鳞。倔强的云儿呵，哪怕你会变化，到底经不了烈焰的热度，你也销熔了！

夕阳愈向下坠了，愈加鲜红了，变成半轮，变成一片，终于突然地沉了；当将沉未沉之前，浅青色的雾，四面合来，近处的树，远处的平芜，模糊融成一片深绿，被胭脂似的斜阳一蒸，碧中泛金，青中晕紫，苍茫炫丽，不可描拟，真真不可描拟。我生平有爱紫之癖，不过不爱深紫，爱浅紫，不爱本色的紫，爱青苍中薄抹的一层紫，然而最可爱的紫，莫如映在夕阳中的初秋，而且这秋的奇光变灭得太快，更教人恋恋有"有余不尽"之致。荷叶上饮了虹光将倾泻的水珠，垂谢的蔷薇，将头枕在绿叶间的暗泣，红葡萄酒中隐约复现的青春之梦，珊瑚枕上临死美人唇边的微笑，拿来比这时的光景，都不像，都太着痕迹。

我拿着笔，望着远处出神，一直到黄昏，画布上没有着得一笔！

三 书橱

到学校去上课时，每见两廊陈列许多家具，似乎有人新搬了家来。但陈列得很久了，而且家具又破烂者居多，不像搬家的光景，后来我想或者学校修理储藏室的墙壁地板，所以暂将这些东西移出来，因此也就没有注意。

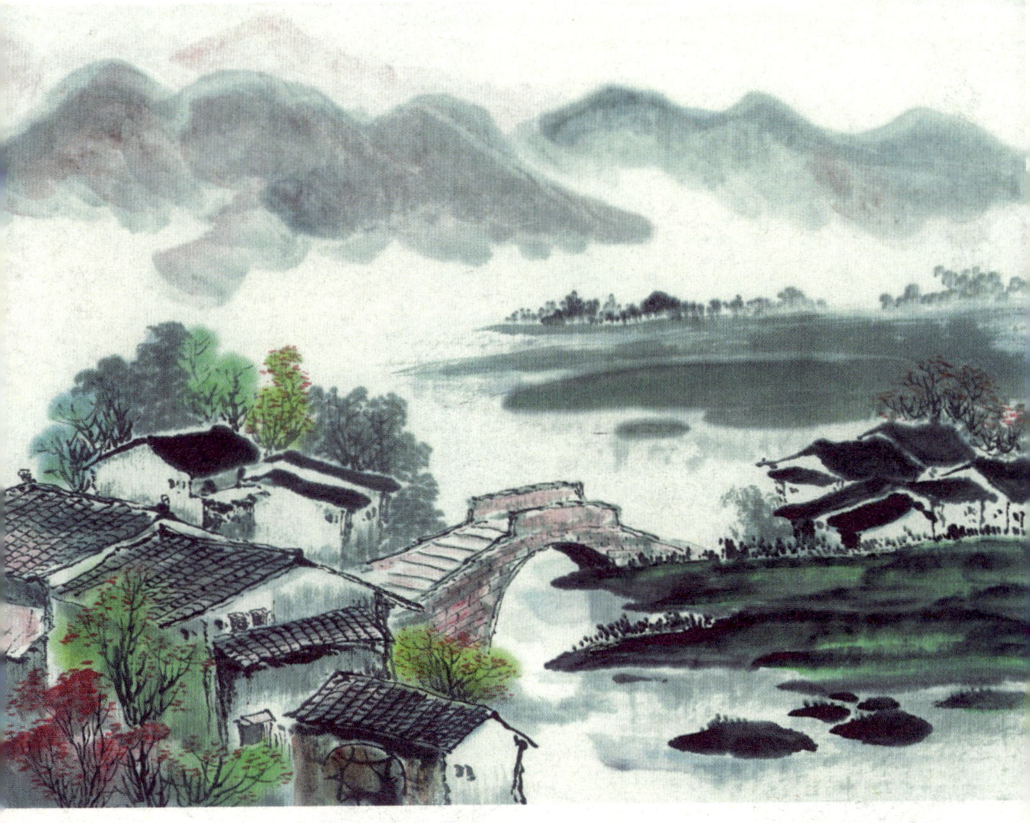

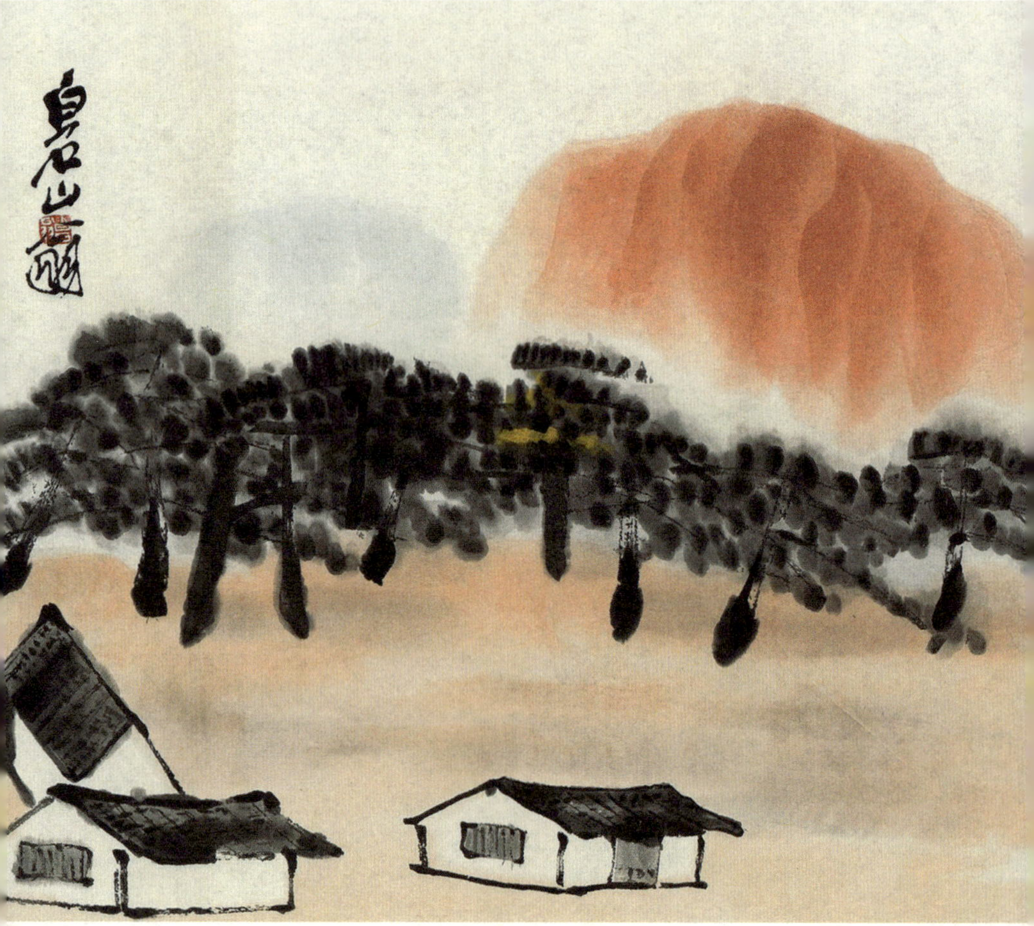
白石山翁

一天早晨正往学校里走，施先生恰站在门口，见了我就含笑问道：

——Mrs. C，你愿意在这里买几件合意的东西吗？

——这些东西，是要卖的么？谁的？我问。

——学校里走了的西教授们的，因为不能带回国去，所以托学校替他们卖，顶好，你要了这只梳妆台。他指着西边一只半旧的西式妆台说。

——妆台我不需要，让我看看有什么别的东西。我四面看了一转，看见廊之一隅，有四只大小不同的书橱，磊落地排在那里。我便停了脚步，仔细端详。

虽然颜色剥落，玻璃破碎，而且不是这只折了脚，便是那只脱了板，正如破庙里的偶像，被雨淋日炙得盔破甲穿，屹立朝阳中，愈显出黯淡的神气，但那橱的质料，我认得的，是重沉沉的杉木。

——买只书橱罢。施先生微笑，带着怂恿的口气。

书橱，呵，这东西真合我的用，我没有别的嗜好，只爱买书，一年的薪俸，一大半是散给了，一小半是花在书上。屋里洋装书也有，线装书也有，文艺书也有，哲学书也有，……书也有。又喜欢在大学图书馆里借书，一借总是十几本，弄得桌上，床上，箱背上，窗沿上，无处不是书。康打球回来，疲倦了倒在躺椅上要睡，褥子下垫着什么，抗得腰生疼，掀起一看，是两三本硬书面，拖过椅子来要坐，哗剌一声响，书像空山融雪一般，泻了一地。他每每发恼，说：我总有一天学秦始皇，将你的书都付之一炬！

厨房里一只大木架，移去了瓶罐，抹去了烟煤，拿来充书架，庋不下，还有许多散乱的书，拣不看的书，装在箱子里吧没用，新借来的书，又积了一大堆。

这非添书橱不可的了，然而 S 城，很少旧木器铺，定造新的罢，和匠人讨论样式，也极烦难，你说得口发渴，他还是不懂，书橱或者会做成碗橱。

施先生一提，我的心怦然动了，但得回去与康商量一声，我们无论做什么都要商量一下的。

回家用午膳时，趁便对康说了。康说那只橱，他也看见过，已经太旧了，他不赞成买；我也想那橱的缺点了，折脚不必论，太矮，不能装几本书，想了一想，便将买它的心冷下来了。

过了一个星期或者两个星期罢，一天下午，我从外边归家，见凉台上摆了一架新书橱，扇扇玻璃，反射着灿烂的日光，黑漆的颜色，也亮得耀眼，并有新锯开的油木气味，触人鼻观。

前几天的事，我早已忘了，哪里来的这一架书橱呢？我沉吟着问自己，一个匠人走过来对我说道：

——这是吴先生教我送来的。

——吴先生教你送到这里来的吗？别是错了。

——不会错。吴先生说是庄先生定做的。

——没有的事，一定没有的事，庄先生决不会定做这顶橱——我没有听见他提起，必定大学里，另有一个庄先生，你缠错了。

一番话教匠人也糊涂起来了，结果他答应去问吴先生，如果错了，明天就来抬回去。

晚上康回来。我说今天有个笑话，一个木匠错抬了一顶书橱，到我们家里来。

——呵呀！你曾教他抬去么？

——没有，他说明天来抬。

——来！来！让我们把它扛进书斋。康卷起袖子。

——怎么？这橱……

——亲爱的，这是我特别为你定做的。康轻轻地附了我的耳说。

四　瓦盆里的胜负

我们小园之外，有一片大空地，是大学附中的校基，本来要建筑校舍的，却为经费支绌的缘故，多年荒废着，于是乱草荒莱，便将这空场当了滋蔓子孙的好领土，继长争雄，各不相让，有如中国军阀之夺地盘。蓬蒿族大丁多，而且长得又最高，终于得了最后的胜利，不消一个夏天，除了山芋地外，这十余亩的大场，完全成了蓬蒿的国了。歆羡势利的野葛呀，瘦藤呀，不管蓬蒿的根柢如何脆薄，居然将他们

当做依附的主人,爬在枝上,开出纤小的花,轻风一起,便笑吟吟点头得意。

夏天太热,我多时不到园外去。不久,那门前的一条路,居然密密蒙蒙地给草莱塞断了。南瓜在草里暗暗引蔓抽藤,布下绊索,你若前进一步,绊索上细细的狼牙倒须钩,便狠命地钩住你的衣裳,埋伏的荆棘,也趁机舞动铦利的矛,来刺你的手,野草带芒刺的子,更似乱箭般攒射在你的胫间,使人感受一种介乎痛与痒之间的刺激。这样四面贴着无形的"此路不通"的警告,如果我没有后门,便真的成了草莱的 Prisoner 了。

因此想到富于幽默趣味的古人,要形容自己的清高,不明说他不愿意和世人来往,却专拿门前的草来做文章,如晏子的"堂上生蓼藿,门外生荆棘",孔淳之的"茅屋蓬户,庭草芜径",教人读了,疑心高人的屋,完全葬在深草中间。现在我才知道他们扯了一半的谎,前门长了草,后门总可通的,没有后门,不但俗士不能来,长者之车,也不能来了。而且高士虽清高,到底不是神仙,不能不吃饭,如真"三径就荒",籴米汲水,又打从哪里出入?

康从北京回来,天气渐凉,蓬蒿的盛时,已经过去了,攀附它们的野藤花,也已憔悴可怜。我们有时到园外广场上游玩,看西坠的夕阳,和晚霞中的塔影。

草里蚱蜢蟋蟀极多,我们的脚触动乱草时,便浪花似的四溅开来。记得去秋我们初到时,曾热心地养了一回蟋蟀。草里的蟋蟀,躯体较寻常者为魁伟,而且有翅能飞,据说是草种,不能打架的。果然他们禁不起苦斗,好容易撩拨得开牙,斗一两合便分出输赢了,输的以后望风而逃,死也不肯再打。我小时曾见哥哥们斗蟋蟀,一对小战士,钢牙互相钩着,争持总是好半天,打得激烈时,能连接翻十几个筋斗,那战况真有可观。

我们没法搜寻好蟋蟀,而草种则园外俯拾即是,所以居然养了十来匹。那时吴秀才张胡帅正在南口与冯军相持,而蒋介石也在积极北伐,我们的瓦盆,照南北各军将领的名字,编成了三种号码。我是倾向革命军的,我的第一号盆子,贴了蒋总司令四字,其余则为唐生智何应钦等。康有一匹蟋蟀，本来居于张作霖的地位，但很厉害，不惟打败了阿华的冯焕章，连我的蒋介石，都抵敌不住，我气不过，趁康出去时，将他的换了来，于是我的蒋总司令，变了他的张大帅，他的张大帅，变了我的蒋总司令，康后来觉察了，大笑一阵，也就罢了。

将蟋蟀来比南北军人的领袖，我自己知道是很不敬的，但中国的军人，谁不似这草种的蟋蟀，他们的战争，哪一次不像这瓦盆里的胜负呢？

五 小汤先生

我们的好邻居汤君夫妇于暑假后迁到大学里去了。因为汤夫人养了一个男孩，而他们在大学都有课，怕将来照料不便，所以搬了去。今天他们请我和康到新居吃饭，我们答允，午间就到他们家里。

上楼时，汤夫人在门口等候我们，她产后未及一月，身体尚有些软弱，但已容光焕发，笑靥迎人，一见就知道她心里有隐藏不得的欢乐。

坐下后，她从书架上抽出一本书，说是美国新出的婴儿心理学。我不懂英文，但看见书里有许多影片，由初生婴儿到两岁时为止，凡心理状态之表现于外的，都摄取下来，按次序排列着。据说这是著者自己儿子的摄影，他实地观察婴儿心理而著为此书的。又有一本皮面金字的大册子，汤夫人说是她阿姑由美国定做寄来，专为记录婴儿生活状况之用，譬如某页粘贴婴儿相片，某页记婴儿第一次发音，某页记婴儿第一次学步，以及洗礼，圣诞，恩物，为他来的宾客……都分门别类地排好了，让父母记录。我想这婴儿长大后，翻开这本册子看时，定然要感到无穷的兴味，而且借此知道父母抚育他的艰难，而生其爱亲之心。这用意很不错，中国人似乎可以效法。

婴儿哺乳的时候到了，我笑对汤夫人说，我要会会小汤先生，她欣然领我进了她的寝室。这室很宽敞，地板拭得明镜一般，向窗处并摆了两张大床，浅红的窗帏，映着青灰色的墙壁和雪白的床罩，气象温和而严洁。室中也有一架摇篮，但是空的，小汤先生睡在大床上。

掀开了花绒毯子和粉霞色的小被,我已经看见了乍醒的婴儿的全身。他比半个月前又长胖了些,稀疏的浅栗色发,半覆桃花似的小脸,那两只美而且柔的眼,更蔚蓝得可爱。屋里光线强,他又初醒,有点羞明,眼才张开又阖上,有如颤在晓风中的蓝罂粟花。

汤夫人轻轻将他抱起来,给他乳喝,并且轻轻地和他说着话,那声音是沉绵的,甜美的,包含无限的温柔,无限的热爱,她的眼看着婴儿半闭的眼,她的魂灵似乎已融化在婴儿的魂灵里。我默默地在旁边看着,几乎感动得下泪。当我在怀抱中时,母亲当然也同我谈过心,唱过儿歌使我睡,然而我记不得了,看了他们,就想自己的幼时,并想普天下一切的母子,深深了解了伟大而高尚的母爱。

记得汤夫人初进医院时,我还没有知道,有一晚,我在凉台上乘凉,汤先生忽然走过来,报告他的夫人昨日添了一个孩子。

我连忙道贺,他无言只微笑着一鞠躬。

又问是小妹妹呢,还是小弟弟,他说是一个小弟弟。我又连忙道贺,他无言只微笑着又一鞠躬。

在这无言而又谦逊的鞠躬之中,我在他眼睛里窥见了世界上不可比拟的欢欣,得意。

现在又见了汤夫人的快乐。

可羡慕的做父母的骄傲呵!有什么王冠,可以比得这个?

一路回家,康不住地在我耳边说道:我们的小鸽儿呢?喂!我们的小鸽儿呢?

六　金鱼的劫运

S城里花圃甚多,足见花儿的需要颇广,不但大户人家的亭,要花点缀,便是蓬门筚窦的人家,也常用土盆培着一两种草花,虽然说不上什么紫姹红嫣,却也有点生意,可以润泽人们枯燥的心灵。上海的人,住在井底式的屋子里,连享受日光,都有限制的,自然不能说到花木的赏玩了,这也是我爱S城,胜过爱上海的原因。

花圃里兼售金鱼,价钱极公道:大者几角钱一对,小的只售铜元

苏 雪 林
散 文 精 选

数枚。

去秋我们买了几对二寸长短的金鱼，养在一口缸里，有时便给它们面包屑吃，但到了冬季，鱼儿时常沉潜于水底，不大浮起来。我记得看过一种书，好像说鱼类可以饿几百天不死，冬天更是虫鱼蛰伏的时期，照例是断食的，所以也就不去管它们。

春天来了，天气渐渐和暖，鱼儿在严冰之下，睡了一冬，被温和的太阳唤醒了潜伏着的生命，一个个圉圉洋洋，浮到水面，扬鳍摆尾，游泳自如，日光照在水里，闪闪的金鳞，将水都映红了。有时我们无意将缸碰了一下，或者风飘一个榆子，坠于缸中，水便震动，漾开圆波纹，鱼们猛然受了惊，将尾迅速地抖几抖，一翻身钻入水底。可怜的小生物，这种事情，在它们定然算是遇见大地震，或一颗陨星！

康到北京去前，说暑假后打算搬回上海，我不忍这些鱼失主，便送给对河花圃里，那花圃的主人，表示感谢地收受了。

上海的事没有成功，康只得仍在S城教书，听说鱼儿都送掉了，他很惋惜，因为他很爱那些金鱼。

在街上看见一只玻璃碗，是化学上的用具，质料很粗，而且也有些缺口，因想这可以养金鱼，就买了回来，立刻到对河花圃里买了六尾小金鱼，养在里面。用玻璃碗养金鱼，果比缸有趣，摆在几上，从外面望过去，绿藻清波，与红鳞相掩映，异样鲜明，而且那上下游泳的鱼儿，像游在幻镜里，都放大了几倍。

康看见了，说你把我的鱼送走了，应当把这个赔我，动手就来抢。我说不必抢，放在这里，大家看玩，算做公有的岂不是好。他又道不然，他要拿去养在原来的那口大缸里，因为他在北京中央公园里看见斤许重的金鱼了，现在，他立志也要把这些金鱼养得那样大。

鱼儿被他强夺去了，我无如之何，只得恨恨地说道："看你能不能将它们养得那样大！那是地气的关系，我在南边，就没有见过那样大的金鱼。"

——看着罢！我现在学到养金鱼的秘诀了，面包不是金鱼适当的食粮，我另有东西喂它们。

他找到一根竹竿，一方旧夏布，一些细铁丝，做了一个袋，匆匆

忙忙地出去了，过了一刻，提了湿淋淋的袋回家，往金鱼缸里一搅，就看见无数红色小虫，成群地在水中抖动，正像黄昏空气中成团飞舞的蚊蚋。金鱼往来吞食这些虫，非常快乐，似人们之得享盛餐——呵！这就是金鱼适当的食粮！

  康天天到河里捞虫喂鱼，鱼长得果然飞快，几乎一天改换一个样儿，不到两个星期，几尾寸余长的小鱼，都长了一倍，有从前的鱼大了。康说如照这样长下去，只消三个月，就可以养出斤重的金鱼了。

  每晨，我如起床早，就到园里散步一回，呼吸新鲜的空气。有一天，我才走下石阶，看见金鱼缸上立着一只乌鸦，见了人就翩然飞去。树上另有几只鸦，哑哑乱噪，似乎在争夺什么东西，我也没有注意，在园里徘徊了几分钟，就进来了。

  午后康捞了虫来喂鱼。

  ——呀！我的那些鱼呢？我听见他在园里惊叫。

  ——怎么？在缸里的鱼，会跑掉的吗？

  ——一匹都没有了！呵！缸边还有一匹——是那个顶美丽的金背银肚鱼。但是尾巴断了，僵了，谁干的这恶剧？他愤愤地问。

  我忽然想到早晨树上打架的乌鸦，不禁大笑，笑得腰也弯了，气也壅了。我把今晨在场看见的小小谋杀案告诉了他，他自然承认乌鸦是这案的凶手，没有话说了。

  ——你还能养斤把重的金鱼？我问他。

七　秃的梧桐

  ——这株梧桐，怕再也难得活了！

  人们走过秃的梧桐下，总这样惋惜地说。

  这株梧桐，所生的地点，真有点奇怪，我们所住的屋子，本来分做两下给两家住的，这株梧桐，恰恰长在屋前的正中，不偏不倚，可以说是两家的分界牌。

  屋前的石阶，虽仅有其一，由屋前到园外去的路却有两条，——一家走一条，梧桐生在两路的中间，清阴分盖了两家的草场，夜里下

苏雪林
散文精选

雨,潇潇淅淅打在桐叶上的雨声,诗意也两家分享。

不幸园里蚂蚁过多,梧桐的枝干,为蚁所蚀,渐渐地不坚牢了,一夜雷雨,便将它的上半截劈折,只剩下一根二丈多高的树身,立在那里,亭亭有如青玉。

春天到来,树身上居然透出许多绿叶,团团附着树端,看去好像一棵棕榈树。

谁说这株梧桐,不会再活呢?它现在长了新叶,或者更会长出新枝,不久定可以恢复从前的美阴了。

一阵风过,叶儿又被劈下来,拾起一看,叶蒂已啮断了三分之二——又是蚂蚁干的好事,哦!可恶!

但勇敢的梧桐,并不因此挫了它的志气。

蚂蚁又来了,风又起了,好容易长得掌大的叶儿又飘去了,但它不管,仍然萌新的芽,吐新的叶,整整地忙了一个春天,又整整地忙了一个夏天。

秋来,老柏和香橙还沉郁地绿着,别的树却都憔悴了。年近古稀的老榆,护定它青青的叶,似老年人想保存半生辛苦贮蓄的家私,但哪禁得西风如败子,日夕在耳畔絮聒?——现在它的叶儿已去得差不多,园中减了葱茏的绿意,却也添了蔚蓝的天光。爬在榆干上的薜荔,也大为喜悦,上面没有遮蔽,可以酣饮风霜了,它脸儿醉得枫叶般红,陶然自足,不管垂老破家的榆树,在它头上瑟瑟地悲叹。

大理菊东倒西倾,还挣扎着在荒草里开出红艳的花。牵牛的蔓,早枯萎了,但还开花呢,可是比从前纤小,冷冷凉露中,泛满浅紫嫩红的小花,更觉娇美可怜。还有从前种麝香连理花和凤仙花的地里,有时也见几朵残花。秋风里,时时有玉钱蝴蝶,翩翩飞来,停在花上,好半天不动,幽情凄恋,它要僵了,它愿意僵在花儿的冷香里!

这时候,园里另外一株桐树,叶儿已飞去大半,秃的梧桐,自然更是一无所有,只有亭亭如青玉的干,兀立在惨淡斜阳中。

——这株梧桐,怕再也不得活了!

人们走过秃梧桐下,总是这样惋惜地说。

但是,我知道明年还有春天要来。

明年春天仍有蚂蚁和风呢？

但是，我知道有落在土里的桐子。

（《绿天》1928年上海北新书局初版，选自1956年台湾光启出版社增订本）

小猫

天气渐渐地冷了,不但壁上的日历,告诉我们冬天已经到来,就是院中两株瑟瑟地在朔风里打战的老树,也似乎在喊着冷呀冷呀的了。

房里的壁炉,筠在家时定然烧得旺旺的,乱冒的火头,像一群饥饿而得着食物的野兽,伸出鲜红的长舌,狂舐那里的煤块,发出哄哄的声音,煤块的爆响,就算是牺牲者微弱的呻吟罢。等到全炉的煤块,变成通红,火的怒焰,也就渐渐低下去,而室中就发生温暖了。筠有时特将电灯旋熄,和薇对坐炉前,看火里变幻的图画,火的回光,一闪一闪地在他们脸上不住地跳荡。他们往往静默地坐在炉前好久好久,有时薇轻轻地问筠道:

——你觉得适意么?筠?

——十分适意,你呢?他暗中拖过薇的手来,轻轻地握着,又不说话了。

现在薇手里拿了一本书,坐在炉边一张靠椅上,一页一页地翻着看,然而她的心似乎不在看书,由她脸上烦闷的神情看来,可以知道她这时候心绪之寂寞,正如这炉中的冷灰。

因为没有生火,屋里有点寒冷。两扇带窗的玻璃门是紧紧地关着的,淡黄色的门帘也没有拽开,阳光映射帘上,屋中洞然明亮,而且也觉有了暖意。

薇看了几页书。不觉朦胧思睡起来,她的眼皮渐渐下垂,身体也

懒洋洋地靠上椅背,而手中的书,也不知不觉地掉在地板上。睡魔已经牵了她的手,要想教她走入梦幻的世界里去了。

忽然门帘上扑扑有声,薇猛然惊醒,张开眼看时,就看见一个摇动的影儿,一闪就不见了,顷刻间又映射到帘上来,却已变成了两个,原来就是隔壁史夫人的两只小猫的影儿。

这屋里从前是没有猫的,薇从做小孩子时候起,就很爱猫。不过近年以来,家里养了只芙蓉鸟,而且住的又是人家的房子,不便在门上打洞,所以不能养猫,她常常同筠说要他弄只猫来玩玩。他们互相取笑时,也曾以猫相比过。

自从筠出门以后,隔壁就搬来了史家,也就多了这对小猫。它们天天在那里打架追逐,嬉戏……因回廊是两家相通的,所以小猫打架时,也常常打到薇的门口来。

那对小猫的颜色,很是美丽,一个是浑身雪也似的白毛,额上有一块桃子形的黑点,背上也有一大搭黑毛,薇知道叫做乌云盖雪,一个是黄白黑三色相混的,就不知它叫做什么名目了。它们出世以来,都不过三四个月吧,短短的身躯,圆圆的脸,浅浅的碧色玲珑眼,都不算奇,只是那幼猫特有的天真,一刻不肯停止的动作,显得非常活泼,有趣。

小猫的影儿,一上,一下,一前,一后,跳踯得极起劲,好像正在抢着一片干桐叶。薇想开门去看,但怕冷,又怕惊走了它们,所以仍然半躺在靠椅上,眼望着那两个起伏不定的猫影出神。

她想筠这几天又没有信来,不知身体好否?呵!半个月的离别,真像度了几年,相思的滋味,不是亲自领略,哪知道它的难堪呀!筠的出去奔波,无非是为了衣食问题,人生为什么定要衣食呢?像这两个小猫不好吗?它们永远是无愁无虑地嬉戏,永远……永远!

如果筠在这里,见了这对小猫,又该多了嘲谑的资料了,她想到这里,索性将一只手支了颐,细细追想从前和筠同居时的种种乐趣:

薇是一个老实可怜的人,见了生人,总是羞羞涩涩地说不出什么话。筠在本地中学当体操教员,她就顺便在那学校里教授一点图书和手工的课,每天听见铃响就低着头上课堂,听见铃响,又低着头走出课堂,从不敢对那些学生多瞥一眼,因此她到这学校上了一年多的课,只记得班里男生的姓名,至于面貌,却都是素昧平生的。学生躲懒不到,她也不敢查问,因为这学校里本无点名的习惯,而且她也觉得上课点名,又似乎搭先生的架子,在她又是不好意思的事。

偶然有个学生来问她关于功课的事,或者她有话要对他们说,总不免红涨了脸。幸亏她所教的功课,学生素不注重,也不要什么讲解,拿一支粉笔在黑板上画画就算混过去了,口才不佳,羞怯,在学生方面都还不至于发生什么影响。

她的女同学个个洒落大方,上课时词源滔滔,银瓶泻水,讲到精彩处,也居然色舞眉飞。功课就算预备得差一点,也一样能吸住学生的注意力。她看了每非常地羡慕,很想努力效法她们,但她的拘束,竟像一条索子,捆住了自己,再也摆脱不开,后来知道天性是生来的,不能拂逆它,也只好听其自然了。她常说人们将教员的生涯,叫做"黑板生涯",在我真是名符其实,如果课堂里不设黑板,我的教员也就当不成了呵!

上课下课之际,遇见了男同事,她也从不敢招呼的,不知者或以为她骄傲,其实她只是一味羞怯。

见了女子,应当不这样罢,但她从前也曾在女子小学里教过书,常常被大学生欺侮得躲在房里哭。

总之,世界在她是窄狭的。

但薇在家里,却不像这样拘束了;口角也变伶俐了。她爱闹,爱拿筠开心,爱想出种种话嘲谑筠,常将筠弄得喜又不是,怒又不是,她一回家,室中立刻充满了欢乐的笑声。

她的嘲谑是不假思索,触机即发的,是无穷无尽的,譬如两个人同在路上走走,筠是男子脚步自然放得宽,走得快,薇却喜欢东张西望地随处逗留,若嗔她走得太慢,她就说:谁能比你呢?你原是有四只脚的呀!或者,她急急地赶上来问道:你这样向前直冲吗?难道有火烧着你的尾巴么?

书上常有所谓"雅谑",言近意远,确有一种风味,但非雅人不办,薇和筠连中国字都认识不多的,不但不是雅人,而且还是俗而又俗的俗人,他们的嘲谑,都是寻常俗语,喊它为"俗谑"得了。

几千万年不改形式的太阳,每天从东方升起,总还给人们一个新趣的印象,他们的"俗谑"虽然不过是翻来覆去几句陈言,却也天天有新鲜的趣味。

世界在她是窄狭的,家庭在她却算最宽广的了。

筠自幼受着严酷的军事式的训练,变成一副严肃的性情,一举一动,必循法度,不惟不多说话,连温和的笑容,都不常有。但自和薇结婚以来,受了薇的熏陶,渐渐地也变做活泼而愉快的人了;他的青春种子,从前埋葬在冰雪当中,现在像经了阳光的照临,抽芽茁蕊,吐出芬芳娇美的花了。

从前时薇嘲弄他,他只微笑地受着,有时半板着脸,用似警告而又似恳求的口气告诉她道:

——你老实一点罢,再说,我就要生气了。

现在他也一天一天地变得儇巧起来,薇嘲谑了他,他也有相当的话报复,他们屋里也就更增了欢乐的笑声。

他们嘲笑时在将对方比做禽和兽,比兔子,比鸡,比狗,甚至比到猪和老鼠,然而无论怎样,总不会引起对方的恶感,他们以天真的童心,互相熨贴,嘲谑也不过是一种天然的游戏。

有一次,筠将薇比做猫了,他们并坐在火炉边,筠借火光凝视着薇的脸,她正同他开过玩笑,因他一时无话可答,便自以为得胜了,脸上布满了得意的笑容,眼角边还留着残余的狡狯。

筠凝视了她一刻,忽然像发现了什么似的笑道:

——我从前比你那些东西都不像,看你顽皮的神气,倒活像一只小猫!

从此筠果然将薇当做小猫看待,他轻轻摩抚她的背,像抚着猫的柔毛,出去时总叮咛道:

——小猫儿,好好登在家里,别出去乱跑,回头我叫江妈多买些鱼喂你。

或者筠先回家了,薇从外边进来,筠便立在门口,用手招着,口中发出"咪咪"的声音,像在呼一只猫。

薇不服,说:"你喊我做猫,你也是一只猫。"

——屋里有了一只猫,已够淘气了,还受得住两只么?但久而久之,筠也无条件地自己承认是一只猫了。

这两只猫聚到一处,便跳跳纵纵地闹着玩耍,你撩我一爪,我咬你一口,有时一遍一声,温柔地互相呼唤,有时故意相对狰狞,做出示威的样子。

有时那只猫端端正正地坐在屋里,研究他的体育学,这只猫悄悄地——那样悄悄地,真像猫去捉鼠儿时行路——走进来,在他头上轻轻地打一下,或者抢过他的书,将它阖起来,迷乱了他正翻着的页数,转身就跑,那只猫就起身飞也似的赶上去,一把将她捉回,按住,要打,要呵痒,这只猫,只格格地笑,好容易笑着喘过气来,央求道:"好人我不敢了!"

——好好地讲,下次还敢这样淘气不?那只猫装出嗔怒的神气,然而"笑"已经隐隐地在他脸上故意紧张的肌肉里迸跳出来。

——不敢了下次一定不敢了!被擒住的猫,只一味笑着求饶,于是这只猫的爪儿不知不觉地松了,并且将她抱起来,抚弄了她的鬓发,在她眼皮上轻轻地亲吻。

映射在门帘上的猫影,一会儿都渺然了,薇懒懒地叹息了一声,拾起地上的书,又静静地续读下去。

(选自《北新》半月刊,1928年2卷5期)

收获

  我们园外那片大空场于暑假前便租给人种山芋了。因为围墙为风、雨、顽童所侵袭，往往东塌一口，西缺一角。地是荒废着，学校却每年要拿出许多钱来修理围墙，很不上算，今年便议决将地租人，莳种粮食，收回的租钱，便作为修墙费。租地的人将地略略开垦，种了些山芋。据说山芋收获后，接着便种麦，种扁豆，明年种蜜桃，到了桃子结实时，利息便厚了。

  荒地开垦之后，每畦都插下山芋藤苗。初种时尚有人来浇水，以后便当做废地似的弃置着，更没人来理会。长夏炎炎，别种菜蔬，早已枯萎，而芋藤却日益茂盛青苍，我常常疑心它们都是野生的藤葛类。

  今日上课已毕回家，听见墙外"邪许"声不绝于耳，我便走到凉台边朝外眺望，看发生了什么新鲜的事。

  温和的秋阳里，一群男妇，正在掘地呢。彼起此落的钉钯，好像音乐家奏庇霞娜时有节奏的动作，而铁齿陷入土里的重涩声，和钉钯主人的笑语，就是琴键上所流出的和谐音调。

  "快来看呀！他们在收获山芋了。"我回头喊遗留在屋里的人，康和阿华都抛了书卷出来。终于觉得在凉台上看不如出去有味，三个人开了园门，一齐到那片芋场上去了。

  已掘出的芋，一堆堆地积在地上，大的有斤重，小的也有我手腕粗细。颜色红中带紫，有似湖荡里新捞起的水红菱，不过没有那样鲜明可爱。一个老妇人蹲在地上，正在一个个地扯断新掘起的山芋的藤蔓和根，好像稳婆接下初生的婴儿，替他剪断脐带似的。我和阿华看得有趣，便也蹲下帮同她扯。

康和种芋工人谈话，问他今年收成如何？他摇头说不好。他说：山芋这东西是要种在沙土里才甜。这片草场是第一次开垦，土太肥，只长藤不长芋。有些芋又长得太大，全空了心，只好拿去喂猪，人们是不要买的。

他指着脚下一个大山芋说："你们请看，这芋至少也有三斤重，但它的心开了花的，不中吃了。"

果然，那芋有中号西瓜般大，不过全面积上皱裂纵横，并有许多虫蛀的孔，和着细须根，有似一颗人头。

"子璋髑髅血模糊，手提掷还崔大夫！"我撮起那芋掷于康的足前，顺口念出杜工部这两句可以吓退疠鬼的名句。

"你何必比花卿？我看不如说是莎乐美捧着圣约翰的头，倒是本色。"康微笑回答。我听了不觉大笑，阿华和种芋的工人自然是瞠视不知所谓。

我们因这里山芋携取便利，就问那种芋的工人买了一元，计有七十余斤。冬天围炉取暖时，烤它一两个，是富有趣味的事。昔人诗云"煨得芋头熟，天子不如吾"。懒残和尚在马粪中煨芋，不愿意和人谈禅。山芋虽不及蹲鸱的风味，但拨开热灰，将它放入炉底，大家围着炉，谈话的谈话，做手工的做手工，已忘记炉中有什么东西。过了片时，微焦的香气，透入人的鼻观，知道芋是煨熟了，于是又一个一个从灰里拨出来，趁热剥去皮，香喷喷地吃下，那情味也真教人难忘呀！

收获，我已经说过，收获是令人快乐的。在外国读书时，我曾参与过几次大规模的收获，也就算我平生最快乐的纪念。

一次是在春天，大约是我到里昂的第二年。我的法文补习教员海蒙女士将我介绍到她朋友别墅避暑，别墅在里昂附近檀提页乡，乡以产果子出名。

别墅的主人巴森女士在里昂城中靠近女子中学，开了一座女生寄宿舍，我暑假后在中学上课，便住在这个宿舍中。

到了春假时节，宿舍里的学生，有的回家了，有的到朋友家里去了，有的旅行去了。居停主人带了几个远方的学生，到她别墅领取新鲜空气，我也是她带去的人中之一。

"我们这回到乡下去，可以饱吃一顿樱桃了。"马格利特，一个大眼睛的女孩在火车中含笑对我说。去年夏天，我在檀乡别墅，本看见几株大樱桃树，但那时只有满树葱茏的绿叶，并无半颗樱桃。

车到檀乡，宁蒙赖山翠色欲浮，横在火车前面，好似一个故人，满脸春风，张开双臂，欢迎契阔半年的我。

远处平原，一点点的绵羊，似绿波上泛着的白鸥。新绿丛里，礼拜堂的塔尖，耸然直上，划开蔚蓝的天空。钟声徐动，一下下敲破寂寞空气。和暖的春风拂面吹来，夹带着草木的清香。我们虽在路上行走，却都有些懒洋洋起来，像喝了什么美酒似的。便是天空里的云，也如如不动，陶醉于春风里了。

到了别墅之后，我们寄宿舍的舍监陶脱莱松女士早等候在那里，饭也预备好了。饭毕，开始采撷樱桃。马格利特先爬上树，摘了樱桃，便向草地投下。我们拾着就吃，吃不了的放进藤篮。后来我也上树了。舍监恐怕我跌下受伤，不住地唤我留心，哪知我小时惯会爬树，现在年纪长大，手足已不大灵敏，但还来得一下呢。

法国樱桃和中国种类不同，个个有龙眼般大小，肉多核细，熟时变为黑紫色，晶莹可爱。至于味儿之美，单用"甜如蜜"三字来形容是不够的。果品中只有荔子、蜜柑、莓子（外国杨梅）、葡萄差可比拟。我们的朱樱，只好给它做婢女罢了。我想到唐时禁苑多植樱桃，熟时分赐朝士，惹得那些文士诗人吟咏欲狂，什么"几回细泻愁仍破，万颗匀圆讶许同"，什么"归鞍竞带青丝笼，中使频倾赤玉盘"，都说得津津有味似的。假如他们吃到法国的樱桃，不知更要怎样赞美了。总之法国有许多珍奇的果品，都是用科学方法培养出来的。梅脱灵《青鸟》剧本中"将来世界"有桌面大的菊花，梨子般大的葡萄……中国神话里的"安期之枣大如瓜"将来都要藉科学的力量实现。赞美科学，期待科学给我们带来的黄金世界！

我们在檀提页别墅，住了三天，饱吃了三天的樱桃。剩下的樱桃

043

苏 雪 林
散 文 精 选

还有几大筐，舍监封好，带回里昂，预备做果酱，给我们饭后当尾菜。

第二次快乐的收获，是在秋天。一九二四年，我又由法友介绍到里昂附近香本尼乡村避暑，借住在一个女子小学校里。因在假期，学生都没有来，校中只有一位六十岁上下的校长苟理夫人和女教员玛丽女士。

我的学校开课本迟，我在香乡整住了一夏，又住了半个秋天，每天享受新鲜的牛乳和鸡蛋，肥硕的梨桃，香甜的果酱，鲜美的乳饼，我的体重竟增加了两基罗。

到了葡萄收获的时期，满村贴了 La Vendage 的招纸，大家都到田里相帮采葡萄。

记得一天傍晚的天气，我和苟理夫人们同坐院中菩提树下谈天，一个脚登木舄，腰围犊鼻裙的男子，到门口问道：

"我所邀请的采葡萄工人还不够，明天你们几位肯来帮忙么，苟理夫人？"

我认得这是威尼先生，他在村里颇有田产，算得是一位小地主。平日白领高冠，举止温雅，俨然是位体面的绅士，在农忙的时候，却又变成一个满身垢腻的工人了。

苟理夫人答允他明天过去，问我愿否加入？她说采葡萄并不是劳苦的工作，一天还可以得六法郎的工资，并有点心晚餐，她自己是年年都去的。

我并不贪那酬劳，不过她们都走了，独自一个在家也闷，不如去散散心，便也答应明天一同去。

第二天，太阳第一条光线，由菩提树叶透到窗前，我们就收拾完毕了。苟理夫人和玛丽女士穿上 Tablier（围裙一类的衣服）吃了早点，大家一齐动身。路上遇见许多人，男妇老幼都有，都是到田里采葡萄去的。香本尼是产葡萄的区域，几十里内，尽是人家的葡萄圃，到了收获时候，合村差不多人人出场，所以很热闹。

威尼先生的葡萄圃，在女子小学的背后，由学校后门出去，五分钟便到了。威尼先生和他的四个孩子，已经先在圃里，他依然是昨晚的装束。孩子们也穿着极粗的工衣，笨重的破牛皮鞋，另有四五个男

女，想是邀来帮忙的工人。

那时候麦垄全黄，而且都已空荡荡的一无所有，只有三五只白色驳点的牛静悄悄地在那里啮草。无数长短距离相等的白杨，似一枝枝朝天绿烛，插在淡青朝雾中，白杨外隐约看见一道细细的河流和连绵的云山，不过烟霭尚浓，辨不清楚，只见一线银光，界住空濛的翠色。天上紫铜色的云像厚被一样，将太阳包裹着，太阳却不甘蛰伏，挣扎着要探出头来，时时从云阵罅处，漏出奇光，似放射了一天银箭。这银箭落在大地上，立刻传明散采，金碧灿烂，渲染出一幅非常奇丽的图画。等到我们都在葡萄地里时，太阳早冲过云阵，高高升起了。红霞也渐渐散尽了，天色蓝艳艳的似一片澄清的海水，近处黄的栗树红的枫，高高下下的苍松翠柏，并在一处，化为一幅斑斓的锦，"秋"供给我们的色彩真丰富呀！

凉风拂过树梢，似大地轻微的噫气。田间垄畔，笑语之声四彻，空气中充满了快乐。我爱欧洲的景物，因它兼有北方的爽皑和南方的温柔，它的人民也是这样，有强壮的体格，而又有秀美的容貌，有刚毅的性质，而又有活泼的精神。

威尼先生田里葡萄种类极多，有水晶般的白葡萄，有玛瑙般的紫葡萄，每一球不下百余颗，颗颗匀圆饱满。采下时放在大箩里，用小车载到他家榨酒坊。

我们一面采，一面拣最大的葡萄吃。威尼先生还怕我们不够，更送来榨好的葡萄汁和切好的面包片来充作我们的点心，但谁都吃不下，因为每人工作时，至少吞下两三斤葡萄了。

天黑时，我们到威尼先生家用晚餐。那天帮忙的人，同围一张长桌而坐，都是木鸟围裙的朋友，无拘无束地喝酒谈笑。玛丽女士讲了个笑话，有两个意大利的农人合唱了一阕意大利的歌。大家还请我唱了一支中国歌。我的唱歌，在中学校时是常常不及格的，而那晚居然博得许多掌声。

这一桌田家饭，吃得比巴黎大餐馆的盛筵还痛快。

我爱我的祖国。然而我在祖国中，只尝到连续不断的"破灭"的痛苦，却得不到一点"收获"的愉快，过去的异国之梦，重谈起来，是何等地教我系恋呵!

(《绿天》,1928 年上海北新书局初版,选自 1956 年台湾光启出版社增订本)

小小银翅蝴蝶的故事

一

一个小小银翅蝴蝶,本来住在野林的花草中,有一次她飞过一个大湖,在湖的西边,有座名园,她就暂时寄居在那里。

这园里有芊绵的碧草,有青葱的嘉树,有如夏天海面瀹然涌起的轻云似的假山石,更有许多难以名状的奇花异卉,和蝴蝶同去的美丽虫豸们。便占据了当做自己的家,大家游戏,颇不寂寞。

小小银翅蝴蝶,朝吸花液,夕眠花丛,她翅上的银粉,一日灿烂似一日。有时她绕着花枝跳舞,翅儿映了太阳,闪闪发亮,有如珍珠的光辉。

园里住着的有金碧辉煌像披了孔雀氅的大蝴蝶,绿质红章的鹦鹉蝴蝶,细腰而轻婉的黄蜂,通明绿玉镂成翅儿的蜻蜓,小小银翅蝴蝶,侧身其间,真觉得朴陋可怜,但因为她生得这样娇小,性情又温和,园里的虫豸们,对她便起了羡慕之心。

最先是抱着柳条唱歌的蝉走来对她说:

——呵!美的小蝴蝶,允许我爱你么?我餐风饮露,品格素称清高,而且我又是个诗人,当我高吟时,池水听了为之凝碧不流,夕阳也恋恋不忍西下,我如能做你的伴侣,愿意朝夕唱歌给你听。

蝉虽极力将自己介绍了一番,小小银翅蝴蝶,却摇了摇头说道：——你果然很高雅的，但是——但是我未到这里之前，已经同蜜蜂定了婚约了。

蝉听了大为失望，嗤然一声，曳着残声，飞过别枝去了。

蠹鱼蚀倦了书，偶然伸头卷外，见了这小小银翅蝴蝶，不觉心里一动，就爬出书卷，摇摇摆摆地走到她前。

看哪！可爱的蝴蝶，我是一个学者，平生曾著（蛀）过等身的书，——不止三食神仙字哩。爱我罢，我的手将携着你的手，我的白袍，将与你的银翅相辉映。

蝴蝶见他那涂满了白垩粉的长袍，和曳在衣裙上的三根博士带，不觉暗暗好笑，她回答道：

——罢罢，学者先生，安心著你的书去罢，我不能允许你的要求，因为我已经有了情人咧。

蠹鱼不得要领地回去后，别的求爱者又来了几个。但都不成功，所以以后就无人来了。

蚂蚁因为居处与蝴蝶相近，拜会她几回，别人就传蝴蝶要和他做朋友了。其实蚂蚁并无别的意思，蝴蝶也不过赏其勤敏，时常同他谈谈话而已。

草里的绿蜥蜴，偶然在蝴蝶前走过，把尾巴摇了几摇，蝴蝶以为他是来咬她的，不觉惊叫了一声。蜥蜴慌忙跑了，但因此大受众虫讥嘲，羞得他潜藏在虎纹石下，足足有三天，没有到外边洗日光浴。

蝴蝶后来知道这件事，很是懊悔，她说蜥蜴外貌似乎难看，性情却极温良，我不该惊动众虫，教他过不去。听说后来蜥蜴也同她谅解了。

人问她和蜜蜂的爱情如何？蝴蝶说还没有同他会过面呢。

——那么，你为什么要对他这样忠实？别的虫们很奇诧地问。

——我们的婚约，是母亲代定的，我爱我的母亲，所以也爱他。蝴蝶微笑着回答。

二

　　小小银翅蝴蝶没有事的时候，常坐了一片花瓣的船，在湖中游泳。湖中有许多莲花，在那里她认识了一对蜻蜓夫妇，和一匹淡黄色的飞蛾。

　　蛾儿会讲故事，又会吐出雪亮的丝，做成精巧的小茧，人们称他为艺术家。

　　蝴蝶到湖上游过几次，和他们渐渐熟习了。说也奇怪，以后蝴蝶每到湖上去，飞蛾就在湖边等她，好像有成约似的。也不知他有什么法术，能够如此。

　　一夜两个又在湖上相遇。

　　那是一个景色醉人的春夜，草中群蛙乱鸣，空中也飘荡着夜莺的歌声，流萤如织，上下飞舞，影儿映在水里，闪烁不定，辨不清是空中的萤光，还是水中的萤光，绿沈沈的树影，浸在波间，湖水更碧得可怜了，现在更含了这无数萤光，好像是夜的女王，披了嵌满金刚钻蓝天鹅绒的法服，姗姗出现。

　　两片花瓣的船儿，相并地在湖中漾着，月儿御了金轮，飘飘走出云海，将幽美的光辉倾泻在湖面上，立刻幻出一个美妙神秘的世界。风过去，带来一阵阵紫丁香的芬芳——那是岸上人家园里的，——和沁人心田的凉意，轻轻驱去人们眼皮上的瞌睡。

　　蝴蝶将一枝樱草，代桨划她的小船，镶了月光的微波，如栉栉银云，随桨涌起，渐渐散开去，又渐渐聚拢来。微波也似乎恋着蝴蝶的影儿，不忍流去呢。

　　——今天晚上，你又有什么好听的故事，请讲个我听罢，黄蛾先生。

　　今夜没有故事可讲了，因为我所有的都讲完了啰。也罢。我且讲一个，这故事却是我亲自阅历的，如果你不嫌烦腻，我就说了。

　　——是你自己的故事吗？那定然更亲切有味了，快讲罢，我要趁月儿未落到湖心之前，掉舟回去呢。蝴蝶催着说。

于是蛾捻一捻他那两撇清朗的小触须,开始讲他自己的故事:

人们所赞美的是"攻克",如圣弥惜在波浪掀天的大海中斩除毒龙,赫扣斯杀死七头蛇,隐者们岩栖穴处,克服他们自己的肉体,但我以为都不足道;最有价值的事,是怎样去克服情人的心。

人们所崇拜的是"冒险",如哥伦布冒险寻得新大陆,许多游历家,冒险去探南北极,希望发现些什么,在我也不以为然的,我以为世间最勇敢的行为,是冒险去探求情人心中的秘密。

我爱美,慕光明,为了爱美,我曾做茧缚住自己,经历无边的苦闷。你是听见过了,为了慕光明,几乎丧了生命,恐怕还没人知道呢。

我后来果然恋爱了一个人,她是点在金缸上的一穗青焰。

夜间她在房里亮起来了,我就在兰窗外徘徊,窥望她的倩影。

一夜,我又飞在窗外,隔了一层碧纱,见我的情人,光彩焕发,美丽如青莲华。我知道她虽美,却很危险的,近她的人,都有焚身之祸,但是我是生性好冒险的,我要冒险去探一探她的心,是否爱我。

我鼓起勇气,飞进纱窗,——她果然是被我攻克了,然而我呢,晕倒在金缸之下了。

醒过来时,我已被掷在窗外,发现我的翅儿和心都灼伤了。

飞蛾说到这里,鼓起他淡黄如新月的翅儿。月光下,蝴蝶看见那翅面上,有焦黑的斑点,恰似玳瑁上的花纹,蛾说,这是"爱的伤痕"。

蛾讲完他的故事,又接着说道:

——我的心灼伤还没痊愈呢,但是,我现在又堕入一个新的冒险运命中了。呵!如果我能博得我所爱者的欢心,我愿意让我的心再燃烧一度。说罢,将忧郁的眼光,望着蝴蝶,并且幽幽地叹了一口气。

蝴蝶懂得他的意思了,她脸上蓦然飞来一阵红霞,垂下她的头,藏在两个翅子中间,如一叶经人手触的含羞草。那晚蝴蝶回来之后,从此不再到湖上去了。

三

碧海青天中，月儿夜夜吐她的幽辉，春风里，月月红时时展开笑靥，小小银翅蝴蝶，到湖的西边来，匆匆间已见了三度月圆，三回花的开谢了。

现在，是绿暗红稀的暮春天气，双飞的紫燕，在画梁上筑了巢，生了一群雏燕，柏树上的慈乌，也将了八九子，荷底交颈的鸳鸯，溪边同飞的翡翠，自不必说；而园中鹦鹉，蝴蝶等，也渐渐作对纷飞，只有小小银翅蝴蝶，仍然是孤独的。

花之朝，月之夕，她的纯洁心灵上未尝不生一种轻微的难以言说的惆怅。

呵！落红如雨，春光已将迟暮了！

一天，她飞到一带树林中，寻取花汁，林中野花下，有一群青蝇，正在大吃大喝，开俱乐会。

蝴蝶取了花汁之后本已起身飞回，但飞了几步，还有些口渴，便又折转来。但这次她是从花的后方飞进去的，没有给青蝇们看见。她才歇在一朵花上，就听见青蝇们正在说话，似乎是议论她自己，她就钉住不走了。

青蝇甲　刚才飞过去的，是那边园里的银翅蝴蝶，我认得她。

青蝇乙　为什么她总是独自飞来飞去？

青蝇甲　爱她的也很多，但她总不理会，有点假撇清哩。

青蝇丙　难道她是抱独身主义么？

青蝇甲　不是，听说已与人定有婚约了。

青蝇乙　她的未婚夫是谁？现在何处？

青蝇甲　这可不知道，听说在山那边学习工艺呢。老金刚从那边来，总该知他。他说着就指着对面坐着的大金头蝇。

众　蝇　老金，你知道银翅蝴蝶的未婚夫么？我们倒想听听他的事。

金头蝇　我也不认识他，不过山那边的人，时常对我谈起他罢了。

众　蝇　他是一个什么样的人物？

金头蝇　很聪明的少年，工艺也学得不错，在昆虫中总算是出类拔萃的了。不过听见说性情颇为孤冷呢。

青蝇甲　蜂们的性情总是有些孤冷的，那边园里的黄蜂姊妹，美虽美，却凛若冰霜，大家都不敢亲近她们。

青蝇乙　蜜蜂是有刺的，是不是？

青蝇甲　自然，黄蜂也是有刺的，园里的黄蜂姊妹，谁误触她们一下，她们就给你碰一个大大的钉子。

众蝇大笑。

青蝇丁　不过蜜蜂现在为什么不来同蝴蝶结婚呢？

金头蝇　不知道，总之那蜜蜂也未必来罢，他是工艺家，讲究实用，我看他或者会爱能吐丝织茧的蚕，纺织的络纬，而不爱这银翅蝴蝶，因为她太轻浮无用罢了。

青蝇丙　这也不错，蝴蝶自以为富于文采，我看她们真不值一钱，她们还瞧不起我们哩。就是这个银翅蝴蝶，不过钱大，也居然轻狂得很，将来教蜜蜂好好地扎她几针，我才痛快。

众蝇又大笑。

在蝇们的嗡嗡笑声中，野花丛里，飒然有声，有个影儿，一闪就不见了。但蝇们不注意，仍然谈笑吃喝，继续他们的盛会。

四

那天蝴蝶在树林中悄悄地飞回之后，心里非常不乐，蜜蜂果然是这样一位人物么？他是不爱我们蝴蝶，以为是浮华的么？她自顾翅上美丽的银粉，很爱惜自己的文章，但是这有什么用呢？在蜜蜂的眼里，还不如蚕的丝，络纬的纺车声呀！她想了又想，一面不信青蝇们的话，一面对于蜜蜂也有些不放心。

到后来，她想，好罢，我虽不能到他那边去，但可以教他到我这里来，他来之后我就可以知道他的性情，他也会知道我的性情，双方即使有缺点，感情融洽之后，也就不觉得了。

小小银翅蝴蝶，本是富于情感的，她推己及人，以为蜜蜂也和她一样，她理想只要写一封信去，就可以将蜜蜂叫来，并没有想到他或者有不能来的苦衷。

她写信之后，就忙着收拾妆奁，以为结婚的预备。她榨取紫堇花的香水，扫下牡丹花粉，用灿烂的朝阳光线，将露珠穿成项圈，借春水的碧色，染成铺地的苔衣。朋友们见她整日喜孜孜地忙东忙西，都觉得奇怪，逼问理由，蝴蝶瞒不过只得实说道我不久要结婚了。大家忙与她道喜，并争送贺礼：黄蜂姊妹送她一朵金盏花，说将来好和蜜蜂喝交杯酒；螳螂夫人送她几枝连理草，说可以做他们的衣带；胖得肚皮圆圆的大蜘蛛，送她银丝发网。也有送吃的东西的，如酢酱花，麝香瞿麦……大家取笑说将来可作厨下调羹的材料。

蝴蝶没有忙完，蜜蜂的回信已来了，里面只这样寥寥的几句：

——我现在工艺还未学毕，不能到你这里来，而且现在也不是我们讲爱情的时候。

小小银翅蝴蝶，性情本极温柔的，这回她可改变了，大大地改变了。她读完那封信，羞愤交并，心里像有烈火燃烧着似的，她并非因蜜蜂不来而失望，只恨蜜蜂不该拿这样不委婉的话拒绝她，损贬了她女儿的高傲。而且园里的昆虫，都知道蜜蜂是要来的，现在人家再问，用什么话回答呢？人家岂不要笑她空欢喜一场么？呵！蜜蜂这一来，不但真无爱情，简直将一种大侮辱加于她了！

她自到湖的西边以来，抛掷多少机会，拒绝多少诱惑，方得保全了自己的爱情，她要将这神圣芳洁的爱情，郑重地赠给蜜蜂，谁知他竟视同无物，这是哪里说起的事？现在，她恨蜜蜂达于极点了，咦！他为什么尚未见面，就给她一针，而且这一针直扎穿了她的心！

她停在花上，银色的双翅，不住颤颤地发抖，打着花瓣，发出一种轻微的调和的乐音，如风里落花之幽叹，如繁星满空的夜中，秋在梦中之呼吸，那是蝴蝶愤怒和悲伤的表示。

五

　　湖畔女贞花下，有许多蝼蛄，穿穴地底，建立了一座修道院，这地穴虽阴森森的不见天日，然而他们却很满意地住在当中。有一条紫蚓，住在这修道院的隔壁，她说将来也要和蝼蛄们同住的，大家称她为紫蚓女士。

　　紫蚓上食槁壤，下饮黄泉，于世无营，与人无争，有时半身钻出泥土，看看外边的世界，但她道念极坚，毫无所动，夜间常宣梵贝，礼赞这永久的宇宙。

　　人们受着精神上的痛苦时，本来不容易消释，至于这痛苦是关涉爱情的，自然更是难堪。不知什么时候，我们的小小银翅蝴蝶，竟生了厌世观念了，而且不知什么时候，她和紫蚓认得了。紫蚓常常引她参观蝼蛄们的社会，又常常勉慰她道：

　　爱情是极虚伪的东西，是极可诅咒的魔的诱惑，我们为什么要陷溺其中呢？你现在受了这样大的痛苦，应当知道它的害处了。我劝你快忘了你那蜜蜂，也不要更在这繁华的世界里鬼混，你快来，快到我们这里来，我们这里有大大的好处呢。你觉得我和蝼蛄们的服装，非黑即紫，有如持丧么？是的，但我们将衣被永生的光辉；你以为我们住在地底为苦么？是的，但我们的希望，在将来的天上。

　　我也知道你生性是爱花的，然而我们这里并非没有花，你可以爱银百合，学她的纯洁，你可以爱紫罗花，学她的谦下，你可以爱红玫瑰，学她的芳烈……

　　紫蚓女士的话，说得如此恳切，蝴蝶也为她感动了，于是同她成了挚友，时常和她谈心，当她夜间烦恼不寐时，听了紫蚓清扬的诵经声，心里就宁静些。

　　但听了几天之后，蝴蝶对于紫蚓和蝼蛄的生活，开始厌倦起来。

　　一天她飞来对紫蚓说道：我现在要别你而去了。我自从到你们这边来忽忽过了一个春天了，很想念我的故乡——湖的东边，要回去看看呢。

——贵乡不是年年飞蝗为患么？那里没有这边宁静呵！而且你修道的事情……

——我也知道我的故乡，没有你们这里好，但我的家在那里，我总是爱她的。至于蝼蛄的生活，我还没有开始试验，然而我已经觉得与我不相宜的了。我们蝴蝶的生命，全部都是美妙轻婉的诗，便是遇到痛苦，也应当有哀艳的文字。我以后要将我的情爱，托之于芙蓉寂寞的轻红，幽兰啼露之眼，更托之于死去的银白色月光，消散了桃色的云，幻灭的春梦，春神竖琴断弦上所流出的哀调。

紫蚓还想挽留，蝴蝶不等她开口，将她那管形的喙，在她头上轻轻触了一下，算是一个最后的别礼，竟翩翩跹跹地飞去了！

六

这篇故事，已经到了快要完结的时候了，我所要告诉读者的是：这故事的收局是团圆的，虽然有点像沿袭了滥恶小说的俗套，但事实如此，也不必强为更改了。而且有好心的读者们，如果你读了这个故事，对于这历尽苦辛的小小银翅蝴蝶起一点儿同情，想不至于为满足你文学的趣味，而希望她更得一个悲惨的结果吧？

至于那小小银翅蝴蝶，如何回到她的故乡，如何无意间与蜜蜂相遇，如何彼此消除了从前的误会，那都是无谓的笔墨，可删的繁文，我也不愿意将她写在这里。一言蔽之，他们后来是结了婚了。

结了婚了，而且过得很幸福。他们所居之处，不在天上，不在人间，只在一个山明水秀的地方，那里也有许多花，蜜蜂构起一个窠，和蝴蝶同住，两个天天醉众芳之醇液，采百花之菁华，酿出了世间最甜最甜的蜜。

他们现在是互相了解了。从前的事重提起来，只成了谈笑的资料。有时蜜蜂也问蝴蝶道：我那时因工艺不曾学成，以为不是结婚的时候，所以老实地告诉你，为什么竟教你那样伤心，我到今还不明白呢。

蝴蝶说：你不来，我并不怪你，不过你的信，不该那样措辞。

蜜蜂道：奇了，我的信有什么不好之处？我的思想是受过多年科

苏 雪 林
散 文 精 选

学训练的,只知花粉刷下来就做成蜡,花液吸出来就酿成蜜,如人们所谓二五相加即为一十的。我不能到你那里,就直截了当地说我不能到你那里罢了。难道一定要学人间文学家肉麻麻地喊道:……爱人呵!我蒙了你的宠召之后,喜得心花怒开,连觉都睡不成了,我本来恨不生出两个翅膀,飞到你那里,但是……

那样说才教你满足么?

蝴蝶道:自然要这样才好,这也是修辞之一法。

蜜蜂大笑道:

这也是我永远不懂你们文学家头脑的地方!

(《绿天》,1928年上海北新书局初版,选自1956年台湾光启出版社增订本)

小小银翅蝴蝶的故事之二

一

小小银翅蝴蝶和蜜蜂结婚以后，开始一段岁月，过得也还相当美满，但蜜酒里常掺有苦汁，柔美的旋律也往往漏出不和谐的音韵，蝴蝶又渐渐感觉这种家庭生活与她不甚协调了。这不是说"结婚是恋爱的坟墓"果然是一条颠扑不破的定理，不过是因为蝴蝶现在身到庐山，认识了蜜蜂的真面目而已。

大自然是慈祥的，但她的律法却是残酷的，她慷慨地给了你这一样，却吝啬地收回那一样。我们的银翅蝴蝶虽仅有一枚青钱般大小，她那两扇翅子却也的确不比寻常。大凤蝶的衣裙，镂金错彩，华焕夺目，但嫌其富贵之气过于逼人，不及我们银翅蝴蝶的天然本色，赤斑蝶随季节变换服装的色彩，人家笑她太像好趋时尚的摩登少妇，又不及她的文秀可爱。其他如翠绀缕、丁香眼、绯睐、紫斑，也不过名字好听，实际都属于粗陋木叶蝶科，与银翅蝴蝶更不可同日而语，于是自然的老祖母对她皱一皱眉：提起笔来，便把她婚姻簿上应享的幸福一笔勾销了。

论到银翅蝴蝶的丈夫——蜜蜂——也算得一个优秀的工程师。他能够在一根纤细的柄儿上造起一座比莲蓬还要大的房子，狂风暴雨都撼摇它不动，房间的设计更具惊人的精巧，一孔一孔都作六角形，既

苏 雪 林
散 文 精 选

省材料，又不占地位，人间的建筑家见之也每自叹不如。此外则储藏室、育儿室、浴间、厨房，应有尽有，都造得既经济而又舒适。

蜜蜂诞育于专讲规律的家庭，又接受过于严格的工程训练，他的头脑不免也变成了机械化。他只知道一只蜜蜂生来世上的职务无非是采花酿蜜，酿蜜做什么呢？无非为维持下一代的生活，好让蜜蜂的家族，日益繁荣昌盛。蜜蜂除了他的本身和一家是不知天地更有芸芸万众之存在的。

以下是蜜蜂一天的生活表，也可说是他一天的工作表。原来蜜蜂的生活便是工作，而工作也便是生活。

当温和的晨曦才以他黄金色的吻，吻醒了大地的灵魂，小鸟们尚未开始他们的"晨之礼赞"，花儿们似尚流连于昨夜什么可喜乐的梦境里，朱唇边还残余一痕的笑涡，娇靥上还泫着晶莹的喜泪，蜜蜂已从他的香巢振翼飞出，到数里以外的花圃采蜜去了。

他从琼珮珊珊的玉兰，拜访到铅华不御的素馨，从清香满架的酴醿，巡游到锦帐春眠的海棠，直到腋下夹带的蜜囊，鼓得满满的，又用脚刷下花粉，预备携归作为制蜡的材料。

直到日午，他才背负工作的成绩飞回巢中。吃过蝴蝶亲手替他预备的午餐，又飞出去了。傍晚归家，又要修缮破漏，扩充房舍，家中虽有个甜蜜的伴侣，对之似乎并不感什么兴趣，他所欢喜的，集中精力以赴的，只是工作——一刻也不停地工作。

蜜蜂虽然年纪尚轻，却好像经验过多少次灾荒，又好像饱经过饥饿的威胁，为预防起见，他遂终日营营，以储蓄为事。

他将采来的蜜，除少许日用以外，都灌进蜜房里。他常对蝴蝶描写冬季来临时之苦，那时候北风整天猎猎地呼啸着，大地满积冰雪，百花都凋残了，田里的五谷也一粒不存了，那些平日懒惰的鸟雀们，昆虫们，便都一批一批地饿死。昆虫界盛传的蝉与蚁的故事，即蝉在夏季终日抱着树枝唱歌，冬天无食可觅，到蚁穴前哀求布施，遭蚁拒绝，蝉遂饿死路旁的那个寓言，他可以百述不厌。说完后，一定告诫蝴蝶说：

"所以你现在整天在外游荡，一味吟风弄日，实非生活常法。你

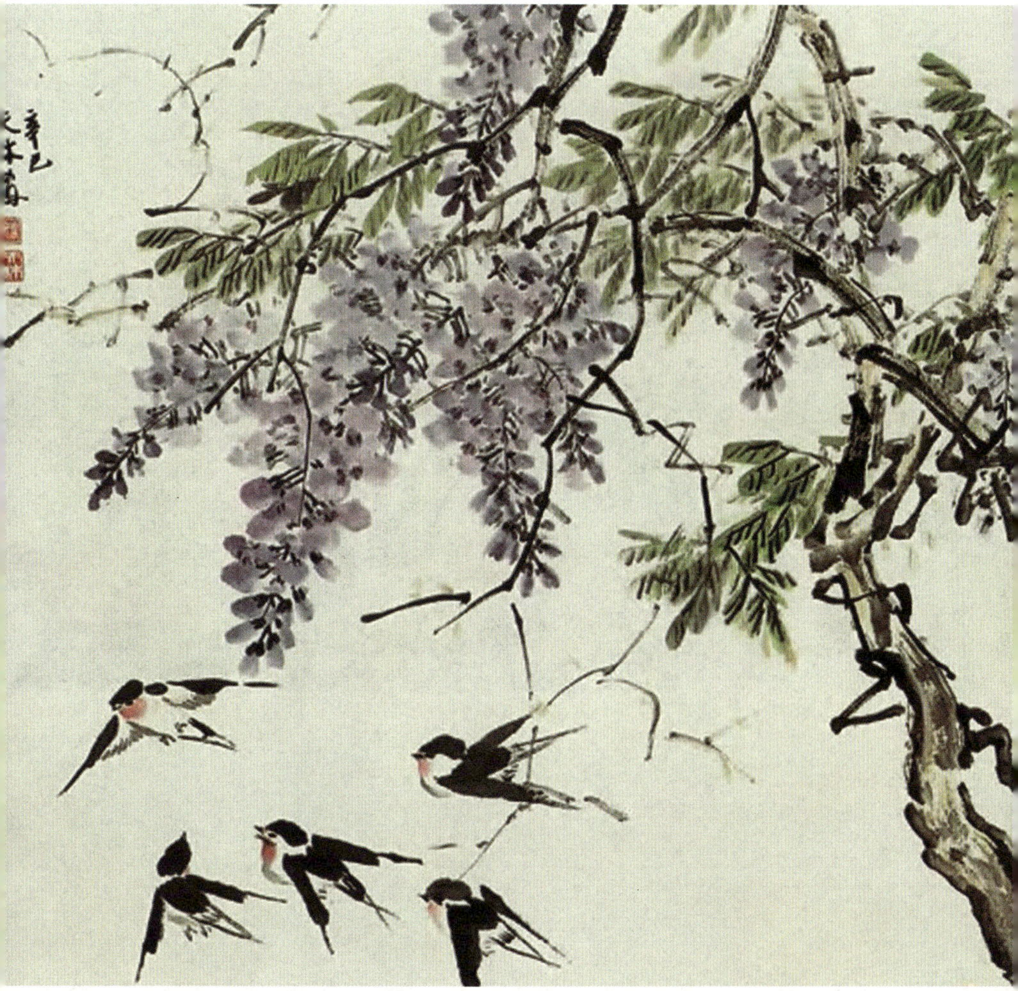

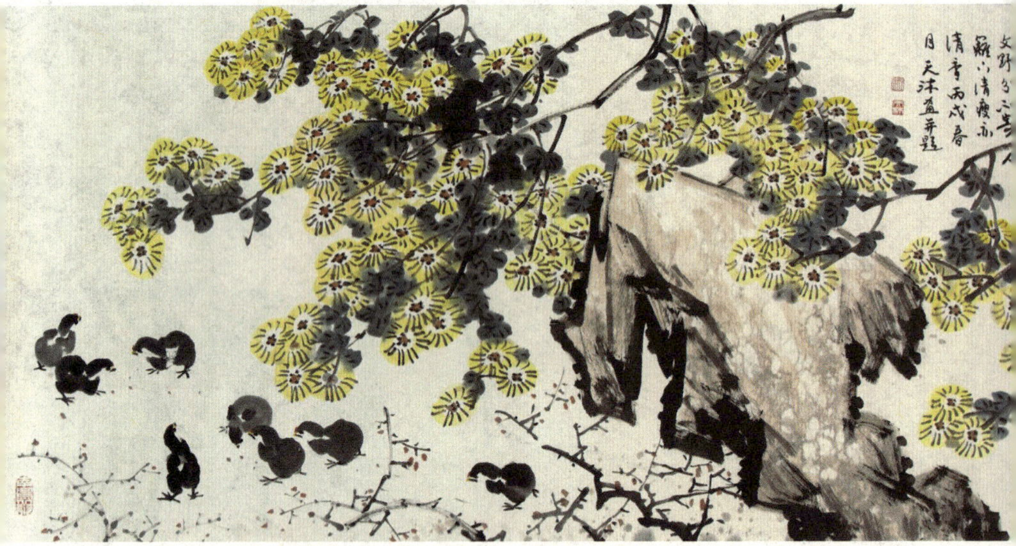
清香丙戌春
月天沐画并题

应该帮助我努力建立家庭，从事储蓄，为下一代着想。"

"下一代？我们的下一代在哪里？你这么着急，也未免太未雨绸缪了吧。"蝴蝶听了蜜蜂的话，不觉失笑说。

"真的！我们结婚也算有一段时光了，还没有孩子的朕兆，我们去抱一个如何？我们蜂类本来讲究养螟蛉子，这是有古诗可以证明的。"蜜蜂兴奋地嚷道。

"我们结婚还没有几天呢，而且我们也还不算老，你就顾虑到嗣续问题。瞧！又是储蓄，又是子孙，好实利主义呀！"蝴蝶颇为不悦地说。

"实利主义！是的，我们蜂儿讲究的便是实利，不像你们蝴蝶，一天到晚，轻飘飘地，飞舞花间，脑子里满泛着绮丽的幻想，和那天边彩霞一样绚烂的梦。你也曾啜取花汁，可是我从不见你带一口回家。你自负翅上发光的银粉，以为可以替大块文章，补上一笔，但对我有什么好处呢？"

果然，蜜蜂对于他爱侣彪炳的文采是从来不知注意的，他就从来没有对她的翅子正眼瞧过一次。

"这算什么呢？可以御寒？还是可以果腹？"当他听见别人赞美蝴蝶的翅子时，常这么咕哝地说。

青蝇们的话，果然证实了。蜜蜂所爱的果然是那能吐丝织茧的蚕，那能纺织的络纬之流，而决不是他认为浮华无用的蝴蝶。他后悔自己没有在蜂类社会里，选择配偶，照他那实利主义的观点看来，那爬行地上，黑陋不堪的蚂蚁也还比蝴蝶强。

二

小小银翅蝴蝶虽然不带花汁回家，增加蜜蜂的储蓄，然而她也没有把自己每日辛劳的成果，付之浪费。她来往花丛，传播蕊粉，让花儿们雌雄配合，子孙繁衍，增美大自然明媚的风光，也使生物获得可口的粮食，于是大家奉送她一个美丽的名号："花媒"。

蝴蝶的亲属甚多，可惜生活均陷于贫困。她有个同胞姊姊，乃是

苏雪林
散文精选

属于木叶蝶科的黄裾蝶。这类蝶儿虽无可观的文饰，但她那紫褐色的翅子上印着树叶筋脉一般的细致，肖似俏丽的村姑，荆钗布裙，自饶一种朴素之美。她嫁了一匹蛇目蝶。蝶儿们大都爱好阳光，蛇目蝶则偏喜徘徊于阴暗污浊之处，因其性好流浪，失踪已历多时，黄裾蝶带着两个孩子，仃伶孤苦，银翅蝴蝶友爱情深，将她母子三人的生活毅然挑到自己肩上。

说我们银翅蝴蝶亲属多，那并不假，她除姊姊外，还有个寡妇嫂子哩。那是匹赤斑蝶，她的孩子比黄裾蝶多出一倍，夫亡以后，生活无着，子女嗷嗷待哺，惨况难言。银翅蝴蝶最爱她的亡兄，对于他的未亡人和遗孤，当然不能坐视。

这两房人口的赡养，也煞费蝴蝶的张罗。她不过是匹小小蝶儿，气力有限，每天忙碌着采取花汁，自己只享受一点，大部分都填了那一大群寡妇孤儿的肚肠。为了工作过度，营养又嫌不足，更因蜜蜂脾气不好，欢喜和她时常闹气，我们的蝴蝶一天比一天瘦了，她银翅的光辉也日益黯败凋敝，有时她和她姊姊黄裾蝶并立枝头，人家几乎错认为两片同样的枯叶。

蜜蜂对于他妻子本无若何的情爱，所以也就从来不管她的闲事。一天，他在外工作，却于无意间发现了蝴蝶的秘密。

那晚蜜蜂回家，蝴蝶落后一步也飞入窠里。

"那一群大小蝴蝶是谁，要你一口一口地吐花汁喂他们？"蜜蜂气愤愤地对妻子盘诘。

"那两匹大蝴蝶是我的姊和嫂，那一群小的是我的甥和侄。"蝴蝶想这也不是什么不可告人的事，便如实说出。

"你嫁了我，便是我的人，你采来的花蜜也该归到我的名下，现在你却去津贴外人，这是我万万不能忍受的！"实利主义者说出了他久蕴于心头的话。

"可是，亲爱的，做丈夫的也应该负担妻子的生活，自从我嫁你以来，你采来的蜜汁，让我啜过一口没有？"蝴蝶和婉地回答。

"你既然能够自立，何必还要我赡养？人无远虑，必有近忧，我储蓄也不过为我们将来打算，我说'我们'当然连你也在内。我们都

是生物,生老病死,都要受自然律法的支配,将来我们都有飞不动的时候。到了那时,我们沿门托钵,去哀求人家的布施,人家肯理你么?"蜜蜂理直气壮地说。

"你老是这一套,我听也听厌了。"蝴蝶微嗔道,"什么'将来''将来',你们蜜蜂就有这么多的'将来',我们蝴蝶却只知道'现在'。我讨厌你的实利主义,请你别多谈了,好么?"

"我自知是个俗物,配不过你这位不饮不食仍可生活的神仙,清高的小姐,咱俩分手吧!"

蝴蝶一气之下,也就真的离开那个蜂窠,率领她的亲属,另立门户去了。

三

小小银翅蝴蝶自和蜜蜂分居后,与她姊姊黄裙蝶同住一起,组织了一个别开生面的"姊妹家庭"。说故事人应该在这里补一句话:自从蝴蝶由大湖的西边回到故乡,她最爱的母亲是去世了,蝴蝶便将对母亲的孝心完全倾注在她姊姊身上,而黄裙蝶感念妹子之情,对她也百端照料,胜于慈母。二人友爱之笃,使看见的人都感动得要掉眼泪。有许多虫类,虽兄弟姊妹众多,却往往操戈同室,譬如螽斯、蜘蛛,便以残害同类著名,他们看了蝴蝶的榜样,应该有所感悟吧。

蝴蝶虽和蜜蜂分开,却也没有到完全断绝的地步。过了几时,她又苦念蜜蜂不已,又想飞回故巢去看一下。

蜜蜂自蝴蝶出走以后,果然螟蛉了一个儿子,他虽薄于伉俪之爱,父子之爱却比别的虫类浓厚。原来蜂和蚁这一类生物,视传宗接代为一生大事,他们自己的生命不过为下一代而存在。蚂蚁为什么这样出死力地保卫他们的女王?还不是因为女王是他们社会惟一的育儿机器?蜂类没有儿子便一定抱养异类虫豸、吐哺翼覆,日夜嘤嘤祝祷着"类我"、"类我"!这两类虫儿,都是"三日无子,便皇皇如也"的。蜜蜂见蝴蝶久未生育,心已不满,何况她又不肯和蜜蜂合力维持家庭,却去管照她自己亲属的生活,这样使蜜蜂不快之上更加不快,现在见她回家，不但没有夫妇久别重逢的快乐，反以极端冷漠的口气问她道：

"你又回来做什么？我于今有了儿子，万事满足，你有了姊姊，也该不再想念丈夫了。你又回来做什么！"

"姊妹管姊妹，夫妻管夫妻，怎可相提并论？亲爱的，请你不要这样对待我，你知道我对你的相思，是怎样的苦啊！"

蝴蝶虽柔情万种，感不动蜜蜂那颗又冷又硬的心。他原是属于这样一种类型的人：自己有现成幸福不知享受，却怕见别人幸福。他见蝴蝶离家以后，过得喜气洋洋，容貌也加肥泽，大非在他身边时可比，他不知反省而自愧，反而妒她，又妒黄裙蝶侵占他的利益。他对银翅蝴蝶妒之上还加恨，为的蝴蝶的翅膀于今已长得很有力，要飞多远便多远，不必再偎傍于他翼下，让他高兴时便和她调笑一回解闷，不高兴时便扎她几针出气。他的施虐狂已失去发泄的对象了——蜜蜂虽没有真的用针去扎他的小蝴蝶，可是他心胸窄狭，易于恼怒，平日间家庭里零碎的反目、口角，等于无穷无尽的毒螫，也真教蝴蝶够受。

蝴蝶在家里过了几天，觉得家庭空气凝冻得像块冰，她只有叹口气，又悄悄地飞走了。

每过一段时光，蝴蝶总要返家一下。她抱着一腔火热的爱情飞来，却总被蜜蜂兜头几勺冷水泼回去。

我们别唱高调，以为爱情是完全属于精神性的东西，是可以无条件存在的。爱情像一盆火，需要随时投入木材，才可继续燃烧，春生满室。爱情又像一个活物，需要食粮的喂养，否则它便将逐渐饿成干瘪，终致死亡。夫妇彼此间的轻怜、蜜爱、细心的熨帖、热烈的关注，都是续燃爱情的材料和喂养爱情的食粮。可怜小小银翅蝴蝶一往情深地对待她的蜜蜂，谁知蜜蜂所回答她的始终是那一股子不近人情的"冷酷"，所以蝴蝶一腔的热情也渐渐儿熄灭了！她的爱活生生给饿死了！

四

小小银翅蝴蝶又在绣原某一地点发现了一区繁盛的花田，采蜜比

从前容易，她已有照料自己的闲暇，她翅上的银粉又透出一种异样的光辉，吸引人们的注意。

绣原上虫类虽繁，向蝴蝶献殷勤的已不如从前大湖西边的那么多。当然喽，蝴蝶现在已非少女时代可比，况且她的"撒清"之名播于远近，谁肯来讨没趣？再者雄性的动物都好高善妒，恨不得天下的美都集中他们自己身上，倘雌性的美超过他们，最伤他们自尊心。他们见银翅蝴蝶在清风里飞来时，双翼翩跹，好似一团银色的光焰，闪得人睁眼不开，常使他们有形秽自惭之感，当然不愿来向她请教了。

但蝴蝶这时候也还不乏对她的爱慕者，他们明知蝴蝶不易追求，却宁愿默默地在一边注视着她，他们送飞吻于风，混清泪于晨露，杂嗫嗫的情话于风叶的吻，他们不敢教蝴蝶知道他们的爱情，也不愿蝴蝶知道，正像一个人在露零风紧的秋夜，遥睇万里外蓝空里一颗闪烁的明星。

蝴蝶好像天然与飞蛾有缘，与蜜蜂结婚后又遇见一匹蛾儿。他的翅子金丝镶嵌，并点缀着许多深橙色的眼纹，在昆虫界确可算得一个标准美男子。这匹蛾和蝴蝶的丈夫幼年时代曾经同学，常来他们家中。蝴蝶见他那满身的金钱，常戏呼他为银行家。

"哪里，哪里，"金蛾谦逊地说道，"若说真正的银行家，应该推蜣螂——小犀头也说得上——他们整天搓团黄金，将黄金团成了比他们身子大几倍的圆球，拼命推回自己的巢穴，那才配称为银行家。至于我身上所带的只是些不能兑现的空头支票罢咧。"

"蜣螂么？"蝴蝶蹙眉说，"我嫌他们太贪，那么昼夜不休地搞金子，跌倒了又爬起，疲乏了也不肯休息，真是要钱不要命的财房。而且他们那一身铜臭，简直不可向迩！啊，请你莫再提了，再提我要作呕啦！"

金蛾来蜜蜂家既频，察见他们夫妇间感情的枯燥，知道这项婚姻是不会到头的。他便于不知不觉间爱上了小蝴蝶。但他生性羞怯，虽属蛾类，却无扑火的勇气，只能于暗中向蝴蝶频送殷勤。蝴蝶何等灵敏，早觉察出他的企图来了。她却不愿多事，只装作浑然不觉的模样。金蛾有时来拜访蝴蝶，希望和她单独深谈，蝴蝶却故意请出蜜蜂，共

苏雪林
散文精选

同招待，常把那位漂亮绅士弄得啼笑皆非。

草中有一头虺蜴，尾长身细，貌颇不扬，不过他擅长医术，对于蛇类的病，更手到春回，遂有"蛇医"之号。一天，他伏在一丛深草中，看见银翅蝴蝶在他头顶上飞过，忽然动了企慕之心。

"像我这么一条粗蠢的爬虫，一个卑微的草头郎中，居然想爱这个栩栩花丛，春风得意的蝴蝶，未免太不自量，趁早死了这条心吧！"虺蜴再三警戒自己说。不过爱情之为物是不受理智控制的，沉默的爱之噬啮人的灵魂，痛苦比死亡还大。虺蜴忍受了好久，实在再忍不住了，他开始来写情书，拜托他的远亲壁虎带给蝴蝶。

壁虎出入人家房闼，本极自由，每当蝴蝶静坐室中，他便缘墙而上，约摸到了蝴蝶头顶，尾巴一抖，口中便松下了一片小小花瓣，这便是虺蜴写的半明半昧欲吐还吞的情书。

"想不到我结婚以后，还有这么些魔障。"蝴蝶凄然一笑，随手把那封情书搁开一边。

女人们的脾气大都欢喜玩弄男性，有时甚至以男人的痛苦当作自己的娱乐。我们常见春水柔波之上，轻盈窈窕的蜻蜓，款款回翔，纤尾点水不绝，她们正在顾影自怜，勾引雄性来入她温柔的圈套。我们又常见蜘蛛大张情网，诱骗情郎，到手后，都恣情玩弄一番，然后将雄性吃入肚里。我们的银翅蝴蝶，生性忠厚，从来不曾玩这一套。她也自知再没有被爱的权利，何必与人家虚作委蛇，教人家为她白白受苦。所以当她一发觉雄性虫儿对她有所表示时便立刻抽身退后。她对他们也并不直言斥绝，表白自己的孤高而使别人难堪，只一味佯为不觉。"佯装"也是昆虫的一种本能。当他们遭遇袭击，生命濒于危殆时，便会这样来一下。譬如白凤蝶被追急时，会从空中直落地上，伪作死亡，敌人才一错愕顾视，她已翩然飞去。守宫卸下一段尾巴，跳跃于地，转移敌人的目标，本身则乘机逃脱。不过别的昆虫以"佯装"来保卫自己的生命，而我们的银翅蝴蝶则以"佯装"来保卫自己的节操。

因此，那些爱慕她而不得的虫豸们，背地里常这样骂她道：

"她枉为蝴蝶，不解半点风情，迟钝有似蜗牛，闭塞胜于壁虱，

走一步都要丈量,迂执更像尺蠖!"

䗛蝎寄过几封情书,见蝴蝶毫无反响,心绪也渐冷静下来。蜜蜂有一个时候——这时他与蝴蝶分居已久——因过于辛劳,害了一场大病,有人介绍䗛蝎替他诊治。当䗛蝎询知他是银翅蝴蝶的丈夫,最初心理反应的复杂,应该是很不容易分析的,但是䗛蝎还是尽他医生的本分,拿出手段,把蜜蜂的病治好。

䗛蝎不但医道高明,而且也是个不折不扣的君子!

五

林子里有一只天牛,住在一株衰老的桑树上。天牛的模样并不怎样讨人欢喜,他真不愧是一只昆虫界的牛,气质卤莽,举动又颇粗率,穿着一身宽博的满缀白色斑点的黑袍,像个寺院里的僧侣,带着两根长鞭,常在空气里挥舞得嗤嗤作响。有人说他是教书匠出身,长鞭便是他扑作教刑的工具,袍上白斑是他从前多年吃粉笔灰所遗留的残迹。他和蠹鱼同属于虫字号的朋友,所以人家又喊他做学者,不过是个破坏学者。

不久,蝴蝶明白这"破坏学者"四字的意义了。天牛生有一个巨颚,两根锯子似的大牙,终日蛀蚀桑树的枝条,那一条条的桑枝经他一蛀都好像受了斧斤的斫伐,又好像受了烈火的燎灼,很快枯萎而死。蝴蝶问他为什么要这样破坏,连他自己托身的桑树都毫无爱惜之念,天牛说出他的道理道:这株桑树,生机已尽,留在桑园里,白占一块地方;并且树影遮蔽下面的新芽,侵夺它们应享的阳光雨露,不如趁早斩伐去之,好让下一代自由发荣滋长。我这么干,其实是爱护桑树,不过所爱不止一树而全林而已。

天牛的议论何尝没有他的理由,可是保守派到处都是,他们对于天牛深恶痛绝,将他归于"害虫"之列。那些书蠹,瓮鸡,顽固的硬壳虫,寸光的草履虫,恨他更甚,说他不过是个喜大言而无实学的伪学者,批评他的话,颇不好听。

我们的银翅蝴蝶所学虽和天牛隔行,不过以她特殊的聪明,也了解这一条"去腐生新"的自然律法。她很能欣赏天牛那一派大刀阔斧的破坏作风,两个颇谈得来,因之发生了友谊。

天牛既认蝴蝶为他知己,竟想进一步变友谊而为爱情。天牛的性格非常爽直,他不像金蛾那么羞怯,也不学虺蜴那么自卑,他一开始便把自己的心事向蝴蝶披露出来。蝴蝶惯用的"佯装"政策,对于这位先生是无所施其技的,她只有斩截地拒绝。

"我知道你和蜜蜂感情不合,分居已久,你不肯接受我的爱,究竟有什么理由?"天牛逼问道。

"谁说我不爱蜜蜂?我俩虽不在一起,我却始终在爱着他呢。"蝴蝶含羞微笑回答。

"他哪一件配得你过?一个男人,像他那样悭吝、自私、褊狭、暴戾,即使他有天大本领,也不足为贵,何况他只懂得那点子工程之学!你说你还爱他,我绝不信。一定你不爱我,所以将这话来推托吧!"天牛一面说,一面忿忿将两根长鞭打得树枝"拍""拍"地响。这时倘使蜜蜂在他面前,说不定要被他一鞭子劈碎天灵盖!

"蜜蜂诚然没甚可爱,但我爱的并不是实际的他,而是他的影子。世间事物没有十全十美的,而且也没有真实的美。你看见许多美丽的事物,假如钻到它们背后,或揭开它们的底子,便将大失所望。我们头顶上这一轮皓月,光辉皎洁,宝相庄严,可谓圆满已极,不过倘使你真的身到广寒,所见又不知是何情景,也许你一刻也不愿在那里停留呢。所以形质绝不如影子完美。要想葆全一个爱情的印象,也该不细察它的外表,而应向自己内心推求。"

"奇论!奇论!"天牛气得大叫道,"放着眼前一个有血有肉的人不爱,却去爱那空虚缥缈,不可捉摸的影子。究竟是文学家,我佩服你想象力丰富!可是,我的朋友,我看你患有一种心理病态,病名是'自怜癖',你爱的并不是什么蜜蜂影子,爱的其实是你自己本身。正如神话上所传一个美少年,整天照着湖水,把水中影子当作恋人,想去和它拥抱,终于淹死水中。你平心去想想,我批评你的话对也不对?"天牛听蝴蝶谈起天文,他也搬出一套心理学理。

"你的话我很承认,也许我患的真是一种'自怜癖',可是,除此

以外，还有别的障碍。那便是我在母亲病榻前所立的誓言，和朋友紫蚓女士虔敬德行的感化。紫蚓从前曾劝我以三种花儿为表率，即是玉兰花、紫罗兰、红玫瑰。最重要的是玉兰花，皎然独立，一尘不染，我的翅子侥幸与此花同色，所以也特别爱它。——你不是常见我钉在这花的瓣儿上，尽量吸收它的清逸的芬芳么？我是个酷爱自由的蝴蝶，不能跟紫蚓去修行，可是我的心同她住在修道院里，已久矣非一日了。"

"你说的是什么话？"天牛大张两眼，注视蝴蝶的脸，疑心她突然神经病发。"什么'誓言'，什么'虔敬'，又什么'修道院'，在这个时代，居然能听见这样的话头，我几乎不相信自己的耳朵了。我的破坏学理，谁都反对，你独能欣赏，我觉得你的头脑很开明，思想也很进步，谁知你在恋爱的主张上竟有这么一套迂腐不堪的理论。你真是个不可理解的充满矛盾性的人物！我以前认你为我知己，今天才知错误。罢，罢，我可怜的玉兰花，再见吧！"

天牛愤然绝裾而去。他的翅子振动得太厉害，林中空气响出一片吓人的蘷蘷之声。

六

莺魂啼断，红雨飘香的暮春过去了，蝉声满树，长日如年的盛夏也过去了，现在已到了碧水凝烟，霜枫若染的清秋季节。

我们的小小银翅蝴蝶仍和她姊姊黄裾蝶同住，她的甥侄们虽已长大，翅膀还不甚硬朗，仍须她负责照料。

（《绿天》，1928年上海北新书局初版，选自1956年台湾光启出版社增订本）

辑二 人生

母亲的南旋

　　醒秋一夜翻来覆去地不曾好好安睡。她本来是和母亲对床而眠的，母亲的床和她的床，相去不过六七尺远，她听见母亲帐中微微有鼾声，很调匀，很沈酣，有时衾褥轻轻转动一下，像母亲在梦中翻身，知道母亲正在沉睡。平常的时候，醒秋若是睡不着，必定唤醒母亲，母女两个谈谈日间的事，或过去一切，消遣漫漫长夜；但今天晚上，醒秋却不敢唤她，因为母亲明天要乘火车到天津，到天津后改搭海轮回南，在路上有几天难受的劳顿，所以今夜必得让母亲好好安睡。

　　醒秋越睡不着，心里越烦躁，她血管里的血也像她脑海里的思潮一般，翻腾迸沸，结果浑身发热，太阳穴的筋跃跃跳动，再也不能在被窝躺着了；她轻轻掀去被的半边，将身子靠着枕头坐起，两眼望着微朦夜色的纱窗，一动不动地发怔。

　　这时候胡同里的车马，和远处喧哗的市声，早已寂静，不过有时听见巡警喝问半夜尚在街上游行的人，又风送来几阵狗吠，和一声两声小孩的啼哭，除此之外，外边真是万籁俱绝，大地像死了一般。但室中各种微细的声音，却真不少，桌上时钟滴答滴答，板壁的毕毕剥剥的爆裂，鼠儿的窸窸窣窣走动，飞虫头触窗纱冬冬似小鼓的响……这些声音，白昼未尝没有，但偏偏听不见，更深夜静时便加倍的响亮与清晰，打入人的耳鼓。白昼是"色"的世界，黑夜便是"声"的世界。

苏 雪 林
散 文 精 选

醒秋记得去年在故乡山中，和母亲睡在书屋里避暑。那间书屋建筑在半山上，开窗一望，一座十几丈高的青山，几乎伸手可以摸到，流泉响于几席，松影绿压屋檐，清幽绝俗。

一夜醒秋睡不着，便下床打开窗子，向外眺望。那夜的景色直教她永远难以忘却，天粘在四周山峰上似一张剪圆的暗云蓝纸，没有月光，但星光分外明朗，更有许多流萤，飘忽去来，像山的精灵，秉着炬火跳舞，满山熠熠烁烁，碎光流动。夜已三更，空气非常寂静，但耳中只听见四山幽籁，萧萧寥寥，飕飕瑟瑟，如风水相激越，如万箔春蚕的食叶之声。泉声忽高忽低，忽缓忽急，做弄琤琮曲调，与夏夜虫声，齐鸣竞奏。这些声响，都像是有生命和情感的，白昼潜伏着，一到夜间，便像被什么神秘的金刚钻，解放了它们的灵魂在黑暗中一齐活动起来了。

醒秋的心和耳也似乎得了什么神通，凡不能和不易听见的声音，也能听见：她仿佛听见松梢露珠的下坠，轻风和树叶温柔的亲吻，飞虫振翅的薨薨之声，繁星的絮语，草木的萌芽，宇宙大灵的叹息。

她坐在窗前，沉浸在空灵的感想里，一直到天明。

——"明天母亲就回南去了。"醒秋心里这样念着，不觉涌起无限恋别的情绪。她的母亲一生没有到过北京，这次为醒秋的三弟完姻，特别和父亲到京里来。婚事完毕之后，本想在北京好好逍遥一下，因为母亲半生生命都已消磨在忙碌中间的。但她在北京住还不到一个月，祖母却于南方故乡不住寄信来催她回去，说家务没有人照管，她自己又上了年纪，不能操劳的了。母亲对于祖母，本来是绝对服从的，奉了严符之后，只好和北京作别，决定南归之计。

醒秋那时在北京某高等女校读书，因离家太远，只能暑假时回乡一次，这一年母亲到京，她没回乡，由学校搬出来和母亲同住。母亲那时是寄居于一个表亲家里，父亲却寄住在同一条胡同的亲戚家。

她曾陪母亲游玩了太和三殿，陪母亲在中央公园老柏树下喝过汽水，陪母亲到过三贝子公园，这一个月是她生命史中最甜美温和的一页。

她从十五岁起，就离开家在省里读书，现在又来到北京，客中凄

凉的况味是尝惯了，但她总萦念着母亲。平日看见本京同学，随着母亲到处游玩，便不禁欣羡，只恨自己的母亲不在北京，不能享到这样天伦的乐趣。照普通人的心理讲：二十以上的青年男女，正是热烈追求两性恋爱的时代，他们所沉醉的无非玫瑰的芬芳，夜莺的歌声，所梦想的无非月下花前的喁喁细语，和香艳的情书，所以刺激他们的只有怨别的眼泪，无谓而有趣的嫉妒，动摇不定，患得患失的心情。但在醒秋，这些事还不能引起什么兴味，一则呢，她小时便由家庭替定了婚，没有另外和别人发生恋爱的可能，二则呢，她生于旧式家庭中，思想素不解放，同学虽然大谈并实行恋爱自由，她却不敢尝试的。况且她的一片童心，一双笑靥，依然是一个天真烂漫的小女孩子，只有依依于慈母膝前，便算她的至乐。

现在母亲到北京来，她可得意极了，她若在公园等处，碰见同学，必定远远地跑过去，将她拖到母亲跟前："姊姊，我给你介绍，这是家母。"同学若和她母亲说话，她就替她们双方翻译，因为母亲听不懂北京话，而且又是满口乡音的。这时候她对于母亲，对于那同学，甚至对于她所接触的一切，都发生一种难以名状的柔情，她的灵魂深处涌起感谢的眼泪，同时又充满了类似虚荣心的骄傲。呵！这一幅天性描成的"慈母爱女图"不值得展示于人吗？有时她特意到学校邀几个同学来家吃饭，谁都知她家里有一个母亲，一个慈祥和蔼的母亲。

"明天母亲便回南去了。"醒秋又这样默念着，她本想挽留母亲在北京再住几天，但有什么用？住了几天，结果还是要回去的。她又想跟母亲回南，但父亲说：他自己是要留在京里等候什么差使的，可以陪伴女儿。况且学校不久开学，家里住不几天，还要回京，这一趟往返，无非是多花盘缠多吃辛苦，有什么意思呢？父亲的话很有理，醒秋遵从了。一个月的光阴，过得比箭还快，才迎接了母亲来，又要送母亲回去。这些日子的愉快，好似一个朦胧的梦。离别的悲哀弥漫在她心头，但只是散散漫漫，昏昏晕晕地描不出明确的轮廓，因为她和母亲分离，原不止一次，若说这一回特别悲伤，那也未必。

窗外一阵风过，便是一阵阵潇潇淅淅的繁响，似下了雨，又像睡在船里听半夜的江涛，醒秋知道那是秋风撼着庭树。她思索不知过了几时，精神渐渐宁谧。窗纱眼里，透进如水的夜凉，觉得有些经受不住，便仍向被里一钻，朦胧睡去了。

第二天早晨，醒秋被一种轻微的步履声惊醒了，她张开惺忪的眼，见天还没有十分亮，室中仍是黑沉沉的，屋角里有一个黑影儿，徐徐在那里动，轻脚轻手像怕惊醒了床上的她，她知道母亲已起来了。

——母亲，你为什么起得这样早？这时候不到四点钟，离你动身的时刻还早得很呢。

——你好好再睡一忽儿罢，我的箱子还有些没收拾好，而且你的衣箱也是杂乱的，我趁这时候，将它们整理整理，好让你带到学校里去。

醒秋将头向枕上一转又睡着了。

早上六点钟的时候，预定的骡车辚辚地到了门前。大家都起来了。梳洗完毕后，父亲说这里离车站太远，不及在家里吃早饭了，不如到车站咖啡店里去，一面等车，一面吃点心。

行李送上车后，母亲的铺盖也由仆人捆扎停当，桌上梳洗的用具，以及零星的物件，装入一个小藤提包，由醒秋提着。母亲由醒秋和仆人扶掖上了车，醒秋和送别的表婶也跨上车去，仆人跨左车沿上，他是护送母亲回南的人。父亲，表叔，及醒秋的三弟是另外一辆车，新妇由母亲教不要送，昨夜来预先送了行，回到她母家去了。

一下劈啪的鞭声爆裂在骡背上，车轮便转动了。北方的骡车的好处，不是亲自坐过车的人是不能领略的，里面虽垫有厚褥，却是一搭平，客人坐着时，两条腿要笔直伸着，腰里既没有东西倚靠，便晃晃荡荡地半悬在空中，穹形的车篷，恰恰抵住人的头顶，车一震动，头便碰着车篷上的钉，碰得生痛。这样坐车真是活活受罪，母亲向来没有坐过这样的车子，被它一颠，便觉得头脑昏眩，胃里一阵一阵翻起来，几乎要呕吐。醒秋赶紧将身子撑起，教母亲靠在她的身上，又教表婶打开藤提包，取出热水瓶，倒了一杯开水给母亲喝，才使她心里略为安定些。

车夫不住地扬鞭吆喝，壮健的黑骡拖了这辆车向大路上快步前进，骡儿的长耳，一摆一摆动摇，与得得的蹄声相应和，谱成和谐的节奏。

车里三个人像受这调匀节拍的催眠，不说一句话。

都市睡了一夜，已经在清晓的微风和黄金色的阳光中苏醒过来，又要继续它一天的活动了。道路两旁的商店逐渐地开了门，行人也逐渐加多，市声也一刻一刻地增加喧闹，汽车呜呜，风驰电掣地过去，背后蹴起一片飞沙，人力车在大街上东西奔驰，交织出不断的纬线。人们负着不同的使命，抱着不同的目的，在车马中穿来挤去，清晨的爽气，洗不了他们脸上积年被生活压迫的黑影，他们还要被生活无形的大力鼓动着，早忙到晚，晚忙到早，一直忙到坟墓方才休止。道中时见粉白黛绿的旗妇，醒龊的喇嘛僧，拖着辫子的乡下遗老，更有一群一群高视阔步的骆驼，带来大漠的荒寒，使这莽莽黄沙的北国，更抹上几笔寒伧陈古的色彩。

走了多时，车儿到了大前门了。这地方比以前走的街道，更为广阔，远远望去，只见络绎的车马，如潮赴壑，如蚁趋穴，争向那高大的穹门底攒凑。那宏伟壮丽的建筑，张开它翼然的巨影，俯视蠢动的北京，在朝曦中庄严地微笑。

过了前门行了不多的路，便是火车站，骡车停在车站附近的咖啡店前，醒秋和表姊扶母亲下了车，父亲和表叔们也赶到了，进了饭店，拣个座位坐下。要了六份可可茶和一小篮面包，大家开始用早点。仆人是到店后去吃的。

吃完点心，付了茶钱，火车已停在站前，行李上了车后，人也接着上去。那辆车子因时间还早的缘故，除了醒秋一群人，没有别的旅客。

火车还有二十多分钟才开，大家便陪母亲坐在车厢里，说着闲话，所谈的无非是坐海轮的经验以及父亲等着差使后好回去的话。表叔是个忠厚长者，他不住安慰母亲说：海船的生活比火车安静自由得多，虽然有时不免风波的颠簸，但躺着不起来，也就没有什么了。他又劝母亲到天津或烟台的时候，买些水果，晕船时吃了可以开胃。

但母亲并不答言，她默默地坐在那里，像被什么忧愁侵袭着，忽然间她眼中闪映着莹晶的泪光了，这泪涨开，成为豆大的颗粒，由颊边一滴一滴地坠在怀里，她已在无声地饮泣了。

苏雪林
散文精选

　　醒秋突然间也感到离别的痛苦了，这个痛苦自从前两天起便已酝酿在胸中，本是模糊的一片，现在才变成了具体的感觉。她的心为这痛苦所牵掣起了痉挛，眼泪也不知不觉地流出来了。

　　父亲和表叔停止了说话，想用言语来安慰母亲，但母亲这次的饮泣，似乎不是为着惜别，像另外有所感触。她一尊石像般端端正正坐着，两眼直直地不看任何人，大滴的眼泪，由她苍白的颊边，续续下坠，也不用手巾去揩。好像一个暮年人沉溺于感伤的回忆里，好像有无限的委屈，不能申诉，借流泪来发泄似的。

　　她愈泣愈厉害，终于呜咽出声了，这分明有什么撕裂心肝的痛楚抓住了她，这分明有什么深切的悲哀挝炙着她的灵魂，使她不能不呻吟出声。

　　她是尝惯了离别的滋味的，每年和丈夫别离，和上学的儿女别离，分手之际虽然不免洒泪，但何尝悲痛到这个地步？

　　这情形的严重，奇异，这情形的突如其来，了无端倪，使车厢中五个亲人心灵受着一种沉重的压迫，发生一种神秘的恐怖，想找出话来劝解，却又一句说不出，只落得你看我，我看你，张皇失措。

　　表叔终于缓缓地开了口：

　　"我想大嫂子是舍不得离开醒秋侄女吧？现在离开车还有几分钟，何不去补买一张票来，让她娘儿两个一同回去？"

　　"如何？教醒儿跟着你一同回去？"父亲也没有主张了，低声向母亲问。

　　母亲将头摇了一摇，表示她不赞成这样办。

　　汽笛呜呜地叫了一声，旅客如潮水般涌上来了，母亲的车厢里也进来了许多人。这时母亲已拭干了眼泪，从醒秋手中接过藤提包，去往自己的座位。父亲再三嘱她一路保重，表叔和表婶也和她珍重地道了别。汽笛又叫了一下，车轮动了一下，大家不能再在车上停留了，只得硬着头皮逐一下了车。第三次汽笛叫时，车头忽打忽打地开动了，拖着一列一列的车，向南驰去，醒秋模糊眼泪，还见母亲灰白的脸，探在窗口，含愁微笑，向送别的点头。

　　长蛇般的列车，在空间渐渐消失了，只有一缕黑烟，袅袅在青苍

的天空中拖着，和离人寂寞的心绪，缠纠在一起！

（本文为《棘心》第一章。1929 年上海北新书局初版，选自 1957 年台湾光启出版社增订本）

来梦湖上的养病

醒秋在医院住了两星期，起初她自疑得了肺病，不免焦急。但经过 X 光线的检查，医生说她吐的那两口血，来自喉管，非由肺部。因为天气燥热，她又爱吃新烤的面包，喉管破裂，所以出血。但她虽无肺病，而左肺却有不强健的征象，里昂冬季多雾，于她身体不宜，顶好转到南方的律斯或北方瑞士一带雪山上调养。

她自升学北京女高师以前，害了那场九死一生的病，她的身体一直不强健。又有一种妇女常有的病，每月要教她痛楚一回。来法以后，尤其最近两个月，她这病更加厉害了。一个月之中，竟有三星期为这病牺牲。现在里昂冬季的妖雾，又快来了，醒秋一想起来便怕。医生既说她需要转地疗养，她于是决定离开里昂，转到别处去。

律斯和意大利接壤，是大伟人玛志尼的故乡。地临碧海，花木清幽，四季常春，风日晴美，可以算得法兰西舆图上的一颗明珠，也可算是尘寰的仙境，地上的乐园。醒秋原想去住几时，但听说那边生活程度太高，而且又无熟人，所以踌躇不敢去。

她的朋友宁小姐有一个旧同学王小姐在北方都龙省读书，来信约她到那边去转学。都龙位置于来梦湖（Le lac Léman）畔，来梦湖即瑞士的日内瓦湖，是世界艳称的名胜。都龙气候寒冷，空气爽洁，宜于肺部有病的人。

宁小姐以中法学院同国的人太多，没有练习法语的机会，正想转

学他省,听了这消息,便复信她的朋友,说她决计于秋季始业前,到都龙读书。醒秋为要养病,也托转学为名,通知学校,和宁小姐一同北去。

法兰西到底不像中国这般大,她们到都龙去转学,法友心目中都以为是个远道的旅行,其实那地方距离里昂,等于南京到上海,乘坐七个钟头的火车,便可以到达。

她们到了都龙,转入本省女子师范学校读书。那个学校除了宁的好友王以外,还有两位中国女生。

醒秋又开始一个新鲜愉快的生活了。她来都龙的目的,本不是读书,所以她对于功课,爱上就去上一堂,不爱上便跑到来梦湖边散步,或在湖中打桨游嬉。她在里昂金头公园的湖里,早学会了划舟,她最爱这一项运动。

由她学校到湖畔止有五分钟的路。湖边有几座小树林,一大片草地,铁栏围绕,栏上缘满蔷薇花,猩红万点,和澄蓝的湖波相映。栏里有一尊大理石琢成的立像,从前也许是玉似的洁白,现在已变成青灰色了,它也像有机体人们之会衰老一样,不过人们身上镌着的是忧患痕迹,石像身上镌的是风、雨、阳光、水气的痕迹。这类的树林,这类的石像,不半里便可以遇见一座,布置的方法,都不相同。

沿湖向右边走去,都是很整洁的沙道,时有渔人晒的网,摆在草地中,看了使人发生"海畔"的观念。再向前走,便是一带青山,山上山下有许多人家的别墅。这些别墅,无论其位置如何,必定设法与大湖相对。有的屋子建在山坳里,也勉强伸出头来,不过前屋总不遮蔽后屋的望眼。因为这些屋子个个贪饕地要享受完全的湖光,又要互相留出余地,所以屋的向背都不一致,从下面望去,磊磊落落,高高下下,好像会场里的一群人,蹑足引领,争着要看场中事物的神情。而且所有的屋子都不用围墙,栏杆约束而已,园中花木,行人也可一目了然。这些屋子已将一片荡漾的湖波,收摄于窗户之内,也将自己幽雅的点缀,献纳于湖,以为酬答。醒秋常说欧洲人富有生气,现在觉得他们的屋子也富有生气。

她的家乡在万山之中,风景本来清绝,但村人为迷信风水之故,

苏 雪 林
散 文 精 选

无端筑上许多高墙和照壁，和自然的景物隔离。如果不走到屋外去，所看见的青天不过手掌大，日光和空气，当然享受不到。醒秋谈到这事，曾笑对宁小姐说：我们中国人是缺乏审美观念的，不知享受自然的。有时幸运，躺在自然的怀抱中，他却不安，硬要滚到自然脚底去。

转回到湖的左边，也有无数别墅，不过都在平地上，有的红砖赭瓦，映掩万绿之中；有的白石玲珑，有似水晶宫阙；有的阳台一角，显出于玫瑰花丛，湘帘沉沉，时露粉霞衫影，有时窗户洞开，斐儿瓶花，了了可辨，清风里时时飘出铿锵的琴韵……

别墅之外，更有许多旅馆，建筑都极壮丽。夏天的时候，欧洲豪商大贾，王孙贵胄，常到这里来避暑。那时旅馆的生意，非常之好，听说有些大旅馆，竟要数百佛郎一天的价值。旅馆中一切娱乐无不完全，早起连穿鞋都不要自己动手。醒秋们到都龙时，这样热闹的时会，早已过去了，一排排临水楼台，都深深密密地关闭着，等待明年佳时的再临。

讲到来梦湖的美丽，真不容易描画，醒秋少时曾游过西湖，以为秀绝宇内，现在才知从前所见之不广。这湖弯弯如新月形，长约数百里，西南岸属法境，东北属瑞士境，但瑞士的土壤，又由法境蒙伯利亚（Montbéliard）及婆齐（Bourg）窄窄地伸进一支，在湖的西角上，建立了日内瓦京城，像睡美人伸出一支玉臂，从绣褥外抱回她的娇儿。打开舆图来看，觉得那模样真是妩媚绝伦。都龙位置于湖的南边，晚间对岸瑞士灯光明灭可睹，不过划舟到离岸的六里时，非换护照，便不能过去了。

湖水这样的广阔，又这样的蔚蓝，白鸥无数，出没苍波白浪间，没有见过海的人，骗他这个是海，他也未尝不会相信。若以人物来比喻来梦和西子两湖，西子淡抹浓妆，固有其自然之美，可是气象太小。来梦清超旷远，气象万千，相对之余，理想中凭空得来一个西方美人的印象。她长裾飘风，轩轩霞举，一种高抗英爽的气概，横溢眉宇间，使人意消心折，决非小家碧玉徒以娇柔见长者可比。

湖中游艇如织，有的是小汽船，有的是柳叶舟，也有古式的白帆船，帆作三角形，鼓风而行，也走得飞快，有雅兴的人，不要汽船，

却偏雇这种帆船来坐。一到晚上，湖中弦乐清歌之声四彻，红灯点点，影落波间，有如万道没头的金蛇，上下动荡。绮丽如画的湖山，和种种赏心乐事，不知鼓动了多少游客，疯狂了多少儿女，有位中国同学把 Léman 译为"来梦"，醒秋以为译得极为隽妙，这确是充满美丽梦意的一片清波！

这里没有眼泪，只有欢笑，没有战争，只有和平。这里说是恬静，也有荡心动魄的狂欢；说是酣醉，却有冲和清淡的诗趣。厌世的人到此，会变成乐天者；诗人月夜徘徊于水边，也许会轻笑一声，在银白的波光中结束了他的生命。总之这一派拖蓝揉碧，明艳可爱的湖水，是能使人放荡，又能使人沉思，能使人生，又能使人死的。

醒秋来都龙月余，身体渐渐恢复原状了。故乡大姊来信说，母亲悲怀现已稍减，病体渐痊，醒秋听了心里大为安慰。父亲知道她海外的环境不大好，使她的未婚夫叔健和她通信，他那时正在美国学习工程。即醒秋升学北京的那一年，他父亲为完婚无望而送他赴美的。

叔健的信来了，用的是文言，虽偶尔有一两个别字，而文理简洁，好像国学颇有根底的人，书法尤秀媚可爱。想不到一个学工程的人，竟写得这一笔好字。醒秋小时于书法没有下过功夫，所以写得满纸蚯蚓一般。虽然爱研究文学，能做诗词，却成了畸形的发展，普通应酬的书札，她原不能写得怎样圆熟。一个人自己有了什么缺点，见了别人有恰对他这缺点的长处，便分外欢喜，这或者是一种普通心理的现象。醒秋这时候对于她的未婚夫，颇觉满意，自幸没有失掉他。

叔健来信用的既是文言，醒秋复他的信，也用文言，但通过几次信之后，她觉以他们的关系，还客客气气地以"先生"、"女士"相称，未免太拘束了。而且文言不能表出真切的情绪，她自己又不惯写这东西，便要求叔健改用白话。叔健来信表示赞成，但他的白话也和他的文言一样，很流利而又很简洁，他说话不蔓不枝，恰如其分，想从他的信里看出他的个性和思想，那是不容易的事。

醒秋有些爱弄笔墨的脾气，又喜写长信。她写过几封信之后，居然洋洋洒洒地大发其议论了。她提出许多社会的问题，和叔健讨论，叔健回信对于她的意见，总没有什么表示，他对于讨论问题，似乎丝毫不感兴趣。

那时国内排斥宗教风潮甚烈,里昂中国同学也发行了一种反对基督教的杂志。醒秋对于宗教本无研究,不过自命受过新思潮洗礼的青年,一见新奇的思想,总是热烈地拥护,她也不免如此。她将这种杂志寄了一本给叔健,又加上自己许多反对宗教的意见。叔健回答她道:

"我自己在教会学校读了五六年的书,本身却不是基督教徒,但我觉得基督教博爱的宗旨,颇有益于人群。而且神的存在和灵魂不灭与否的问题,我个人的意见,以为不是科学所能解决的。科学既不能解决,付之存疑就是了,一定要大张旗鼓地来反对,那又何必?再者我以为信仰是人的自由,等于人的一种特殊嗜好,与人之自由研究文学或科学一样。研究科学的人不应当非笑研究文学的人,研究文学的人也不应当反对研究科学的人,那末,我们无故反对从事于宗教事业的人,有什么充足的理由呢?"

醒秋读了这些话,很奇怪叔健头脑的陈旧。她以为一个科学研究者,应当完完全全反对神的存在和灵魂不灭的问题,万不容说怀疑之语的。她忘记自己在两个多月之前,曾为"预兆"而提心吊胆,曾相对地承认"神秘"的存在。她现在精神畅爽了,盘踞于她心灵的疑云,早让来梦湖上的清风吹散了,她将自己的人格溶解于大自然之中,她又重新认识了从前的自己。

她又写一封长信和叔健辩论。叔健复书,不屈服,却也不同她再辩。

叔健信里的话,只是恰如其分,但这恰如其分却使醒秋闷气。她愿意他同她很激烈地辩论,不愿意他永远这一副冷冷淡淡的神气。他既不爱讨论问题,醒秋写信觉得没有材料,只好转一方向,同他谈娱乐问题,如看电影、跳舞、茶会等事,叔健却说他对于这些娱乐,一样不爱。

他来信从不谈爱情,醒秋为矜持的缘故,也不同他谈爱情,有时偶尔说一两句略为亲热些的话,他来信比从前更加冷淡,这冷淡的神气,还圈在他那"恰如其分"的范围里,叫别人看是看不出来的。有时她不耐烦了,隔几个星期不和他通信了,他又很关切地写信来问。

他这"恰如其分"的身份，是很有作用的，你想亲近他无从亲近，你想指摘他也无从指摘。醒秋简直不明白他是个什么样的人物了，只觉得和他通信没有趣味。

一天，是醒秋们到都龙的第三个月的第一天。天气已是深秋时分，湖上枫叶红酣可人，湖波也分外清澹，她们约了王小姐到湖上泛舟，以尽半日之乐。

她们买了些冷肴点心，又买了两瓶葡萄酒，雇了一只船，三人自己划出港去。

立在湖上看湖水，觉得它阔虽阔，还是有限的。醒秋和宁王两小姐约定：今天定要划到对岸瑞士境去，不能上岸并不要紧，我们总可以一览瑞士的风光。她们都同意了。

船愈向前划去，湖面愈加广阔了。北岸瑞士的山，看去本似只有数里的距离的，现在愈向它逼去，它愈向后方退。船划了半天，山好像还在原处。醒秋心里发生了"海上三神山，可望而不可即"的感想。

她们划了一个钟头的桨，都已有些疲倦了。船儿却像落在大海里，前后左右，都是一样绿茫茫的波浪，瞧不见边岸——其实并不是瞧不见边岸，湖太大，船太小，相形之下，使人有置身大海中心的感觉而已。

"这样迂缓的划法，到北岸时，天该快昏黑了，今晚恐不及回校。我想不如改变改变方向。沿南岸走，赏赏那些青山也好。"王小姐提议道。

醒秋们划到北岸，未尝不可能，但气力都太弱，划去了，划不回来，是危险的。便听了王的话，拨转船头，向南岸划来。将近南岸两里的光景，她们又将船向左方划去。过了那建满别墅的山，便是葡萄地和麦垄，可喜的是沿岸常见玲珑白石栏杆和中世纪式的古堡，古色斑斓，颇堪入画。人工培植的树，长短距离，无不相等，竟似天然的文柱一般。树下置有铁椅，以便游人休憩。白帽红衫的小孩在草地上跳跃、游戏，他们的父母静坐在椅上看护。也有新婚夫妇到此度蜜月的。醒秋看见好几对青年男女倚栏望水，互相偎倚，神态洒脱自然，不像中国人的拘束。

三个朋友划了几小时的船，都说乏了，应当休息休息。她们架起桨，让那只船顺流飘荡着，拿出点心和酒，便在小舟中开始欢乐的宴会。

两瓶葡萄酒，不知不觉都喝完，大家都有些醺醺然了。

这时候大约有五点钟的光景，太阳已经西斜了。阿尔卑斯山的白峰好像日本的富士，全欧都可以望见，此时在夕阳光中，皎然独立，光景更是瑰奇，不过相去太远看不大清楚。还有一座比较近些的大山，据王小姐说，也是有名的，可惜她喊不出它的名字。这山自麓以下清翠欲滴，同那蔚蓝的湖光似乎连成一片，中部一搭一搭的金光紫雾，炫丽逼人，更上则积雪皑皑，如群玉峰头，如白银宫阙，澹澹的几朵白云，一半镶在天空中，一半粘在山峰上，似乎是几个安琪儿，开展一幅冰绡，要替这山加冕。

夕阳将落，晚霞更红了。那几朵白云，游戏山巅，似生倦意，便手挽手儿冉冉地向空中飞去，由银灰而变为金色，由金色而变为乌青，那座山也像要随着云儿飘飘向上飞起，终于它那白头和云都消失于蒙蒙光雾中了。

群山变紫，晚风渐生，滟潋的湖波，愈觉沉碧，醒秋等游兴阑珊，打算回舟归去。

行不到半里，风一阵一阵紧了起来，满湖的水忽然变成深黑，如大洋的水相似。白浪一簇簇打来，小舟如风中落叶，上下颠荡，醒秋等三个人，六支桨，拼命与晚潮相争，直向都龙港口驶去。

风刻刻加紧，浪刻刻加大，有时四面涌起的大波，比船舷还高，舟儿像跌在浪的谷里。有时一阵浪过，船唇向前一低，水便冲入船腹。她们三个衣服全打湿了，脚都浸在水里，虽然奋勇拿桨，脸上尽变了惨白色，她们的心灵都已被"死"的恐怖抓住。

如果雇舟时，和舟子同来，也还有个办法，现在她们三个弱女子哪里驾得住这只发了疯的小艇！

"离港还有六七里，我看不能前进了，不如在这里拢了岸，由岸上走回去吧。"老练有谋的王小姐再提议，醒秋们立刻同意。她们将

舟向岸移挪过去，这样逆浪横行，费了许多力气，才将船拢到岸边。

岸边颇荒凉，有许多大石，浪花喷雪似的打在石上，使醒秋又想起海中巉巉礁石，和洪涛狂沫激战的情形。总之她现在才认识来梦湖了。她原是海的女儿，也是海的化身。她有温柔的微笑，也有猖狂的愤怒。

好容易驶入乱石之中，巨浪鼓荡，船在石上不住地乱磕乱碰，大有破碎的危险。后来由醒秋和宁用桨抵住石，极力将船支住，王小姐跳上岸，将船头铁链擎定，她们二人也跳上岸。

她们将铁链系在一根笋形的石上，由王回去寻觅舟子，她们在岸边守定这只颠狂不息的空船。

天昏黑了，她们都饥饿了。风大天寒，湖波如啸，身上又冷又湿，正在无可如何的时候，王小姐带了舟子远远地来了。她们交付了船资，便脱了厄难一般，欢欢喜喜地回校去。

第二天再到湖上，枫叶还是那般红酣，湖水还是那般温柔可爱，昨日来梦狂怒痕迹，早不留在人们的心上。

醒秋在湖上闲行，想起昨日湖中的美景，不知不觉想到岸上倚着石栏的青年男女，她想：在这湖上的人们都是神仙般的快乐，假如是一对情人，那更幸福了。他们早起同坐窗前，望着湖上变幻的明霞，彼此相对无言，微微一笑；晚来携手湖滨，双双的履痕，印在沙上，双双的影儿，拖长在夕阳光里；落日如金盆，自玛瑙色的云阵间徐徐向湖面下沉，余光染红他们的头脸和衣服。他们的爱，深深地互相融化于心中，又深深地融入湖水。夜里若有月色更好，不然微茫的星光和树林中的灯光，也可以指引他们到湖畔去的路。他们拥抱着坐在岩石上，同望那黑暗的巨浸和天空，心弦沉寂，到了忘我忘人的境界。他们的思绪，只微微颤动于鸥梦的边缘，于秋心的深处，于湖波栖泊的碎响，和夜风掠过水面的呜咽中。

醒秋想着。不觉轻轻起了叹喟，她的心不比去国前的宁静了，她有所思念了。

冬天来了。都龙天气寒冽异常，师范学校甚穷，不设炉火。醒秋和宁小姐想在外边租房子，无奈总不合式，她想起中法学院的汽炉的好处，便顾不得里昂的雾，在都龙才住了四个月，又迁回里昂了。

（本文为《棘心》第六章，1929年上海北新书局初版，选自1957年台湾光启出版社增订本）

巴黎圣心院

巴黎城内很偏僻的一隅，有一座蒙马特尔（Montmartre）山，译意为"殉道山"，那山地势高峻，草树蒙密，游人于数十里外，便可以望见山顶一座白石砌成的大圣堂。三个圆锥形的钟楼——其实连后面的钟楼不止三个——品字式地高下排列着，有时被晚霞染成黄金色，有时被皎月涂上一层银，有时雨后如絮的流云，懒洋洋地结伴于楼尖游过，有时深沉的夜里，繁星在它们金眉毛下，闪动明眸，互相窃窃私语，赞美这灵宫的伟大。但无论风雨晦明，气象变化，这座巍峨雄壮的建筑，永远屹立在那里，永远像白玉楼台似的在蔚蓝天空里闪耀。

这圣堂真算得上界清都的缩写，也算是永恒的象征，原来它就是巴黎有名的圣心院（Le Sacré-Coeur de Paris）。

假如你远望这圣堂，觉得不满足，你可以走到蒙马特尔山脚下，沿着螺旋形的石级，蜿蜒曲折，达于山岭。那时这座近五十年世界艳称的大建筑，就全部涌现于你的眼前了。

未描写圣心院之前，我们可以费点笔墨，将该院的历史略为叙述：

百十余年前，法国有一位修女，名叫马格来特，屡次蒙耶稣示兆，教她作恭敬圣心的宣传。据说修女所见耶稣圣心，有一圈荆棘围着，表示他为世人忍受的痛楚。这灵迹传扬后，各处修院，均建小堂供奉圣心。路易十五在位时曾想以国家财力，建设大规模的圣心院，但没有实行而死。路易十六即位，屡思绍述父志，也茌苒未果。大革命爆

苏雪林
散文精选

发后,路易被囚狱中,在狱时曾许愿建堂,而不久即死于断头台,那所许的愿也成了泡影了。一八七一年法普战争之后,法国国会提议建筑一个大圣堂,即以法兰西奉献于耶稣圣心。一八七五年举行奠基礼,一八九一年开工,至一九一四年因大战之故,停止工作,直到一九一九年十月方才全部落成。这座圣心院系十二世纪的拜占庭(Byzantin)式,为名建筑家保禄·阿巴蒂(Paul Abadie)所设计建立。圣堂的规模,极为宏大,中间一座主要钟楼的圆顶,自地基量起,高八十三米突,连着顶上的十字架,便高到九十八米突以外了。

巴黎大圣堂不下十余处,而巴黎圣母院尤为历史上著名的巨构。但那十六世纪峨特(Gothique)式的建筑,专以雕镂精致,结构玲珑见长,望过去究竟觉得它秀丽有余,雄浑不足。而且圣母院距今已有三四百年,砖石颜色非常黯淡凋敝,缺乏美观,内部光线尤不充足,圣心院同它相比,似乎有后来居上之势。谓该院为巴黎第一大圣堂,想不算是过誉之词。

这圣心院前面,三座穹形的大门,其工程之大,先令人震惊。门各高数丈,广半之,完全以紫铜铸成。雕镂着宗教上的故事,人物数百,须眉毕显,奕奕如生。进了大门,便是正殿,四排大理石支柱,列成十字架形,这是圣堂普通的款式,圣心院当然也不能独异。殿内墙壁,金碧焕然,地上铺满彩色花砖,富丽堂皇中仍有湛深高远的意味。殿的广大宏深,举全法圣堂,无与伦比。人们置身殿中,如落于深谷,无论什么伟大人物,立于支柱之前,自然会感到自己的渺小,无论什么狂傲浮夸的流辈,到此也要气焰顿减,肃然生其敬神之心。

堂中不绝地有各国参观人士的脚迹,天主教的信徒,来此祈祷者也是终日不断。在这个时代,居然还有这许多信仰宗教的人,这也是教人难以索解之事。他们若不是有神经病,定然是他们脊梁上负有一个古旧幽灵。

十九世纪末至二十世纪初,正是一个大动摇的时代,科学昌明,达于极点,新思潮风起云涌,重新估定旧日道德法律的价值,扫荡了习惯的障碍,打破了因袭思想的束缚,使人民高唱自由之歌,大踏步向解放的道路上走去,已经是盛极一时了!而科学最大的成绩,是向

宗教下总攻击令，推倒神的威权，否认来生的观念。生物学家告诉我们：生命不过是生物学上一件事实，人生原没有真正的价值与意义。唯物论告诉我们：世界根本没有灵性的存在，止有物质的运动，不但下等动物是机械，就是称为万物之灵的人，也是机械的。人与动物之间，只有程度的差异，没有性质的区别，便是人与木石无性灵的东西的相比，也不过程度的高下而已。定命论告诉我们：意志不自由，意志不过是一种必然的作用，有遗传、教育、环境，种种的关系，有什么因，便生什么果，种瓜得瓜，种豆得豆，分毫不能差错。我们为善为恶都是必然的结果，都是外铄的关系，在道德上不必负什么责任。历史派的哲学家更说：《圣经》不过是古代民族空想的结晶，是荒唐的神话，是迷信宗教者无意识地唱出来的诗歌。实际上人类脑子里各种精神现象，都是想象构成的，离开了人，便无所谓伟大的神，我们若说上帝照自己的形象造成了人，不如说人照自己的形象造成了上帝。

好了！一切旧观念都更改了！一切信仰都推翻了！一切权威都打得落花流水了！既然没有所谓来生，何不痛痛快快地享乐现世？既然人的意志不能自由，善恶何妨随意？人生百年，流光如电，及时行乐，岂可蹉跎？琥珀杯中的美酒，可以陶醉我们的青春，什么立德立言，垂名千载，哪里及得美人唇上一点胭脂的甜蜜？灵魂上虽负如山的罪恶，也没有忏悔之必要。杀人越货，只须干得秘密与巧妙，仍然是社会的栋梁。但是恣情行乐，虽然快意，而酒阑人散之后，仍不免引起幻灭的悲哀。良心有罪，躲不了平旦时的自遣。汽车和摩托卡之星驰电掣，飞楼百丈之高耸霄汉，大都市之金迷纸醉，酒绿灯红，只教我们的神经渐趋于衰弱。物质的欲望，与日俱增，而永无满足之一日，于是健全的人都变成病态，从前迷恋着文化中心的都市，现在却渴慕着乡村，从前所爱的认为真实的现实生活，于今只感到它的虚伪与丑恶，只感到它之使人疲乏到无可振作。但陷溺已深，却又无法摆脱，于是种种失望、悲恨、诅咒都因之而起了。这就是现代人的悲哀啊！是科学的流弊么？物质主义的余毒么？但又谁敢这样说呢？

呀！这真是一个青黄不接的时代，旧的早已宣告破产，新的还待建立起来。我们虽已买了黄金时代的预约券，却永远不见黄金时代的来到。赫克尔允许我们破碎荒基上升起的新太阳,至今没看见它光芒的一线。于是我们现代人更陷于黑暗世界之中了,我们摸索、逡巡、颠踬、奔突,心里呼喊着光明,脚底愈陷入幽谷;我们不甘为物质的奴隶,却不免为物质的鞭子所驱使;我们努力表现自我,而拘囚于环境之中,我的真面目,更汩没无余。现实与理想时起冲突,精神与肉体不能调和,天天烦闷、忧苦,几乎要到疯狂自杀地步,有人说这就是世纪病的现象。现代人是无不带着几分世纪病的。

其实天下无不了之事,这种现象任它延长下去,到了世界末日,不是一切都完结么?可是偏偏有一班自命哲学家文学家的人,吃饱了饭没有事干,居然挺身而出,以解决现代人的苦闷为己任。他们说科学不能解决全部的人生,所以又来乞灵于宗教;又说唯物论过于偏执,不能解释精神现象,竟主张复为神的皈依。托尔斯泰呕心绞脑地著他的《复活》和《艺术论》,到后来为实现他的主义,竟将自己的暮景残年,葬送于凄寂的荒野。耶拿派哲学教授倭伊铿,大谈其精神生活,发表了《我们可否还做基督教徒》一文。其他如柏格森的创化论、詹姆士的根本经验论,或根据宗教的精神,以确定人生的指归,或阐明宇宙本质,发展宗教生活。立论虽有不同,间接直接,都主张宗教之复兴,为疗治世纪病的良药。热心拥护科学的青年,虽大骂托尔斯泰为卑污的说教人,柏格森不过是骗骗巴黎贵妇人的滑头学者,但他们的学说,亦复言之有故,持之成理,轻易驳它不倒。就文艺而论,则自然主义的衰败、新浪漫主义的代兴、心灵界的觉醒、神秘思想的发达,已成了今日欧洲文坛显著的事实。而宗教与科学携手的呼声,轰轰烈烈的牛津大学旧教复活的运动,尤极如火如荼之观,风云会合之盛。物质称霸称王的时代,竟有人想从渺茫的精神界,探索殖民地,岂非咄咄怪事?这是人类惰性的表现呢,还是精神与物质,究竟是两件事,而且神的存在和灵魂不灭的问题,原是不能一概抹煞的呢?仁者见仁,智者见智,只有请大家各用主观去评判好了。

为了以上的这些缘故,所以罗马旧教于今有复昌的趋势。欧洲教堂每逢举行弥撒和瞻礼的时候,参与者还是填坑满谷。平时也有许多思想特异的人物,到堂中来寻求宗教上的慰安。有的是恋爱的牺牲者,

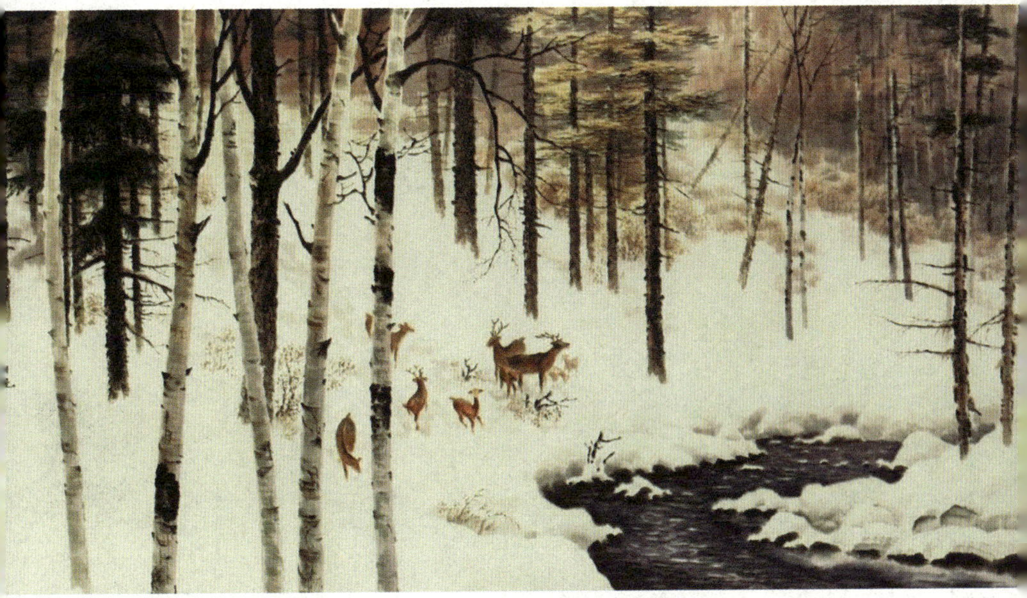

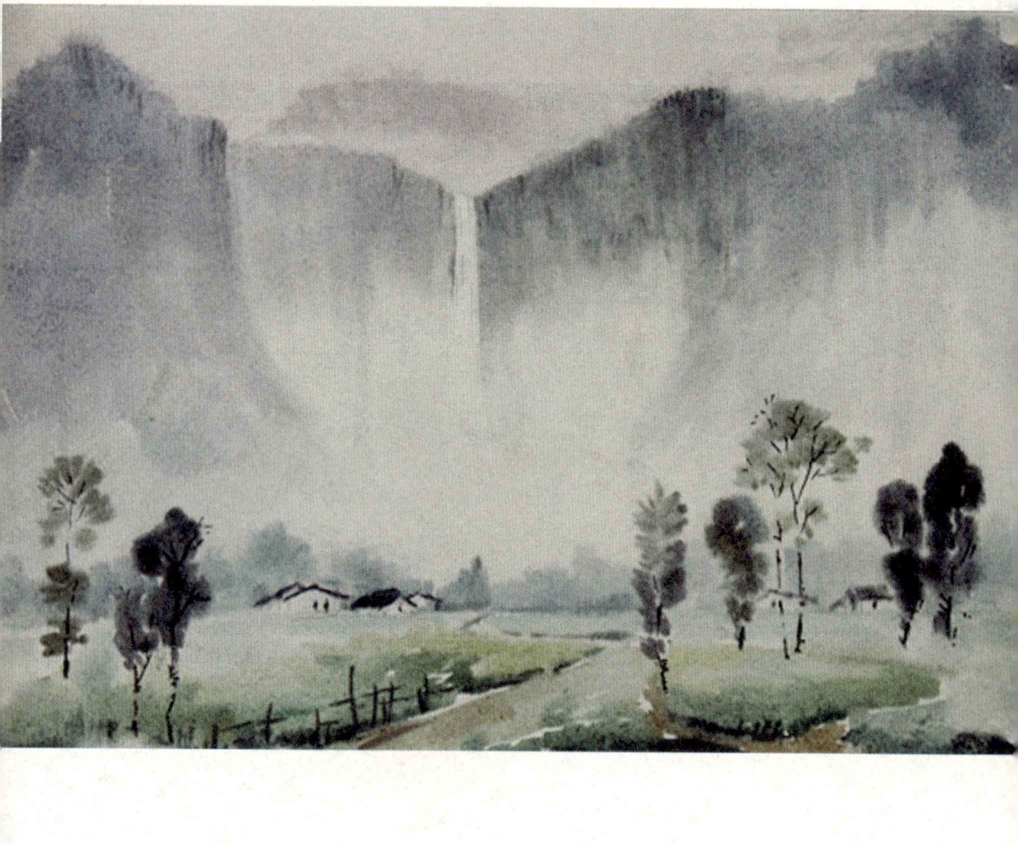

抱了一颗碎心，来申诉于上主座前；或者心里有所不安，借此倾吐压积于灵魂上的苦闷；或厌倦于现实生活，来此清虚之府，暂憩尘襟。在这个巴黎圣心院大殿上，亦常见有青年诗人，妙龄少妇，长跪神龛之下，潜心默祷。也有白发盈头的老人，双手扶头，安坐沉思，一坐总是半日。他们暮景桑榆，百念灰冷，过去的悲欢，一生的忧患，已不复滞留于记忆之中，惟以一片纯洁的心情，对越上主。那种虔诚的情况，看了真教人感动。

圣心院正殿的后面及两旁，小堂无数，供奉圣母马利亚、圣若瑟以及诸宗徒诸圣师之像。有一个小堂供奉着一个圣母像，像之美丽，恰当得金容满月，妙目天成八字的批评。这像脚踏地球，身畔云霞成阵，衣袂飘然，好像要向天空升起。虽是雕塑而成，而其神情之温肃，姿态之生动，望去好似活的一般，一切圣母像中，这像可称第一。像前有一架镂金嵌宝的铜烛盘，长日辉煌着长长短短如银的蜡烛，可见来此祈祷者之多。其旁坐着一位黑衣修女，专司售烛之事。

有一天，这圣母小堂里来了一个西装的黄种女青年，身裁中等，虽不甚瘦，看去却有一种怯弱的态度，脸上无甚血色，眼光凄黯，似乎抱有一腔心事。她走到铜烛盘前，问老修女要了一枝最长的蜡烛，点着了火，很小心地插上那烛架。这个女郎不知是否情场失意，或者受了什么时代的创伤，也不知是否喝了现代哲学家的迷魂汤，或被玄学鬼所蛊惑，总而言之，她到这小堂举行献烛礼，便可以知道她也是那些脊梁负着古旧幽灵的同志之一了。

老修女一面接钱，一面将惊异的眼光望着她：

"小姐，你像是一个中国人？"

"是的，我原籍是在中国。"

"你到法国几年了？在什么地方读书？"

"三年半了。一向在里昂读书；现在因要回国，所以到巴黎来旅行一趟。"

这中国女郎不问而知是醒秋了。

醒秋好好地在里昂求学，为什么跑到巴黎来呢？更为什么说要回国的话呢？原来那年的春天——她到法国第四年的春天——她接着父

苏雪林
散文精选

亲来信说母亲又病了，吐了好几次血，医生证明是虚痨症。父亲又说母亲的病，固由悲悼长子，忧虑幼儿而来，而一半也为了女儿婚姻问题操心的缘故，她若再淹留海外，不肯回国，母亲的病恐怕要更加重了。醒秋那时正深恨叔健，又正在和家庭赌气，一听婚姻问题四字，便觉异常刺心。而且她素知父亲说话，有些言过其实，母亲三年以来差不多天天患病，她早已听惯了。这一次闻母亲吐血，虽然焦心，但究竟疑心是父亲故意吓她，骗她回国结婚，所以她还没有决定东归之志。

过了一月有余，父亲又来信了，信中措词，甚为迫切沉痛，他说母亲吐血不止，医生断定她的肺病发生甚早，现已到了第三期，已无痊愈之望。女儿若早日归来，母女尚可相见一面，不然恐怕她要抱憾终天了！大姊来信也说母亲病势甚为沉重，看来凶多吉少，亟盼妹归一见。至于婚姻问题，听妹回国自主，家人绝不勉强，请勿以为疑云云。醒秋读信，知道母亲病重属实，不胜悲伤与焦灼。而旧日"预兆的恐怖"又来侵袭她的心灵。三年以来她常常为这预兆提心吊胆，虽然后来皈依了天主教，但这个迷信的根株，仍不能拔去。她只觉那兆头很是不祥，虽已应验了几件事，而最后不幸，恐怕还是不能避免。

这是定数吧？定数真是难逃呀！"预兆"暗示她不能和母亲相见，那一定是不能和母亲相见了。哪怕她乘坐飞机，立刻飞回家乡，母亲也许于她到家五分钟前咽气！她想到这里，浑身血液冰冷，背上冷汗直流，呆呆坐在那里，一点也不能动弹了。

她最怕的是变迁，更怕的是骨肉间的变迁。人生不能与家人时常团聚，终不免有远游之举，但远游归来，星移物换，如丁令威化鹤之归故乡，城郭如故，人民已非，荒烟蔓草之间，但见累累残冢，那时候的心灵是如何的凄凉惨恻，便真做了神仙，也是无味。

她少时读杜甫的《无家别》，记述一个战场败卒，数年之后，遁回故里，田园荒芜，邻居星散，而惟一亲人的老母，亦已归于泉壤。她读到：

"……行久见空巷，日瘦气惨凄，但见狐与狸，竖毛怒我啼，四邻何所有？一二老寡妻……永痛长病母，五年委沟豁。生我不得力，

终身两酸嘶!"

这几句有力的描写,每使她发生强烈的感动。这虽然是当时的社会问题,可也是人类永久的悲剧。在这个形质的世界中,悲欢离合的定命下,人生终不免要遭遇这种惨痛的经验啊!

人生不幸虽多,人生滋味,也有甜酸苦辣之异,但像老杜的《无家别》里的主人,和远游归来,人亡家烬的一些人之所遭遇,滋味真出于甜酸苦辣之外,其不幸也可谓至极。她每设身处地,玩味着他们的悲哀,只觉茫茫万古之愁,齐集方寸。她想:假如我处他们的地位又怎样?唉!我可真没有勇气再活下去了!

"昔日戏言身后事,今朝都到眼前来!"她的心灵,渗透了非甜非苦非酸非辣的汁液。她总是想着她回家后所见的只有灵帏寂寞的景况,她虽不愿意这样想,但总不能将这个印象驱逐于脑海之外。

那是她的老脾气,平时将天主撇在一边,一到忧惶无措的时候,又抓住他不放,她又热心地来奉事天主了。自从正月间闻母亲病耗以来,她一直祈祷着没有间断。白朗见她对于宗教信仰,热而复冷,冷而复热,如大江潮汐,涨落无恒,不知她是什么理由,她对于这位中国朋友,只有高深莫测之感罢了。

醒秋以皈依天主教之故,遭受中国同学的莫大误解,使她感到刻骨椎心的痛苦,但她倒没有决定放弃她的信仰,这有几层理由:

第一,五四的惟理主义,虽令她发生悔恨,然而她又自问:宗教若果与理性相违背,何以现代还有许多有学问的人信仰它?马沙、白朗并非没有学识的人,还有那个她认为现代圣人的赖神父哩;还有许多大科学家、大哲学家、大文艺学家哩。以她自己那点浅薄的理性,便妄想窥测天主创化的奥妙,那不是真像某硕学神师之所说,海畔一个小孩,想以区区贝壳测量大海之水,一样不知自量,一样可笑么?

第二,造物主她本来承认有,世间神秘之事,她亦以亲身经验而信其存在(譬如预感及亲人间心灵的交流),她升学的两次奋斗和她对祖父母亲志节德行的体认,她已隐隐摸到宗教的边沿。对耶稣基督,她虽常觉自己的理性难于容纳,自从听见赖神父以他出奇的爱德,证明十字架的伟大神奇的力量,她心扉之闩已除,不过虚虚地掩着,以后基督只须轻轻用手一推，便可进入她的心中。

第三，那时本国同学对她仇视其实亦嫌太过，尤其姓牛的那样对待她。她原是个倔强孩子，最后竟引起反感，觉得信仰自由，谁也不能干涉谁，你们不喜天主教，我偏将信德把持得更紧一些。所以她在那段痛苦时期内写过几首律诗，其中有"好借折磨坚信德，更因艰阻见孤衷"，"膏因明夜宁辞煮，兰为当门本待锄"，"长使芳馨满怀抱，只凭忠信涉波涛"，"寸心耿耿悬霄日，万事悠悠马耳风"，"誓将负架登山去，未畏前途荆棘多"，"炼就乔松奇骨劲，谢他冰雪满深山"诸语。佛教密宗利用外界诸般横逆，增益其明心见性之功，其理正是如此。更奇者，白朗那晚告诉她中国同学将对她公开攻击，她祈祷了整整一夜。那夜祈祷在醒秋一生中，可说救命也似热烈迫切，她是以她的血和肉，她整个的生命拥抱了信仰。即从那晚起，她的信德忽然巩固起来，不惟对外界敌人，她毫无畏怯，即内在的敌人——那个比外界敌人厉害百倍的——五四惟理主义，也从此敛影戢踪，离她而去了。

第四，自从正月间，她听见母亲病又发作，她又热心祈祷，一直到现在为止，没有间断。这次的祈祷，和上次听见家乡遭匪的噩耗不同。那一次是白朗主动，她则被动，那一次她并未领洗，对天主教义尚无多大的了解；这一次主动的是她自己，况又领过圣洗，对教义也有进一步的领会。马沙、白朗从前和她辩论的一些话，她当时虽似大有所感，过后又复淡忘，现在才一一成为她灵性的营养。"先领洗，信仰自然会跟着来"，这话正可为醒秋说。

总而言之，醒秋原有个思想型式，而她这思想型式，经过了这样几次强有力的撞击，又加之以强有力的揉搓捏拧，到底翻塑了一个新的出来。她的信仰，将来也许会再动摇，可是，要说连根拔去，那却是万万不可能的了。

且说醒秋等到第二次接到母亲病重之信，已在四月的时候，她决计于一月内束装东归，无论法兰西文化之如何教人迷恋，无论回去后要经历什么困难，她也是非回国不可的了。

既然决定东归，法兰西今生自无再来之望，则世界著名的花都，不可不去观光一次，所以她现在到巴黎来了。

初到巴黎的两天,她的脚迹,只出没于各大圣堂之中,为她母亲祈祷。后来听说巴黎圣心院为近五十年来最新的建筑,工程极为浩大。她不远数十里,转搭几道电车,来到蒙马特尔山上。

话再说回来吧,醒秋将那枝蜡烛插上烛盘之后,便跪伏于祭坛之下,祈祷起来,她道:

"圣母,你是天上至尊至贵的皇后,但也是我们众人的母亲。你是极仁爱的,极肯怜悯你的儿女的,请你倾听我的祈求吧。上回,我母亲病了,我恳求你的圣子,得以痊愈。但她现在又病了,病得很危险,我心里十分忧愁,我只有请你向圣子转求,更赐她一回勿药之喜。

"你的威灵,无所不被,你的智慧,无所不知,我也不必向你介绍我母亲的平生了。那善良的可怜的妇人,她的病都为儿女而起。你,圣母,你也做过母亲的,你是深深了解母子之爱的。当你的儿子被人钉在十字架上时,你倚于马尔大姊妹肩头,不是心摧肠断,哀哀欲绝么?你儿子的手足被贯于三钉,你的心肝也就像被七剑洞穿一般的痛楚;你儿子头上戴着棘冠,你的心肝也就箍了一圈玫瑰。玫瑰也有刺,这是爱的刺,一颗心被爱刺伤,是无法治疗的呀!

"利剑也罢,玫瑰花圈也罢,我母亲的心,不是也穿扎着,围绕着这些东西的么?长子的死,幼子的病,爱女的远别,一切家庭的不幸,都像剑和棘刺似的向她的心猛烈地攒刺,教她的心时常流血,我相信她的心是和你的心一样洞穿着的。'棘心夭夭,母氏劬劳',断章取义,岂不隐相符合?可怜的做母亲的心啊!"

她又更迫切地,流着眼泪,继续祷告道:

"我是一个负罪的人,母亲的病,到了这样地步,我敢说与我完全无分么?我好像当年圣奥斯定为遂自己求学的野心,抛撇了他残年的母亲,远游于罗马。我虽不似吴起闻母丧而不归,但知道母亲几次重病,知道她日日盼望我的归去,我却还是淹留于法国,迟迟不肯作言归之计。总说一句话,我是不该到法国来的。我来法之后,精神日夜不安,一句书都没有读到,只在"涕泪之谷"里,旅行了三年,能说不是我应得的惩罚吗?

"至于婚姻问题的波折,虽然不完全是我的过错,虽然我曾极力

苏 雪 林
散 文 精 选

制住我的情感，不教母亲伤心，然而因为我不善处置之故，多少会教她为我担忧怄气。咳！圣母，仁慈的圣母，我不能更向你诉说我的悔恨了！我只有祈求天主，使母亲转危为安，使那可怕的预兆不致实现，我无论再受什么磨折，也是甘心的了。圣母，请你哀怜我吧，请你俯鉴我的至诚吧，你是启晓时的明星，我行于黑暗之中，只有你能给我光明；你是黄金的宝殿，耶稣生长在你怀抱之中，你说的话，他无一不纳；你是病人痊愈的希望，在露德曾大显灵迹，我请将母亲托你；你是忧苦的慰安，惟有你能使母亲心魂宁静……"

醒秋在圣心院圣母小堂里，足足停留了一点钟，那枝蜡烛也已燃完了小半枝，看看腕上的小表，短针已指五点，知天时不早，起身出了小堂，又到各处参观了一下，始走出大门，匆匆下山而去。

（本文为《棘心》第十五章，1929年上海北新书局初版，选自1957年台湾光启出版社增订本）

一封信

　　某年上海黄浦江畔某大工厂职员住的楼上有一个青年工程师,躺在椅子上像在休息的样子。这青年刚刚下工,到房里用面巾拭去头脸上的热汗,燃起一支雪茄吸起来。吸了一会,起身想赴浴室里去沐浴,忽然他的眼光瞥射到桌上新送来的一封厚信,于是他不想赴浴室了,将雪茄烟向烟盘轻轻叩了一下,叩去烟灰,重新衔在口里,返身坐在椅子上展开那封信静静地读起来。那信上写道:

　　"亲爱的叔健:在上海和你分别后忽忽过了一周有余了,我经过四昼夜车舟的劳顿,幸于大前日安抵故乡。母亲的厝所,也已去过几次,差不多每整天的光阴,都消磨在那里。母亲在世的时候,我年年出外读书,依恋膝前的时日极少,现在虽想多陪伴她一下,然而她已长眠泉壤,我唤她她不能答应,我哭她她不能闻知,悠悠苍天,绵绵此恨,健,你替我想。

　　"今天是清明节,我是特为了这个节日回里扫墓的。我并没有循世俗习惯:焚纸钱,设羹饭,使我母亲亡灵前来享受;清晓时,家人都未起来,我走到园里采撷了不少带露的鲜花,编成了一个大花圈,挂上她的殡宫。一朵朵浓黄深紫都是我血泪的结晶,春山影里,手抚冷墙,恣情一恸,真不知此身尚在人世。年来悲痛郁结,寸心为之欲腐,这样哭她一场,胸中反略觉舒畅。但想到罔极深恩,此生永难报答,又不觉肝肠欲断了。

苏雪林
散文精选

"我去夏为母亲病重，仓皇东返，在海船上一路为我曾对你谈过的可怕的预兆战栗，疑惑不能更与母亲相见；但如天之幸，我到家后，她病况虽然沉重，神智尚清，我在她病榻前陪伴了她七个月，遵她慈命，将你约到我乡结婚。她当时很为欣喜，病象竟大有转机，医生竟说还有痊愈之望。为了乡下医药不便，滋补的食品，难以张罗，我特到上海，打算安排一下，接她出山就医；谁知我到上海未及半月，她的噩音便来了！天呵，我当时是何等地伤心，何等地追悔！命运注定我不能和她面诀，不能领略她最后慈祥的微笑，不能看她平安地咽最后一口气，我还有什么法想，那妖异的，惊怖我三年的预兆，虽说没有应验，到底算是应验了，是不是，健？我永久猜不透这是一个什么哑谜。这事我在法国时没有问母亲过，因为我不忍而且我有所忌讳，归国后我到底熬不住，有一回委婉地问她，她说：她也不知道那时为什么那样伤感，好像永不能和我相见似的。健，这岂不奇？看来宇宙间，哪能说没有神秘的存在？但我万里归来，还能侍奉她半年的医药，并且偿了她向日之愿，——这是她最切的愿望——安慰了她临去时的心灵，冥冥中不能说没有神灵的呵护，这或者是圣母的垂怜吧？我们又哪能知道。

"健，你还记得吗？去年我们在乡下度着蜜月，那时我对于你的误解没有完全消释，你对我也还是一副冷淡的神气，——这是你的特性，我现在才明白了——但在母亲前我们却很亲睦，出乎心中的亲睦，母亲看了心里每有说不出的欢喜。更感谢你的，你居然会在她病榻旁，一坐半天，赶着她亲亲热热地叫'妈'。母亲一看见你，那枯瘦的颊边便漾出笑纹，便喊醒儿快些上楼拿徽州大雪梨和风干栗子给你的健吃……"

青年工程师读信读到这里，眼前仿佛涌现一幅图画：一间小小乡村式房子，里面安着一张宁波梨木床，床上躺着一个瘦瘠如柴的半老妇人，几年的流泪，昏黯了她的眼神，入了膏肓的疾病，剥尽了她的生命力，她躺在那里真是一息恹恹，好像是一堆垂烬之火，她说话时也一丝半气毫无气力；但她看了对面坐着的青年，她的娇婿，和立在她床边的爱女，她的精神便比较地振作，病势也像减退了几分。青年

第一次在这垂死的病妇人眼睛里,窥见了伟大的神圣的母性光辉,他曾不禁私叹为人生罕见的奇迹,现在这印象又很鲜明显在他面前。青年取下口中衔着的雪茄,喷出一口浓烟,好像透了一口气似的,闭着眼呆呆地定了一会神,于是又拈起那封信继续读下去:

"——她精神好些的时候,便絮絮和你谈心,她说:'醒儿是我最小的女儿,自少被我惯坏,脾气很不好,性情又颠顸,不知道当家,将来要请你多多担待她些。从前你们两口子在外国闹的意见,我希望你们心上永远不要留着这层痕迹了。再者你婚假将满,不日出山,你可以和醒儿一道去,不要挂念我,我的病是不要紧的……'说到这里,她微弱的声音更带些喑哑,像要哭,但没有眼泪,她眼泪已经流干了。她所以伤心的原因,是为了舍不得我,女儿出了嫁,不免要跟着女婿去。自己的病又已到了山穷水尽的田地,自己心里又何尝不明白。抓住她心肝的不是寻常的情感,是生离死别的情感,健,她的情况,我们那时不大觉得怎样,现在回想起来,才知那是如何地沉痛!

"健!我现在是个没有母亲的人了。回忆过去托庇慈荫下的快乐光阴,更引起我无穷的系恋。我天天坐在母亲的殡宫前注视着青天里如不动的白云,痴想从前的一切,往往想得热泪盈眶,或者伏在草地上痛哭一回。唉!我真的和我最爱的母亲人天永隔了吗?我有时总疑心是一场噩梦!

"这青山还是青山,绿水还是绿水,故乡还是可爱的故乡,但母亲不在,便成了惨淡的可诅咒的地方了。我这一次归来是为扫祭,等母亲下葬时再来一次,以后便要永远和故乡作别。我年来悲痛够了,受了伤的神经,不能更受刺激了,天呵!请怜悯我,不要让我再见这伤心之地。

"现在我是这样地怕见我的故乡,从前却是怎样呢?我十五岁后在省城里读书,每年巴不到暑假,好回故乡看我的母亲。父亲省城里另有公馆,他劝我在省里住着,温习功课,不必冒着溽暑的天气,往乡下奔波。但我哪里肯听?由省城赴我的故乡虽然止有三四百里的路,却很辛苦,健,你去年到我乡成婚,也走过那条路的,一路大轮,小轮,轿儿,舟儿要换几次,要歇臭虫牛虻聚集的饭店,要忍受夫役一

苏 雪 林
散 文 精 选

路无理的需索,老实说回我故乡一趟,比到欧洲旅行一回还困难,但我每年必定要回去,哪怕是冬天,学校只有三十天的假,也吵着父亲让我回去。有一年在复辟役后,大通芜湖之间有兵开火,我也要冒险回乡,只要母亲在那里,便隔着大火聚,大冰山,连天飞着炮火,我也要冲过去投到母亲的怀里!

"和我同在省城读书的是我的从妹冬眠,她是我二叔的女儿,四岁上婶母患虚痨病死了。我母亲将她抚大,所以和我情若同胞,爱我母亲如己母。每年假期我回里她也必回里。我们每年到家时的情景,真快乐,我永远不能忘记。轿儿在崎岖山道里走了一日,日斜时到斜岭了。我们在岭头上便望见我们的家,白粉的照墙,黑漆的大门,四面绿树环绕,房子像浸在绿海中间。门前立着一个妇人,白夏布衫子远远耀在我们的眼里,一手牵着一个小女孩,一手撑着一柄蒲扇,很焦灼地望着岭上,盼望游子的归来。那就是我母亲,十次有九次不爽。她知道我们该在那天到家,往往在大门前等个整半日。

"从斜岭顶上到我家大门还有两三里路,但我们已经望见母亲了,我们再也不能在轿子里安身了。我们便跳出轿,一对小獐似的连蹿带跳地下山,下山本来快,我们身不由主地向下跑,不是跑,简直是飞,是地心吸力的缘故?不止,磁石似吸着我们的,还有慈母的爱!

"跳到小河边,山林都响应着我们的欢呼。屋里小孩们都出来了,四邻妇女也都拢来,把我们前呼后拥地捧进大门。母亲赶忙着招呼我们的点心,轿夫的茶饭,教人将我们的行李拿进屋去。我们坐了一天轿,正饿,正想吃东西,两大碗母亲亲手预备的绿豆羹,凉凉地咽下去,一天暑意全消,什么琼浆玉液,味儿都不及这个。

"走进卧房——与母亲寝室毗连的一间——两张床并排安着,蚊帐,簟席,马尾蝇排子,样样都收拾得清洁,安闲,桌子椅子也拭拂得纤尘不染,几天旅程的辛苦蒸郁,到此耳目一爽,这才使我们脑海里浮上一个清晰的'家'的观念。这些都是母亲隔日预先为我们安排好的。

"在家休息几天,我们开始温习功课,大哥,二哥,三弟,还有年青的叔父们也都由学校放假回乡,家里比平时忽然热闹几倍。每天

晚上我们都在大门前纳凉，个个半躺在藤椅或竹榻上，手里挥着大蕉叶扇，仰望天上的星星；天地也像个人之有盛衰，春是它的青年，秋是衰老，冬是死亡，只有夏天正是生活力最强盛的时候，你看，太阳赫赫的亮，天空朗朗的晴，树林更茂，像蓊郁的绿云，榴火如烧，瀑声如吼，虽然不像春天红的、紫的、白的、黄的、绀色的、空青的那样绚烂，那样地浓得化不开，但宇宙里充满的是光，是热，是深沉的力，是洋溢的生命；在夜里，星星也攒三聚五地拚命出头，一个都不肯藏在云里，好像要把那个蓝镜似的天空迸破。还有流星也比平时加倍起劲，拖着美丽的尾巴满天飞。见了这样，我们便预料明朝天气的炎热。袁子才诗道：'一丸星报来朝热，飞过银河作火声。'我们永远没有听见过星的声音，假如听见，那情景还堪设想？但诗人的感觉与平常人不同，也许他能以他的灵耳，听见万万里外的声响。相传某文学家能在琴键上听出各种颜色来，也许是一样的理。我们虽然没有诗人的灵耳，但看星星你推我挤，繁密的光景，也就好像听见一片喧喧嚷嚷的争吵声呢。

"在天空下母亲时常指点星座，教我们认识，关于天文的智识，她比我强得多。惭愧，我五六岁时便学认星座，到于今只认得一座北斗星；牛郎星我也认得，因为它是三颗大星距离相等地排在天河边，母亲说是条赶牛的鞭子，所以容易记。至于织女，我便有些模糊，假如七夕两星相会，我还不知牛郎在鹊桥上挽着的美人是谁。还有南斗，是一大群大小不同的星星组成的星座，母亲说它像一个跪拜着奏事的老人，我也认不清楚。

"消受着豆棚瓜架下的凉风，谈狐说鬼，或追叙洪杨往事，是乡村父老们惟一的消遣。我记得舅父午峰先生和某某几个太婆谈话最有风趣。夜里挑着担赶路，忽见树林里隐现着一丈多高的白影，知道是活无常，抛了担子回头就逃，背后还听见呜呜鬼叫；或者看完夜戏归来，凉月下，桥上坐着一个妇人，问她的话不答，走近去拍她肩膀，她回头一看，脸白如霜，咦！原来碰着一个缢鬼！……这些话常常教我们听得毛发倒竖，背上像淋着了冷水，回到屋子去睡，还带着那恐怖的印象，门背后，墙壁上，黑魆魆的都像有鬼怪出现，终夜唤妈，

苏 雪 林
散 文 精 选

有时怕不过，往往钻到母亲床上去睡。

"讲到和母亲同睡，我十七八岁时还和母亲同睡的，夏天太热，冬天同睡却正好。我常把头钻在她腋下，说自己是小鸡，母亲是母鸡，小鸡躲在娘翼下，嘓一，嘓一，嘓一……地叫着，害得母亲只是笑。那时候百般撒娇痴，自视只如四五岁的小孩，母亲看待我也像四五岁的小孩。

"在母亲面前谁不是小孩呢？母亲若还在世，不但那时，便是现在，便是将来，便是我到五六十岁头童齿豁的时节，看着我还是一个小孩。

"暑假里快乐光阴真是数说不尽。不多时天气渐凉了，学校来了开学通知单，我们要预备赴省城上学。母亲这时候又要大忙一阵子，她教裁缝来，替我们做新衣，夹的棉的，一件件都量着身裁长短裁剪，甚至鞋子，袜子，洗面的手巾，束发的绒绳，母亲都一一顾虑到。每年我回家一次，出山时里里外外穿得焕然一新。要不是母亲细心照管着我，像我这样随便的人，在学校里不知要穿得怎样的寒酸相。

"我现在想寻出件母亲亲手替我补缀的衣裳来，但翻遍旧衣箱都见不着一件，因为我赴法时旧衣服一齐赏给我在北京表姊的老妈子了。当时那些衣裳不知看重，现在千金也难买。天哪，假如我能寻着一件，我要珍宝般收藏着，预备我将来穿了入土。母亲用钱常常感着拮据，因为她的用度是被限制的，这也是中国妇女没有经济权的苦处。她的儿女子媳众多，一衣一食，一医一药，都要她照管，她的性情又宏慈慷慨，富于同情心，乡里贫苦人向她告急，她总不惜倾囊相助，宁可委屈自己，不肯委屈他人。每年我上学，她总私下给我钱，三十块，五十块，都是她一丝一缕节省下来的。最后我赴北京，读了二年书，竟搜刮完了她的私蓄。我前后几年的求学，都靠着公家的贴补，为的我成绩还不错，但若不是母亲相帮，我的书也就读不成了。慈母的爱，原非物质所能代表，但她的钱来得不容易，也教人分外地感念。这些事虽极其琐碎，在我记忆里都留下极深刻的痕迹，现在我一把眼泪，一把鼻涕地写来，健，想你读了也要为我深深感动。

"母亲对于我是这样慈爱、这样费尽苦心，我没有答报她一点，

健,我写到这里,真有无穷的后悔,悔我当时太自私,所以于今终天抱憾!可怜的母亲,自从十六岁嫁到我家,过的生活,完全是奴隶的生活,她少年时代的苦辛,我已经同你谈过,我想谁听了都要为她可怜。她当了一辈子的牛马,到暮年还不能歇息。我家本是一个大家庭,人口众多,祖母年高不管家务,母亲在家里算是一个总管;因大家庭里做当家人,那苦楚不是你们没有经验者所能想像,要有全权还好,偏偏她又没有权,钱凑手些也好,偏偏不凑手,油盐柴米,鸡猪果蔬,哪样事不累她费心,怄气。在中国万恶大家庭里,谁不感着痛苦?但我母亲感着的痛苦更大。我对于她现在不能多写,因为我要表扬母亲的贤孝,谦退,忍耐,艰苦种种的美德,便不免暴露了别人的不是。我笔下不能无所掩盖。一言蔽之,母亲到我家四十年,算替我家负荷了四十年沉重的十字架。

"我很想她暮年能休息休息,享受一点清闲的福。我虽然是她的女儿,但现在女儿和男儿没分别,我也想尽一点反哺的心。那时我的愿望并不大:只望学成之后,在教育界服务,每月有一二百元的进款,要是我和你结了婚,便将母亲从乡下接出来,住在上海,雇个细心女仆伺候她,每日让她吃些精美的肴膳,隔上一两天煨一只鸡,还要为她煮一点滋补的白木耳,燕窝粥,参汤,每星期日我们陪她上戏园,电影场,无事时又陪她打个小牌。春秋佳日伺奉她上西湖、南京以及山水名胜处去散散心。这样上海住上一年半载,若是她想回里,便送她回里,等她高兴又接她出山。等大哥有了职使,二哥三弟都成了家,她也可以在各个子媳家里周流地住住。

"这并不算什么奢望,我当时若肯办也就能办到,但是野心太大的我,只顾着自己的前途,本省学校卒了业又上京,上了京又要出洋留学,跑到几万里外的法国去,再也不想回来。家里接接连连地出变故,母亲病得一生九死,我还硬着心肠留在外国。毕竟学业毫无成就,空使自己精神痛苦,这是我应得之报。

"最可恨的是母亲每次写信劝我回国,我回信却动不动宣布我要留学十年,十年!在慈母听来,真是刺心的一剑。后来听见大姊说:母亲每次接着我的信便要失望流泪,一连难受几日。其实我何尝真定

苏 雪 林
散 文 精 选

了留学十年的计划？不过怕母亲过于悬挂要逼我回国结婚，故意拿这话磨炼她的心，断她的念。

"后来我愈弄愈不像了。为了我的婚姻问题，我几次写信和家庭大闹，虽然没有公然要求离婚，但我所做使母亲伤心的事也不少；上帝饶恕我，我当时不知为什么竟有那样狠毒的念头，我有好几次希望母亲早些儿去世。这是因为我想获得自由，但又不忍母亲受那种大打击，所以如此。这还是由爱她的心发出来的，但我讳不了我自私心重！我的不孝之罪，应已上通于天！

"有几次我恼恨之极，望着虹河滔滔流水，恨不得纵身向下跳，又写信对母亲大言：我要披纱入道，永久不回中国。我的想自杀，不是轻生，我的想出家，也不是爱上帝，只是和家庭赌气，要说这些话使他们为我难受，我才畅快。我那时对于我那可怜母亲精神上的虐待，现在一一成了痛心的回忆，这刻骨的疚念，到死也不能涤拔！

"母亲去世时，只有五十四岁。她身体素来康健，我们都以为她克享高龄，谁料她弃世恁早？这是大哥的死，我的远别，三弟的病，以及家庭种种的不幸，促成她这样的。她像一株橡树，本来坚强，但经过几番的狂风暴雨，严霜烈日的摧瘁，终于枯瘁了它的生意了。

"健，海上有一种鸟，诗人缪塞曾作诗赞美过，那鸟的名字我忘记了，性情最慈祥，雏鸟无所得食，它呕血喂它们，甚至啄破了自己的胸膛扯出心肝喂它们。我母亲便是这鸟，我们喝干了她的血，又吞了她的心肝。

"从前的事我虽然有些怨你，但是健，亲爱的健，我到底不能怨，因为你原是一个冷心肠的人，也不必怨我家庭，假如不是旧婚约羁束着我，像我这样热情奔放的人，早不知上了哪个轻薄儿的当，想到那场迷惘，到今还觉寒心。也不能怨我自己，我所有的恼恨，是真真实实的恼恨，我曾尽我所能地忍耐，但终于忍耐不了的。我只有怨命运吧，那无情的命运真太颠播了我，太虐弄了我；或者我当悔不该去法国，不去就没有这些事了。

"真的我很悔到法国，三年半的忧伤困苦，好像使我换了一个人，初离法国时我还有些恋恋，以后愈想愈怕，'法兰西'三字在我竟成

了恶魔的名词,回国两年始终不敢翻开带来的法文书,不敢会见一个留法的旧同学。感谢光阴的惠爱,这病近来才稍稍平复,但法文是连ABC的发音都忘记了,说来真教人好笑。母亲死后,我本想写点东西纪念她,但那时痛楚未定,一提笔便心肝如裂,而且想到母亲,便感触我在法国的往事,那甘酸苦辣的滋味,又要一齐涌上心来,那烦闷的阴影又要罩上我的思想,那灵魂深处的创口,又要重新流血!

"某女士说领略人生,要如滚针毡,使它一针针见血,我,岂但滚过针毡,竟是肉搏过刀山剑树,闯过奈何桥的。但这有什么用?忧患的结果,不过隐去你颊边笑涡,多添上眉梢一痕愁思,灭了青春的欢乐,空赢得一缕心灵上永远治疗不愈的创伤。我祝普天下青年男女,好好过着他们光明愉快的岁月,不要轻易去尝试这人生的苦杯!

"健,我的话说得太多了,怕也要引动你的感怆,就此收住吧。我大约明后日就要出山,相见不远,请你不要挂念我。我们过得和和睦睦,母亲在天之灵,也是安慰的。不是吗,我亲爱的健?你的醒秋一九××年×月×日"

青年工程师读完了信,将它折叠好了,放入信封。似庄严似微笑又叹了一口气,说道:"爱情!爱情!为什么你们这样当真?在我竟不觉有何意味。但是,秋,过去事是过去了,不必更留在心上了。我们过得和和睦睦,母亲在天之灵也是安慰的,这真是不错的呀。……"雪茄烟这时已垂垂欲烬,青年顺手一掷,将烟头掷在痰盂里。他自己起身到隔室沐浴去了。室中寂然无人,只有几缕余烟,晕为一朵篆云,袅袅不尽!

(本文为《棘心》第十七章,1929年上海北新书局初版,选自1957年台湾光启出版社增订本)

家

家的观念也许是从人类天性带来的。你看鸟有巢，兽有穴，蜜蜂有窠，蚂蚁有地底的城堡。而水狸还会作木匠，作泥水匠，作捍堤起坝的功夫，经营它的住所哩。小儿在外边玩了小半天，便嚷着要家去。从前在外面做大官的，上了年纪，便要告老回乡，哪怕外面有巴黎的繁华，纽约的富丽，也牵绊他不住，这叫做树高千丈，叶落归根。楚霸王说富贵不归故乡，如衣锦夜行。道士以他企图达到的境界为仙乡，为白云乡。西洋宗教家也叫天国为天乡。家乡二字本有连带的意义，乡土不就是家的观念的扩大吗？

我曾在另一篇文章里说过：鸟儿到了春天便有筑巢的冲动，人到中年也便有建立家庭的冲动。这话说明了一种实在情况。我们仔细观察那些巢居的鸟类，平常的日子只在树枝上栖身，或者随便在哪里混过一夜。到了快孵卵了，才着忙于筑巢，燕子便是一个例。人结婚之后，有了儿女，家的观念才开始明朗化起来，坚强化起来。少年时便顾虑家的问题，呸，准是个没出息的种子！

我想起过去的自己了。——当文章写到转不过弯时，或话说到没有得说时，便请出自己来解围，这是从吴经熊博士学来的方法。一半是天性，一半是少时多读了几种中世纪式的传奇，便养成了一种罗曼蒂克的气质。美是我的生命，优美，壮美，崇高美，无一不爱。寻常在诗歌里，小说里，银幕里，发现了哀感顽艳，激昂慷慨的故事时，

我绝不吝惜我的眼泪。有时候，自觉周身血液运行加速，呼吸加急，神经纤维一根根紧张得像要绷断。好像面对着什么奇迹，一种人格的变换，情感的升腾，使我忘失了自己，又神化了自己。我的生命像整个融化在故事英雄生命里，本来渺小的变伟大了，本来龌龊的变崇高了。无形的鞭策，鼓舞我要求向上，想给自己造成一个美的人格，虽然我的力量是那么薄弱。

那时候我永远没想到家是什么，一个人要家有什么用。因为自己是学教育出身的，曾想将自己造成一个教育家，并非想领略得天下英才而教育之的私人乐趣，其实是想为国储才。初级师范卒业后，当了一年多小学教师，盲目的热心，不知摧残了几个儿童嫩弱的脑筋。过度的勤劳，又在自己身体里留下不少病痛的种子。现在回想，真是一场可爱而又可笑的梦。在某些日子里，我又曾发了一阵疯，想离开家庭，独自跑向东三省垦荒去。赚了钱好救济千万穷苦的同胞。不管自己学过农业没有，也不管自己是否具有开创事业的魄力与干才，每日黄昏望着故乡西山尖的夕阳默默出神，盘算怎样进行的计划。那热烈的心情，痛苦的滋味，现在回想，啊，又是一场可爱而可笑的梦。

于今这一类的梦想，好像盈盈含笑的朝颜花，被现实的阳光一灼，便立刻萎成一绞儿枯焦的淡蓝了。教育家不是我的份，实业家不是我的份，命定只配做个弄弄笔头的文人。于今连笔也想放下，只想有一个足称为自己主有物的住所，每天早起给我一盏清茶，几片涂着牛油的面包，晚上有个温暖的被窝，容我伸直身子睡觉，便其乐融融，南面王不易也。

家，我并不是没有。安徽太平县乡下有一座老屋，四周风景，分得相离不远的黄山的雄奇秀丽。隐居最为相宜。但自从我的姓氏上冠上了另一个字以后，它便没有了我的份。南昌也有一座几房同居的老屋，我不打算去住。苏州有一座小屋倒算得是我们自己的。但建筑设计出于一个笨拙工程师之手。本来是学造船出身的，却偏要自作聪明来造屋，屋子造成了一只轮船，住在里面有说不出的不舒服，所以我又不大欢喜。于今这三座屋子，有两座是落在沦陷区里，消息阻隔，也不知变成怎样了。就说幸而瓦全，恐怕已经喂了白蚁。这些戴着人

苏雪林
散文精选

头的白蚁是最好拣那无主的屋子来蛀。先蛀窗棂门扇，再蛀顶上的瓦，墙壁的砖，再蛀承尘和地板。等你回来，屋子只剩下一个空壳。甚至全部都蛀完，只留给你一片白地。所以我们的家的命运，早已成了未知数，将来战事结束，重回故乡，想必非另起炉灶不可了。

记得少壮时性格善于变动，不喜住在固定的地方。当游览名山胜水，发现一段绝佳风景时，我定要叫着说：喔，我们若能在这里造座屋子住多好！于是康，即上述的笨拙工程师，就冷冷地讪嘲我："我看你不必住房子，顶好学蒙古人住一种什么毡庐或牛皮帐。他们逐水草而迁徙，你呢，就逐好风景而迁徙。"对呀，屋子能搬场是很合理的思想，未来世界的屋子一定都是像人般长了脚能走的。忘记哪位古人有这么一句好诗，也许是吾家髯公吧，"湖山好处便为家"，其中意境多可爱。行脚僧烟蓑雨笠，到处栖迟，我常说他们生活富有诗意，就是为了这个。

由髯公联想到他的老表程垓。他的书舟词，有使我欣赏不已的《满江红》一首云：

> 茸屋为舟，身便是、烟波钓客。况人间原似，浮家泛宅，秋晚雨声蓬背稳，夜深月影窗棂白。满船诗酒满船书，随意索。
>
> 也不怕，云涛隔，也不怕，风帆侧，但独醒还睡，自歌还歌。卧后从教鳅鳝舞，醉来一任乾坤窄。恐有时、撑向大江头，占风色。

这词中的舟并非真舟，不过想象他所居之屋为舟，以遣烟波之兴而已。我有时也想假如有造屋的钱，不如拿来造一只船。三江五湖，随意遨游，岂不称了我"湖山好处便为家"的心愿。不过船太小了，像张志和的舴艋，于我也不大方便，我的生活虽不十分复杂，也非一竿一蓑似的简单，而且我那几本书先就愁没处安顿。太大了，惹人注目，先就没胆量开到太湖。我们不能擘破三万六千顷青琉璃，周览七十二峰之胜，就失却船的意义了。

以水为家的计划既行不通，我们还是在陆地上打主意吧。

像我们这类知识分子，每日都需要新的精神食粮，至少一份当天报纸非入目不可。所以家的所在地点离开文化中心不可太远，但又不必定在城市之中，若能半城半郊，以城市而兼山林之乐，那就最好没有了。为配合那时经济情形起见，屋子建筑工料，愈省愈好。墙壁不用砖而用土，屋顶用茅草也可以。但在地板上不可不多花几文，因为它既防潮湿又可保持室中温度，对卫生关系极为重大。地板离地高须二尺，装置要坚固，不平或动摇，最为讨厌。一个人整天在机杌不安的环境里度日，精神是最感痛苦的。屋子尽可以不油漆，而地板必抹以桐油。我们全部生命几乎都消耗于书斋之中，所以这间屋是必须加意经营的。朝南要有一面镶玻璃大窗，冬受暖日，夏天打开，又可以招纳凉风。东壁开一二小窗。西北两壁的地位则留给书架。后面一间套房，作为我的寝室，只须容得下一榻二橱之地。套房和书斋的隔断处，要用活动的雕花门扇。糊以白纸，或浅蓝鹅黄色的纸。雕花是中国建筑的精华，图样多而美观，我们故乡平民家的窗棂门户，多有用之者，工价并不贵。它有种种好处：光线柔和可爱，空气流通，一间房里有了炭火，另一间房可以分得暖气。这种艺术我以为应当予以恢复。造屋子少不了一段游廊，风雨时可以给你少许回旋之地，夏夜陈列藤椅竹榻，可与朋友煮茗清谈；或与家人谈狐说鬼，讲讲井市琐闻，或有趣味的小故事，豆棚瓜架的味儿，是最值得人怀恋的。

  屋旁要有二亩空旷之地，一半莳花，一半种菜，养几只鸡生蛋，一只可爱的小猫，晚上赶老鼠，白昼给我做伴。书，从前梦想的是万卷琳琅，抗战以后，物力维艰，合用的书有一二千卷也够了。要参考时不妨多跑几趟图书馆，所以图书馆距离要近，顶好就在隔壁。外文书也要一些。去旧书铺访求，当然比买新的便宜，又可替国家节省外汇，岂非一举两得。图书馆或旧书铺弄不到的书，可以向藏书最多的朋友去借。我别的品行不敢自信，借书信用之好，在朋友间是一向闻名的，想朋友们绝不至于拿"借书一瓻"的话来推托吧。书有了，于是花前灯下，一卷陶然，或于纸窗竹榻之间，抒纸伸笔，写我心里一些想说的话。写完之后，抛向字篓可以，送给报纸杂志发表也可以。有时用真姓名与读者相见，有时捏造个笔名用也可以。再重复一句，

苏雪林
散文精选

我写的文字无论如何不好,总是我真正心里想说的话。我绝不为追逐时代潮流,迎合世人口味,而歪曲了我创作的良心。我有我的主见,我有我的骄傲。

只有做皇帝的人才能说富有四海,臣属万民的话。但我们若肯用点脑筋,将自然给予我们的恩惠,仔细想想,每个人都有这一项资格的。飞走之物的家,建筑时只有两口儿的劳力,所以大都因陋就简。据说喜鹊的窝做得最精巧,所以常惹斑鸠眼红,但你若将鹊巢研究一下,咳,可怜,大门是向天开的,育儿时遇见风雨,母鸟只好拱起背脊硬抵,请问人类的母亲受得这苦不?就说那硬尾巴,毛光如漆的小建筑师吧。它能采木,能运石,可算最伶俐了,但我敢同你打赌,请你进它屋子去住,你一定不肯。人呢,就不然了。譬如我现在客中所住的一间书斋,虽说不上精致,但建筑时先有人制图,而后有木匠泥水匠来构造。木材是从雅安一带森林砍下,该锯成板的锯成板,该削成条子的削成条子,扎成木排,顺青衣江而下淌,达到嘉定城外。一堆堆,一堆堆积着。要用时,由江边一些专靠运木为生的贫民扛来,再由木匠搭配来用。木匠的斧子,锯子,刨子,钉子,原料是由本城附近某矿山出产的,又用某矿山的煤来锻炼的,开矿的,挖煤的,运铁煤的,烧炉的,打铁的,你计算计算看,该有多少人?全房的油漆,壁上糊的纸,窗上的玻璃和帘幕,制造和贩卖的,又该有多少人?我桌上有一架德国制造的小闹钟,一管美国制造的派克自来水笔,一瓶喀莱尔墨水,几本巴黎某书店出版的小说,一把俄国来的裁纸刀。在抗战前,除那管笔花了我二十元代价之外,其余都不值什么。但你也别看轻这几件小东西,它们渡过惊波万重的印度洋和太平洋,穿过数千里雪地冰天的西伯利亚,一路上不知换了多少轮船,火车,木船,薄笨车,不知经过多少人的手,方能聚首于我的书斋,变成与我朝夕盘桓的雅侣。

飞走之物无冬无夏,只是一身羽毛。孔雀锦鸡文采最绚烂,但这一套美丽衣服若穿烦腻了,想同白鹭或乌鸦换一身素雅的穿,换换口味,竟不可能。我们则夏纱,秋夹,冬棉皮,还有羊毛织的外套。要什么样式就什么样式,要什么颜色就什么颜色。谈及吃的,则虎豹之

类吃了肉便不能吃草，牛马之类吃了草又不能吃肉。蚊子除叮人无别法生活，被人一巴掌拍杀，也绝无埋怨。苍蝇口福比较好，什么吃的东西都要爬爬嚼嚼，但苍蝇也最受憎恶，人类就曾想出许多法子消灭它。人则对于动植物，甚至矿物都吃，而有钱人则天天可以吃荤。有些好奇的有钱人则从人参，白木耳，猩猩的唇，黑熊的掌，骆驼的峰，麋鹿的尾，猴子的脑，燕儿的窝，吃到兼隶动植物二界的冬虫夏草。人是从平地上的吃到山中的，水底的；从甜的吃到苦的，香的吃到臭的。猥琐如虫豸总可饶了吧？也不饶，许多虫类被人指定了当做食料，连毒蛇都弄下了锅作为美味。这才真的是"玉食万方"哩。

可见上帝虽将亚当夏娃赶出地上乐园，待遇他们的子孙，其实不坏。我们还要动不动怨天咒地，其实不该。譬如做父母的辛辛苦苦，养育儿女，什么东西都弄来给他享受，还嫌好道歹，岂不教父母寒心，回头他老人家真恼了，你可要当心才好。——有人说人不但是上帝的爱子，同时是万物的灵长，自然界的主人，我想无论是谁，对于这话是不能否认的。

你虽则是丝毫没有做统治者的思想，但是在家里，你的统治意识却非常明显。这小小区域便是你的封邑，你的国家。你可以自由支配，自由管理。你有你的百官，你有你的人民，你有你的府库。你添造一间屋，好似建立一个藩邦；开辟一畦草莱，好似展拓几千里的疆土；筑一道墙，又算增加一重城堡；种一棵将来足为荫庇的树，等于造就无数人才；栽一株色香俱美的花，等于提倡文学艺术。家里几桌床榻的位置，日久不变，每易使人厌倦，你可以同你的谋臣——你的先生或太太——商议，重新布置一番。布置妥帖之后，在室中负手徐行，踌躇满志，也有政治上除旧布新的快感。或把笔床茗碗的地位略为移动，瓦瓶里插上一枝鲜花，墙壁间新挂一幅小画，等于改革行政，调动人员，也可以叫人耳目一新，精神焕发。怪不得古人有"山中南面"之说，人在家里原就不啻九五之尊啊。

够了，再说下去，人家一定要疑心我得了什么帝王迷，想关起门来做皇帝。其实因为有一天和朋友袁兰子女士谈起家的问题，她说英国有一句俗语："英国人的家，就是他的城堡"，具有绝对的主权，绝

苏　雪　林
散 文 精 选

对的尊严性，觉得很有意思，就惹起我上面那一大堆废话罢了。

　　实际上，家的好处还是生活的自由和随便。你在社会上与人周旋，必须衣冠整齐，举止彬彬有礼，否则人家就要笑你是名士派。在家你口衔烟卷，悠然躺在廊下；或靸着一双拖鞋，手拿一柄大芭蕉扇，园中来去；或短衣赤脚，披襟当风，都随你的高兴。听说西洋男人在家庭里想抽支烟也要得太太的许可；上餐桌又须换衣服，打领结，否则太太就要批评他缺少礼貌，甚或有提出离婚的可能。啊，这种丈夫未免太难做吧。幸而我不是西洋的男人，否则受太太这样拘束，我宁可独身一世。

　　没有家的人租别人房子住，时常会受房东的气。房租说加多少就多少，你没法抗议。他一下逐客之令，无论在什么困难情形之下，你也不得不拖儿带女一窝儿搬开。若和房东同住，共客厅，共厨房，共大门进出，你不是在住家，竟是住旅馆。住旅馆，不过几天，住家却要论年论月，这种喧闹杂乱的痛苦，最忍耐的心灵，也要失去他的伸缩性。虽说人生如逆旅，但在短短数十年生命里，不能有一日的自由，做人也未免太可怜，太不值得了。

　　人到中年，体气渐衰，食量渐减，只要力之所及，不免要讲究一点口腹之奉。对于食谱，烹饪单一类的书，比少年时代的爱情小说还会惹起注意。我有旨蓄，可以御冬：腌菜、酸齑、腐乳、芝麻酱、果子酱，无论哪个穷措大的家庭，也要准备一些。于是大坛小罐也成为构成家庭乐趣的成分，对之自然发生亲切之感。这类坛罐之属，旅馆是没地方让你安置的，不是固定的家也无意于购备，于是家就在累累坛罐之中，显出它的意味。人把感情注到坛罐上去，其庸俗宁复可耐，但"治生那免俗"，老杜不早替我们解嘲了吗？

　　但一个人没有家的时候就想家，有了家的时候，又感到家的累赘。我们现在不妨谈谈家的历史。原始时代家庭设备很简单，半开化时代又嫌其太复杂。孟子虽曾提倡分工合作之说，但中国人日常生活的需要，几乎件件取诸宫中。一个家庭就等于一个社会。乡间富人家里有了牛棚，豕牢，鸡埘，鹅棚不算，米豆黍麦的仓库不算，还有磨房，舂间，酒浆坊，纺车，织布机，染坊，只要有田有地有人，关起门来

度日，一世不愁饿肚子，也不愁没衣穿，现在摩登化的小家庭，虽删除了这些琐碎节目，但一日三餐也够叫人麻烦。人类进化已有了几千年，吃饭也有了几千年，而这一套刻板文章总不想改动一下，不知是何缘故。假如有人将全地球所有家庭主妇每日所费于吃饭问题的时间，心思，劳力，做一个统计，定叫你吃一大惊。每天清早从床上滚下地，便到厨房引燃炉火，烧洗脸水，煮牛乳，烤面包，或者煮粥，将早餐送下全家肚皮之后，提篮上街买菜。买了菜回家差不多十点钟了，赶紧削萝卜，剥大蒜，切肉，洗菜，淘米煮饭，一面注意听饭甑里蒸气的升腾，以便釜底抽薪，一面望着锅里热油的滚沸，以便倒下菜去炒。晚餐演奏的还是这样一套序目。烹饪之余，更须收拾房子，洗浆衣服，缝纫，补缀，编织毛织物。夜静更深，还要强撑倦眼在昏灯下记录一天用度的账目。有了孩子，则女人的生活更加上两三倍的忙碌，这里我不必详细描写，反正有孩子的主妇听了就会点头会意的。有钱人家的主妇，虽不必井臼躬操，而家庭大，人口多，支配每天生活也够淘神。你说放马虎些，则家中盐米，不食自尽，不但经济发生问题，丈夫也要常发内助无人之叹，假如男人因此生了外心，那可不是玩的。我以为生活本应该夫妇合力维持的，可是男人每每很巧妙地逃避了，只留下女人去抵挡。虽说男人赚钱养家，不容易，也很辛苦，但他究竟不肯和生活直接争斗，他总在第二线。只有女人才是生活勇敢的战士，她们是日日不断面对面同生活搏斗的。每晨一条围裙向腰身一束，就是擐好甲胄，踏上战场的开始。不要以为柴米油盐酱醋茶，微末不足道，它就碎割了我们女人全部生命，吞蚀尽了我们女人的青春、美貌和快乐。女人为什么比男人易于衰老，其缘故在此。女人为什么比男人琐碎、凡俗，比男人显得更爱硁硁较量，比男人显得更实际主义，其缘故亦在此。

　　未来世界家庭生活的需要，应该都叫社会分担了去。如衣服有洗衣所，儿童有托儿所和学校，吃饭有公共食堂。不喜欢到公共食堂的，每顿肴膳可以由饭馆送来。那时公共食堂和饭馆的饮食品，用科学方法烹制，省人工，价廉物美。具有家庭烹饪的长处，而滋养分搭配得更平均，更合乎卫生原则。自己在家里弄点私菜，只要你高兴，也并

苏雪林
散文精选

非不允许的事。将来的家庭眷属,必紧缩得仅剩两三口。家庭的设备,只有床榻几椅及少许应用物件而已。不愿意住个别的家便住公共的家。每人有一二间房子,可以照自己趣味装璜点缀。各人自律甚严,永不侵犯同居者的自由。好朋友可以天天见面,心气不相投合的,虽同居一院,也老死不相往来。这样则男人女人都可以省出时间精力,从事读书、工作、娱乐,及有益自己身心和有益社会文化的事。

理想世界一天不能实现,当然我们每人一天少不了一个家。但是我们莫忘记现在中国处的是什么时代,整个国土笼罩在火光里,浸渍在血海里;整个民族在敌人刀锋枪刺之下苟延残喘。我们有生之年莫想再过从前的太平岁月了。我们应当将小己的家的观念束之高阁,而同心合意地来抢救同胞大众的家要紧。这时代我们正用得着霍去病将军那句壮语:"匈奴未灭,无以家为。"

(选自《东方杂志》,1941年1月38卷第2期)

青春

记得法国作家曹拉的《约翰·戈东之四时》（Quatre journees de Jean Gourdon）曾以人之一生比为年之四季，我觉得很有意味，虽然这个譬喻是自古以来，就有人说过了。但芳草夕阳，永为新鲜诗料，好譬喻又何嫌于重复呢？

不阴不晴的天气，乍寒乍暖的时令，一会儿是袭袭和风，一会儿是蒙蒙细雨，春是时哭时笑的。春是善于撒娇的。

树枝间新透出叶芽，稀疏琐碎地点缀着，地上黄一块，黑一块，又浅浅的绿一块，看去很不顺眼，但几天后，便成了一片蓊然的绿云，一条缀满星星野花的绣毡了。压在你眉梢上的那厚厚的灰黯色的云，自然不免教你气闷，可是他转瞬间会化为如纱的轻烟，如酥的小雨。新婚紫燕，屡次双双来拜访我的矮椽，软语呢喃，商量不定，我知道他们准是看中了我的屋梁，果然数日后，便衔泥运草开始筑巢了。远处，不知是画眉，还是百灵，或是黄莺，在试着新吭呢。强涩地，不自然地，一声一声变换着，像苦吟诗人在推敲他的诗句似的。绿叶丛中紫罗兰的嗫嚅，芳草里铃兰的耳语，流泉边迎春花的低笑，你听不见么？我是听得很清楚的。她们打扮整齐了，只等春之女神揭起绣幕，便要一个一个出场演奏。现在她们有点浮动，有点不耐烦。春是准备的。春是等待的。

几天没有出门，偶然涉足郊野，眼前竟换了一个新鲜的世界。到

苏 雪 林
散 文 精 选

处怒绽着红紫，到处隐现着虹光，到处悠扬着悦耳的鸟声，到处飘荡着迷人的香气，蔚蓝天上，桃色的云，徐徐伸着懒腰，似乎春眠未足，还带着惺忪的睡态。流水却瞒不过这小姐腔，他泛着潋滟的霓彩，唱着响亮的新歌，头也不回地奔赴巨川，奔赴大海……春是烂漫的，春是永远地向着充实和完成的路上走的。

春光如海，古人的比方多妙，多恰当。只有海，才可以形容出春的饱和，春的浩瀚，春的磅礴洋溢，春的澎湃如潮的活力与生意。

春在工作，忙碌地工作，他要预备夏的壮盛，秋的丰饶，冬的休息，不工作又怎么办？但春一面在工作，一面也在游戏，春是快乐的。

春不像夏的沉郁，秋的肃穆，冬的死寂，他是一味活泼，一味热狂，一味生长与发展，春是年青的。

当一个十四五岁或十七八岁的健美青年向你走来，先有爽朗新鲜之气迎面而至。正如睡过一夜之后，打开窗户，冷峭的晓风带来的那一股沁心的微凉和葱茏的佳色。他给你的印象是爽直、纯洁、豪华、富丽。他是初升的太阳，他是才发源的长河，他是能燃烧世界也能燃烧自己的一团烈火，他是目射神光，长啸生风的初下山时的乳虎，他是奋鬣扬蹄，控制不住的新驹。他也是热情的化身，幻想的泉源，野心的出发点，他是无穷的无穷，他是希望的希望。呵！青年，可爱的青年，可羡慕的青年！

青年是透明的，身与心都是透明的。嫩而薄的皮肤之下，好像可以看出鲜红血液的运行，这就形成他或她容颜之春花的娇，朝霞的艳。所谓"吹弹得破"，的确教人有这样的耽心。忘记哪一位西洋作家有"水晶的笑"的话，一位年轻女郎嫣然微笑时，那一双明亮的双瞳，那两行粲然如玉的牙齿，那唇角边两颗轻圆的笑涡，你能否认这"水晶的笑"四字的意义么？

青年是永远清洁的。为了爱整齐的观念特强，青年对于身体，当然时时拂拭，刻刻注意。然而青年身体里似乎天然有一种排除尘垢的力，正像天鹅羽毛之洁白，并非由于洗濯而来。又似乎古印度人想象中三十二天的天人，自然鲜洁如出水莲花，一尘不染。等到头上华萎，

五官垢出，腋下汗流，身上那件光华夺目的宝衣也积了灰尘时，他的寿命就快告终了。

　　青年最富于爱美心，衣履的讲穷，头发颜脸的涂泽，每天费许多光阴于镜里的徘徊顾影，追逐银幕和时装铺新奇的服装的热心，往往叫我们难以了解，或成了可怜悯的讽嘲。无论如何贫寒的家庭，若有一点颜色，定然聚集于女郎身上。这就是碧玉虽出自小家，而仍然不失其为碧玉的秘密。为了美，甚至可以忍受身体上的戕残，如野蛮人的文身穿鼻，过去妇女之缠足束腰。我有个窗友因面麻而请教外科医生，用药烂去一层面皮。三四十年前，青年妇女，往往就牙医无故拔除一牙而镶之以金，说笑时黄光灿露，可以增加不少的妩媚。于今我还听见许多人为了门牙之略欠整齐而拔去另镶的，血淋淋地也不怕痛。假如陆判官的换头术果然灵验，我敢断定必有无数女青年毫不迟疑地袒露其纤纤粉颈，而去欢迎他靴统子里抽出来那柄锯利如霜小匕首的。

　　青年是没有年龄高下之别的，也永远没有丑的，除非是真正的嫫母和戚施。记得我在中学读书时，跟中所见那群同学，不但大有美丑之分，而且竟有老少之别。凡那些皮肤粗黑些的，眉目庸蠢些的，身材高大些的，举止矜庄些的，总觉得她们生得太"出老"一点，猜测她们年龄时，总会将它提高若干岁。至于二十七八或三十一二的人——当时文风初开的内地学生年龄是有这样的——在我们这些比较年轻的一群看来，竟是不折不扣的"老太婆"了。这样的"老太婆"还出来念什么书，活现世！轻薄些的同学的口角边往往会漏出了这样嘲笑。现在我看青年的眼光竟和以前大大不同了，嬿妍胖瘦，当然还分辨得出，而什么"出老"的感觉，却已消失于乌有之乡，无论他或她容貌如何，既然是青年，就要还他一份美，所谓"青春的美"。挺拔的身躯，轻矫的步履，通红的双颊，闪着青春之焰的眼睛，每个青年都差不多，所以看去年纪也差不多。从飞机下望大地，山陵原野都一样平铺着，没有多少高下隆洼之别，现在我对于青年也许是坐着飞机而下望的。哈，坐着年龄的飞机！

　　但是，青年之最可爱的还是他身体里那股淋漓元气，换言之，就是那股愈汲愈多，愈用愈出的精力。所谓"青年的液汁"（La sève de

苏 雪 林
散 文 精 选

la jeunesse），这真是个不舍昼夜滚滚其来的源泉，它流转于你的血脉，充盈于你的四肢，泛滥于你的全身，永远要求向上，永远要求向外发展。它可以使你造成博学，习成绝技，创造惊天动地的事业。青年是世界上的王，它便是青年王国拥有的一切的财富。

当我带着书踱上讲坛，下望墨压压的一堂青年的时候，我的幻想，往往开出无数芬芳美丽的花：安知他们中间将来没有李白、杜甫、荷马、莎士比亚那样伟大的诗人么？安知他们中间，将来没有马可尼、爱迪生、居里夫人一般的科学家，朱子、王阳明、康德、斯宾塞一般的哲学家么？学经济的也许将来会成为一位银行界的领袖；学政治的也许就仗着他将中国的政治扶上轨道；学化学或机械的也许将来会发明许多东西，促成中国的工业化、现代化。也许他们中真有人能创无声飞机，携带什么不孕粉，到扶桑三岛巡礼一回，聊以答谢他们三年来赠送我们的这许多野蛮残酷礼品的厚意。不过，我还是希望他们中间有人能向世界宣传中国优越的文化，和平的王道，向世界散布天下为公的福音，叫那些以相斫为高的刽子手们，初则眙愕相顾，继则心悦诚服……青年的前途是浩荡无涯的，是不可限量的，但能以致此，还不是靠着他们这"青年的精力"？

春是四季里的良辰，青年是人生的黄金时代。是春天，是该鸟语花香，风和日雨，但霪雨连绵，接连三四十日之久，气候寒冷得像严冬，等到放晴时，则九十春光，阑珊已尽，这样的春天岂非常有？同样，幼年多病，从药炉茶鼎间逝去了寂寂的韶华；父母早亡，养育于不关痛痒者之手，像墙角的草，得不着阳光的温煦，雨露的滋润；生于寒苦之家，半饥半饱地挨着日子，既无好营养，又受不着好教育，这种不幸的青年，又何尝不多？咳，这也是春天，这也是青年！

西洋文学多喜欢赞美青春歌颂青春，中国人是尚齿敬老的民族，虽然颇受嗟卑叹老，却瞧不起青年。真正感觉青春之可贵，认识青春之意义的，似乎只有那个素有佻达文人之名的袁子才。他对美貌少年，辄喜津津乐道，有时竟教人于字里行间，嗅出浓烈的肉味。对于历史上少年成功者，他每再三致其倾慕之忱，而于少年美貌而又英雄如孙

策其人者，向往尤切。以形体之完美为高于一切，也许有点不对，但这种希腊精神，却是中国传统思想里所难以找出的。他又主张少年的一切欲望都应当给以满足，满足欲望则必需要金钱，所以他竟高唱"宁可少时富，老来贫不妨"这样大胆痛快的话，恐怕现在还有许多人为之吓倒吧。他永久羡着青春，湖上杂咏之一云：

葛岭花开三月天，游人来往说神仙，
老夫心与游人异，不羡神仙羡少年。

说到神仙，又引起我的兴趣来了。中国人最羡慕神仙，自战国到宋以前一千数百年，帝皇、妃后、贵族、大官以及一般士庶，都鼓荡于这一股热潮中。中国人对修仙付过了很大的代价，抱了热烈的科学精神去试验，坚决的殉道精神去追求。前者仆而后者继，这个失败了，那个又重新来，唐以后这风气才算衰歇了些，然而神仙思想还盘踞于一般人潜意识界呢。

做神仙最大的目的，是返老还童和长生。换言之，就是保持青春于永久。现在医学界盛传什么恢复青春术，将黑猩猩，大猩猩，长臂猿的生殖腺移植人身，便可以收回失去的青春。不过这方法流弊很多，又所恢复的青春，仅能维持数年之久，过此则衰惫愈甚，好像是预支自己体中精力而用之，并没有多大便宜可占，因之尝试者似乎尚不踊跃。至于中国神仙教人炼的九转还丹，只有黍子大的一颗，度下十二重楼，便立刻脱胎换骨，而且从此就能与天地比寿，日月齐光了。有这样的好处，无怪乎许多人梦寐求之，为金丹送命也甘心了。

不过炼丹时既需要仙传的真诀，极大的资本，长久的时间，吃下去又有未做神仙先做鬼的危险，有些人也就不敢尝试。况且成仙有捷径也有慢法，拜斗踏罡，修真养性慢慢地熬去，功行圆满之日，也一样飞升。但这种修炼需时数十年至百余年不等，到体力天然衰老时，可不又惹起困难度？于是聪明的中国人又有什么"夺舍法"。学仙人在这时候，推算得什么地方有新死的青年，便将自己的灵魂钻入其尸体，于是钟漏垂歇的衰翁，立刻便可以变成一个血气充盈的小伙子，

苏　雪　林
散　文　精　选

这方法既简捷又不伤廉，因为他并没有伤害尸主之生命。

少时体弱多病，在凄风冷雨中度过了我的芳春，现在又感受早衰之苦。所以有时遇见一个玉雪玲珑的女孩，我便不免于中一动。我想假如我懂得"夺舍法"据这可爱身体而有之，我将怎样利用她青年的精力而读书，而研究，而学习我以前未学现在想学而已嫌其晚的一切。便是娱乐，我也一定比她更会享受。这念头有点不良，我自己也明白，可是我既没有获得道家夺舍法之秘传，也不过是骗骗自己的空想而已。

中年人或老年人见了青年，觉得不胜其健羡之至，而青年却似乎不能充分地了解青春之乐。所谓"不识庐山真面目，只缘身在此山中"，谁说不是一条真理？好像我们称孩子的时代为黄金，其实孩子果真知道自己快乐么？他们不自知其乐，而我们强名之为乐，我总觉得这是不该的。

再者青年总是糊涂的，无经验的。以读书研究而论，他们往往不知门径与方法，浪费精神气力而所得无多。又血气正盛，嗜欲的拘牵，情欲的缠纠，冲动的驱策，野心的引诱，使他们陷于空想、狂热、苦恼、追求以及一切烦闷之中，如苍蝇之落于蛛网，愈挣扎则缚束愈紧。其甚者从此趋于堕落之途，及其觉悟则已老大徒悲了。若能以中年人的明智，老年人的淡泊，控制青年的精力，使它向正当的道路上发展，则青年的前途，岂不更远大，而其成功岂不更快呢？

仿佛记得英国某诗人有再来一次的歌，中年老年之希望恢复青春，也无非是这"再来一次"的意识之刺激罢了。祖与父之热心教育其子孙，何尝不是因为觉得自己老了，无能为力了，所以想利用青年的可塑性，将他们抟成一尊比自己更完全优美的活像。当他们教育青年学习时，凭自己过去的经验，授与青年以比较简捷的方法，将自己辛苦探索出来的路线，指导青年，免得他们再迂回曲折地乱撞。他们未曾实现的希望，要在后一代人身上实现，他们没有满足的野心，要叫后一代人来替他们满足。他们的梦，他们的愿望，他们奢侈的贪求，本来都已成了空花的，现在却想在后代人头上收获其甘芳丰硕的果。因此，当他们勤勤恳恳地教导子孙时，与其说是由于慈爱，毋宁说出于自私，与其说是在替子孙打算，毋宁说是自己慰安。这是另一种"夺

舍法"，他们的生命是由此而延续，而生命的意义是靠此而完成的。

据说法朗士尝恨上帝或造物的神造人的方法太笨：把青春位置于生命过程的最前一段，人生最宝贵的爱情，磨折于生活重担之下。他说假如他有造人之权的话，他要选取虫类如蝴蝶之属做榜样。要他先在幼虫时期就做完各种可厌恶的营养工作，到了最后一期，男人女人长出闪光翅膀，在露水和欲望中活了一会儿，就相抱相吻地死去。读了这一串诗意的词句，谁不为之悠然神往呢？不止恋爱而已，想到可贵青春度于糊涂昏乱之中之可惜，对于法朗士的建议，我也要竭诚拥护的了。

不过宗教家也有这么类似的说法，像基督教就说凡是热心爱神奉侍神的人，受苦一生，到了最后的一刹那，灵魂便像蛾之自蛹中蜕出，脱离了笨重躯壳，栩栩然飞向虚空，浑身发大光明，出入水火，贯穿金石，大千世界无不游行自在。又获得一切智慧，一切满足，而且最要紧的是从此再不会死。这比起法朗士先生所说的一小时蝴蝶的生命不远胜么？有了这种信仰的人，对于人世易于萎谢的青春，正不必用其歆羡吧？

（选自《屠龙集》，1941年商务印书馆出版）

中年

如果说人的一生，果然像年之四季，那么除了婴儿期的头，斩去了死亡期的尾，人生应该分为四个阶段，即青年、壮年、中年、老年是也。自成童至二十五岁为青春期，由此至三十五岁为壮年期，由此至四十五岁为中年期，以后为老年期。但照中国一般习惯，往往将壮年期并入中年，而四十以后，便算入了老年，于是西洋人以四十为生命之开始，中国人则以四十为衰老之开始。请一位中国中年，谈谈他身心两方面的经验，也许会涉及老年的范围，这是我们这未老先衰民族的宿命，言之是颇为可悲的。若其身体强健，可以活到八九十或百岁的话，则上述四期，可以各延长五年十年，反之则缩短几年。总之这四个阶段的短长，随人体质和心灵的情况分之，不必过于呆板。

中年和青年差别的地方，在形体方面也可以显明地看出。初入中年时，因体内脂肪积蓄过多，而变成肥胖，这就是普通之所谓"发福"。男子"发福"之后，身材更觉魁伟，配上一张红褐色的脸，两撇八字小胡，倒也相当的威严。在女人，那就成了一个恐慌问题。如名之为"发福"，不如名之为"发祸"。过丰的肌肉，蚕食她原来的娇美，使她变成一个粗蠢臃肿的"硕人"。许多爱美的妇女，为想瘦，往往厉行减食绝食，或操劳，但长期饥饿辛苦以后，一复食和一休息，反而更肥胖起来。我就看见很多的中年女友，为了胖之一字，烦恼哭泣，认为那是莫可禳解的灾殃。不过平心而论，这可恶的胖，显然夺

去了你那婀娜的腰身，秀媚的脸庞和莹滑的玉臂，也偿还你一部分青春之美。等到你肌肉退潮，脸起皱纹时，你想胖还不可得呢。

四十以后，血气渐衰，腰酸背痛，各种病痛乘机而起。一叶落而知天下秋，一星白发，也就是衰老的预告。古人最先发现自己头上白发，便不免要再三嗟叹，形之吟咏，谁说这不是发于自然的情感。眼睛逐渐昏花，牙齿也开始动摇，肠胃则有如淤塞的河道，愈来愈窄。食欲不旺，食量自然减少。少年凡是可吃的东西，都吃得很有味，中年则必须比较精美的方能入口。而少年据案时那种狼吞虎咽的豪情壮概，则完全消失了。

对气候的抗拒力极差。冬天怕冷，夏天又怕热。以我个人而论，就在乐山这样不大寒冷的冬天，棉小袄上再加皮袍，出门时更要压上一件厚大衣。晚间两层棉被，而汤婆子还是少不得。夏天热到八九十度，便觉胸口闭塞，喘不过气来。略为大意，就有触暑发痧之患。假如自己原有点不舒服，再受这蒸郁气候压迫时，便有徘徊于死亡边沿的感觉。古人目夏为"死季"，大约是专为我们这种孱弱的中年人或老年人而说的吧。

再看那些青年人，大雪天竟有仅穿一件夹袍或一件薄棉袍而挺过的。夏季赤日西窗，挥汗如雨，一样可以伏案用功。比赛过一场激烈的篮球或足球后，浑身热汗如浆，又可以立刻跳入冷水池游泳。使我们处这场合，非疯瘫则必罹重感冒了。所以青年在我们眼里不但怀有辟尘珠而已，他们还有辟寒辟暑珠呢。啊，青年真是活神仙！

记得从前有位长辈，见我常以体弱为忧，便安慰我说，青年人身体里各种组织都很脆弱而且空虚，到了中年，骨髓长满，脏腑的营养功能也完成了，体气自然充强。这话你们或者要认为缺少生理学的根据，而我却是经验之谈，你将来是可以体会到的。听了这番话后，我对于将来的健康，果然抱了一种希望。忽忽二十余年，这话竟无兑现之期，才明白那长辈的经验只是他个人的经验而已。不过青年体质虽健旺而神经则似乎比较脆弱。所以青年有许多属于神经方面的疾病。我少年时，下午喝杯浓茶或咖啡，或偶而构思，或精神受了小小刺激，则非通宵失眠不可。用脑筋不能连续二小时以上，又不能天天按时刻

苏雪林
散文精选

用功。于今这些现象大都不复存在，可见我的神经组织确比以前坚固了。不过这也许是麻木，中年人的喜怒哀乐，都不如青年之易于激动，正是麻木的证据。

有人说所谓中年的转变，与其说它是属于生理方面，毋宁说它是属于心理方面。人生到了四十左右，心理每会发生绝大变化，在恋爱上更特别显明。是以有人定四十岁为人生危险年龄云云。这话我从前也信以为真，而且曾祈祷它赶快实现。因为我久已厌倦于自己这不死不生的精神状况，若有个改换，哪管它是由哪里来的，我都一样欣喜地加以接受。然而没有影响，一点也没有。也许时候还没有到，我愿意耐心等待。可是我预料它的结局，也将同我那对生理方面的希望一般。要是真来了呢，我当然不愿再行接受丘比特的金箭，我只希望文艺之神再一度拨醒我心灵创作之火，使我文思怒放，笔底生花，而将十余年预定的著作计划，一一实现。听说四十左右是人生的成熟期，西洋作家有价值的作品，大都产于此时。谁说我这过奢的期望，不能实现几分之几？但回顾自己的身体状况，又不免灰心，唉，这未老先衰民族的宿命！

中年人所最恼恨自己的，是学习的困难。学习的成绩，要一个仓库去保存它，那仓库就是记忆力，但人到中年，这份宝贵的天赋，照例要被造物主收回。无论什么书，你读过一遍后，可以很清晰地记得其中情节，几天以后，痕迹便淡了一层，一两个月后，只留得一点影子，以后连那点影子也模糊了。以起码的文字而论，幼小时学会的结构当然不易遗忘，但有些俗体破体先入为主——这都是从油印讲义，教员黑板，影印的古书来的——后来想矫正也觉非常之难。我们当国文教师的人，看见学生在作文簿上写了俗破体的字，有义务替他校正。校过二三回之后，他还再犯，便不免要生气怪他太不小心，甚至心里还要骂他几声低能。然而说也可怜，有些不大应用的字，自己想写时，还得查查字典呢。

我有亲戚某君，中学毕业后，为生活关系，当了猢狲王。常自恨少时英文没有学好，四十几岁以上，居然下了读通这门文字的决心。他平日功课太忙，只能利用暑假，取古人三冬文史之意。这样用了三

四个假期的功,英文果大有进步,可以不假字典而读普通文学书,写个作文,不但通而且可说好。但后来他还是把这"劳什子"丢开手了。他告诉我们说,中年人想学习一种新才艺,不惟事倍功半,竟可以说不可能,原因就为了记忆力退化得太厉害。以学习生字来讲,幼时学十多个字要费一天半天工夫,于今半小时可以记得四五十个。有时窃窃自喜,以为自己的头脑比幼时还强。是的,以理解力而论,现在果大胜于幼年时代,这种强记的本领,大半是靠理解力帮忙的。但强记只能收短时期的功效。那些生字好比一群小精灵,非常狡猾,它们被你抓住时,便伏伏帖帖地服从你指挥,等你一转背,便一个一个溜之大吉。有人说读外国文记生字有秘诀,天天温习一次,就可以永为己有了。这法子我也曾试过,效果不能说没有,但生字积上几百时,每天温习一次,至少要费上几小时的时间,所学愈多,担负愈重,不是经济办法,何况搁置一久,仍然遗忘了呢。翻开生字簿个个字认得,在别处遇见时,则有时像有些面善,但仓卒间总喊不出它的名字;有时认得它的头,忘了它的尾;有时甲的意义会缠到乙上去。你们看见我英文写读的能力,以为学到这样的程度,抛荒可惜,不知那点成绩是我在拼命用功之下产生出来的,是努力到炉火纯青时,生命锤砧间,敲打出来的几块钢铁。将书本子搁开三五个月,我还是从前的我。一个人非永远保有追求时情热,就维持不住太太的心,那么她便是天上神仙,也只有不要。我的生活环境既不许我天天捧着英文念,则我放弃这每天从坠下原处再转巨石上山的希腊神话里,受罪英雄的苦工,你们该不至批评我无恒吧。

不仅某君如此,大多数中年用功的人都有这经验。中年人用功往往是"竹篮打水一场空",照法国俗话,又像是"檀内德的桶"(Le tonneau de Danaides),这头塞进,那头立刻脱出。听说托尔斯泰以八十高龄还能从头学习希腊文。而哈理孙女士七十多岁时也开始学习一种新文字。那是天才的头脑,非普通人所能企及的。——不过中年人也不必因此而灰了做学问的雄心,记忆力仍然强的,当然一样可以学习。

所以,青年人禀很高的天资,又处优良的环境,而悠悠忽忽不肯

苏 雪 林
散 文 精 选

用心读书；或者将难得光阴，虚耗在儿戏的恋爱和无聊的征逐上，真是莫大的罪过，非常的可惜。

　　学问既积蓄在记忆的仓库里，而中年人的记忆力又如此之坏，那么你们究竟有些什么呢？嘘，朋友，我告诉你一个秘密，轻轻地，莫让别人听见。我们是空洞的。打开我们的脑壳一看，虽非四壁萧然，一无所有，却也寒伧得可以。我们的学问在哪里？在书卷里，在笔记簿里，在卡片里，在社会里，在大自然里。幸而有一条绳索，一头连结我们的脑筋，一头连结在这些上，只须一牵动，那些埋伏着的兵，便听了暗号似的，从四面八方蜂拥出来，排成队伍，听我自由调遣。这条绳索，叫做"思想的系统"，是我们中年人修炼多年而成功的法宝。我们可以向青年骄傲的，也许仅仅是这件东西吧。设若不幸，来了一把火，将我们精神的壁垒烧个精光，那我们就立刻窘态毕露了。但是，亏得那件法宝水火都侵害它不得，重挣一份家当还不难，所以中年人虽甚空虚，自己又觉得很富裕。

　　上文说中年喜怒哀乐都不易激动，不过这是神经麻木而不是感情麻木。中年的情感实比青年深沉，而波澜则更为阔大。他不容易动情，真动时连自己也怕。所谓"中年伤于哀乐"，所谓"中年不乐"正指此而言。青年遇小小伤心事，便会号啕涕泣，中年的眼泪则比金子还贵。然而青年死了父母和爱人，当时虽痛不欲生，过了几时，也就慢慢忘记了。中年于骨肉之生离死别，表面虽似无所感动，而那深刻的悲哀，会啮蚀你的心灵，镌削你的肌肉，使你暗中消磨下去。精神的创口，只有时间那一味药可以治疗，然而中年人的心伤也许到死还不能愈合。

　　中年人是颓废的。到了这样年龄，什么都经历过了，什么都味尝过了，什么都看穿看透了。现实呢，满足了。希望呢，大半渺茫了。人生的真义，虽不容易了解，中年人却偏要认为已经了解，不完全至少也了解它大半。世界是苦海，人是生来受罪的，黄连树下弹琴，毒蛇猛兽窥伺着的井边，啜取岩蜜，珍惜人生，享受人生，所谓人生真义不过是这么一回事。中年人不容易改变他的习惯，细微如抽烟喝茶，明知其有害身体，也克制不了。勉强改了，不久又犯，也许不是不能

改，是懒得改，它是一种享受呀！女人到了三十以上，自知韶华已谢，红颜不再，更加着意装饰。为什么青年女郎服装多取素雅，而中年女人反而欢喜浓妆艳抹呢？文人学士则有文人学士的享乐，"天上一轮好月，一杯得火候好茶，其实珍惜之不尽也"。张岱《陶庵梦忆》，就充满了这种"中年情调"。无怪在这火辣辣战斗时代里，有人要骂他为"有闲"。

　　人生至乐是朋友，然而中年人却不易交到真正的朋友。由于世故的深沉，人情的历练，相对之际，谁也不能披肝露胆，掏出性灵深处那片真纯。少年好友相处，互相尔汝，形迹双忘，吵架时好像其仇不共戴天，转眼又破涕为欢，言归于好了。中年人若在友谊上发生意见，那痕迹便终身拂拭不去，所以中年人对朋友总客客气气地有许多礼貌。有人将上流社会的社交，比做箭猪的团聚：箭猪在冬夜离开太远苦寒，挤得太紧又刺痛，所以它们总设法永远保持相当的距离。上流人社交的客气礼貌，便是这距离的代表。这比喻何等有趣，又何等透澈，有了中年交友经验的人，想来是不会否认的。不过中年人有时候也可以交到极知心的朋友，这时候将嬉笑浪谑的无聊，化作有益学问的切磋，酒肉征逐的浪费，变成严肃事业的互助。一位学问见识都比你高的朋友，不但能促进你学业上的进步，更能给你以人格上莫大的潜移默化。开头时，你俩的意见，一个站在南极的冰峰，一个踞于北极的雪岭，后来慢慢接近了，慢慢同化了。你们辩论时也许还免不了几场激烈的争执，然而到后来，还不是九九归元，折衷于同一的论点。每当久别相逢之际，夜雨西窗，烹茶蓺烛，举凡读书的乐趣，艺术的欣赏，变幻无端的世途经历，生命旅程的甘酸苦辣，都化作娓娓清谈，互相勘查，互相印证，结果往往是相视而笑，莫逆于心。其趣味之隽永深厚，决不是少年时代那些浮薄的友谊可比的。

　　除了独身主义者，人到中年，谁不有个家庭的组织。不过这时候夫妇间的轻怜密爱，调情打趣都完了，小小离别，万语千言的情书也完了，鼻涕眼泪也完了，闺阃之中，现在已变得非常平静，听不见吵闹之声，也听不见天真孩气的嬉笑。新婚时的热恋，好比那春江汹涌的怒潮，于今只是一潭微澜不生，莹晶照眼的秋水。夫妇成了名义上

苏 雪 林
散 文 精 选

的，只合力维持着一个家庭罢了。男子将感情意志，都集中于学问和事业上。假如他命运亨通，一帆风顺的话，做官是已做到部长次长；教书，则出洋镀金以后，也可以做到大学教授；假如他是个作家，则灾梨祸枣的文章，至少已印行过三册五册；在商界非银行总理，则必大店的老板。地位若次了一等或二等呢，那他必定设法向上爬。在山脚望着山顶，也许有懒得上去的时候，既然到半山或离山顶不远之处，谁也不肯放弃这份"登峰造极"的光荣和陶醉不是？听说男子到了中年，青年时代强盛的爱欲就变为权势欲和领袖欲，总想大权独揽，出人头地，所以倾轧、排挤、嫉妒、水火，种种手段，在中年社会里玩得特别多。啊，男子天生个个都是政客！

男子权势欲领袖欲之发达，即在家庭也有所表现。在家庭，他是丈夫，是父亲，是一家之主。许多男子都以家室之累为苦，听说从前还有人将家庭画成一部满装老小和家具的大车，而将自己画作一个汗流气喘拚命向前拉曳的苦力。这当然不错，当家的人谁不是活受罪，但是，你应该知道做家主也有做家主的威严。奴仆服从你，儿女尊敬你，太太即说是如何的摩登女性，既靠你的养活，也不得不委曲自己一点而将就你。若是个旧式太太，那更会将你当作神明供奉。你在外边受了什么刺激，或在办公所受了上司的指斥，憋着一肚皮气回家，不妨向太太发泄发泄，她除了委曲得哭泣一场之外，是绝不敢向你提出离婚的。假如生了一点小病痛，更可以向太太撒撒娇，你可以安然躺在床上，要她替你按摩，要她奉茶奉水，你平日不常吃到的好菜，也不由她不亲下厨房替你烧。撒娇也是人生快乐之一，一个人若无处撒娇，那才是人生大不幸哪！

女人结婚之后，一心对着丈夫，若有了孩子，她的恋爱就立刻换了方向。尼采说："女人种种都是谜，说来说去，只有一个解答，叫做生小孩。"其实这不是女人的谜，是造物主的谜，假如世间没有母爱，嘻，你这位疯狂哲学家，也能在这里摇唇弄笔发表你轻视女性的理论么？女人对孩子，不但是爱，竟是崇拜，孩子是她的神。不但在养育，也竟在玩弄，孩子是她的消遣品。她爱抚他，引逗他，摇撼他，吻抱他，一缕芳心，时刻萦绕在孩子身上。就在这样迷醉甜蜜的心情

中，才能将孩子一个个从摇篮尿布之中养大。养孩子就是女人一生的事业，就这样将芳年玉貌，消磨净尽，而忽忽到了她认为可厌的中年。

青年生活于将来，老年生活于过去，中年则生活于现在。所以中年又大都是实际主义者。人在青年，谁没有一片雄心大志，谁没有一番宏济苍生的抱负，谁没有种种荒唐瑰丽的梦想。青年谈恋爱，就要歌哭缠绵，誓生盟死，男以维特为豪，女以绿蒂自命；谈探险，就恨不得乘火箭飞入月宫，或到其他星球里去寻觅殖民地；话革命，又想赴汤蹈火与恶势力拚命，披荆斩棘，从赤土上建起他们理想的王国。中年人可不这么罗曼蒂克，也没有这股子傻劲。在他看来，美的梦想，不如享受一顿精馔之实在；理想的王国，不如一座安适家园之合乎他的要求；整顿乾坤，安民济世，自有周公孔圣人在那里忙，用不着我去插手。带领着妻儿，安稳住在自己手创的小天地里，或从事名山胜业，以博身后之虚声，或丝竹陶情，以写中年之怀抱，或着意安排一个向平事了，五岳毕游以后的娱老之场。管他世外风云变幻，潮流撞击，我在我的小天地里还一样优哉游哉，聊以卒岁。你笑我太颓唐，骂我太庸俗，批评我太自私，我都承认，算了，你不必再寻着我缠了。

不过我以上所说的话，并不认为每个中年人都如此，仅说我所见一部分中年人呈有这种现象而已。希望中年人读了拙文，不至于对我提起诉讼，以为我在毁坏普天下中年人的名誉。其实中年才是人生的成熟期，谈学问则已有相当成就，谈经验则也已相当丰富，叫他去办一项事业，自然能够措置有方，精神灌注，把它办得井井有条。少年是学习时期，壮年是练习时期，中年才是实地应用时期，所以我们求人才必求之于中年。

少年读古人书，于书中所说的一切，不是盲目地信从，就是武断地抹煞。中年人读书比较广博，自能参伍折衷，求出一个比较适当的标准。他不轻信古人，也不瞎诋古人。他绝不把婴儿和浴盆的残水都泼出。他对于旧殿堂的庄严宏丽，能给予适当的赞美和欣赏，若事实上这座殿堂非除去不可时，他宁可一砖一石，一栋一梁，慢慢地拆，材料若有可用的，就保存起来，留作将来新建筑之用，绝不卤卤莽莽地放一把火烧得寸草不留，后来又有无材可用之叹。少年时读古人书，

苏雪林
散文精选

总感觉时代已过与现代不发生交涉,所以恨不得将所有线装书一齐抛入毛厕;甚至西洋文艺宗哲之书,也要替它定出主义时代的所属,如其不属他们所信仰的主义和他们所视为神圣的时代,虽莎士比亚、拉辛、贝多芬、罗丹等伟大天才心血的结晶,也恨不得以"过时"、"无用"两句话轻轻抹煞。中年人则知道这种幼稚狂暴的举动未免太无意识,对于文化遗产的接受也是太不经济,况且古人书里说的话就是古人的人生经验,少年人还没有到获得那种经验的年龄,所以读古人书总感觉隔膜,到了中年了解世事渐多,回头来读古人书又是一番境界,他对于圣贤的教训,前哲的遗谟,天才血汗的成绩,不像少年人那么狂妄地鄙弃,反而能够很虚心地加以承认。

青年最富于感染性,容易接受新的思想。到了中年,则脑筋里自然筑起一千丈铜墙铁壁,所以中年多不能跟着时代潮流跑。但据此就判定中年"顽固"的罪名,他也不甘伏的。中年涉世较深,人生经验丰富,断判力自然比较强。对于一种新学说新主义,总要以批评的态度,将其中利弊,实施以后影响的好坏仔细研究一番。真个合乎需要,他采用它也许比青年更来得坚决。他又明白一个制度的改良,一个理想的实现,不一定需要破坏和流血,难道没有比较温和的途径可以遵循?假如青年多读些历史,认识历来那些不合理性革命之恐怖,那些无谓牺牲之悲惨,那些毫无补偿的损失之重大,也许他们的态度要稳健些了。何况时髦的东西,不见得真个是美,真个合用,年轻女郎穿了短袖衫,看见别人的长袖,几乎要视为大逆不道,可是二三年后又流行长袖,她们又要视短袖为异端了。幸而世界是青年与中老年共有的,幸而青年也不久会变成中老年,否则世界三天就要变换一个新花样,能叫人生活得下去么?还是谢谢吧。

踏进秋天园林,只见枝头累累,都是鲜红,深紫,或黄金色的果实,在秋阳里闪着异样的光。丰硕,圆满,清芬扑鼻,蜜汁欲流,让你尽情去采撷。但你说想欣赏那荣华绚烂的花时,哎,那就可惜你来晚了一步,那只是春天的事啊!

(选自《屠龙集》,1941年商务印书馆出版)

老年

你说你此来是想向我打听点老年人的生活状况，好让你去写篇文章。好的，好的，朋友，我愿意将所知道的一切供给你。若有我自己还不曾经验过的，我可以向同类老人去借。我老了，算早已退出人生的舞台了，但也曾阅历过许多世事来，也曾干过一番事业来，我的话也许可以供你们做人方面和行事方面的参考。古人不有过老马识途的话吗？虽说现在的道路新开辟的多，临到三岔口，老马也会迷了方向。那不妨事，当闲话听也可以……

不要怕我说话多了伤气，老头儿精神还好，谈锋很健。况且十个老人九个啰苏，只愁没人耐烦听他，不愁自己没得说。

你说先想知道老人饮食起居的情形，那很简单。肠胃作用退化，上桌时不能多吃，但又容易饥饿，于是天然采取了婴儿"少吃多餐"的作法，平常人一天吃三顿或两顿，老年人至少五顿。老人又像婴孩般的馋。我幼小时看见年老的祖母，不论冬夏，房里总有个生着火的大木桶，玩魔术似的里面不断有一小罐一小罐吃的东西变出来。莲子、花生、蚕豆、核桃仁，每天变换着花样。她坐在桶边，慢慢剥着，细细吃着，好像很香甜，而对于她暮年的生活也以此为最满足。我父亲和叔父们在外边做了官，想接她到任上享享福，住不上一年半载，就嚷着要回故乡去。因为她实在舍不得离开那只四季皆春的火桶，和那

苏 雪 林
散 文 精 选

些自己田地里产生的吃不完的果子。富贵人家便要讲究吃银耳、燕窝、洋参。古时候，七十以上仅仅以衣帛食肉为幸福，未免太寒酸，文明程度太不够。不过我所说的是富贵人，穷人不但没有肉吃，还不是一样要咬紧老牙根对付酸菜头和腌萝卜吗？

　　起居完全受习惯支配。习惯这怪物中年时便在你身体里生了根，到老年竟化成你血肉的部分，生命的一部分。无论新环境怎样好，老人总爱株守他住惯的地方。强迫老人移居是最残酷的，不但教他感觉不便，而且还教他感觉很大的痛苦。所以汉高祖迎太公到长安，不得不把丰沛故乡的父老连同鸡犬街坊一古脑儿搬了去——没有帝王家移山转海的神力，老太太还是宁愿守着家乡老火桶，而不贪图儿子任上的荣华。不说教老人移居，他卧房里床榻几凳的位置，你也莫想移动分毫，否则逼着你立刻还原不算，还要教他半天的咕哝。他的眼镜盒子原放在抽屉左边角上，你不能移它到右边，手杖原搁在安乐椅背后，你不能移它到门后，他伸手一摸不着，就要生气骂人了。

　　你口里虽没说什么，心里定要纳罕老人何以这样难伺候。哈，哈，老人有老人的脾气，也像少年人有少年人的脾气。七八十岁以上的老人还更麻烦哩。你听见过返老还童的话没有？所谓还童是这样意义：神明一衰，所有感情意志，言谈举止，都和以前不同，而执拗、偏僻、乖戾、多疑心、易喜怒、易受人欺骗，俨然孩童模样。这种老人顶不容易对付，论辈分他是你的曾祖父，论性情他是你五岁儿子的弟弟。老莱子彩衣弄皱，担水上堂仆地佯啼的那一套，我疑心他并非真想娱亲，倒是他自己一时的童心来复。他的老太爷和老太太童心一定更浓。不然玩的人可以这么起劲，看的人却未必会这么开心。

　　你问老人贪吝心较强，是不是真的。哦，这并不假。从前孔圣人也曾说"及其老也，戒之在得"。据叔本华说，人三十六岁前使用生活力像使用利钱，三十六岁以后便动用血本，年龄愈进，血本动用愈多，则贪得之欲自随之加强，所以这现象是由于生理关系。但我还要为这话补充一下，我以为除了生理关系以外，生活习惯的陶冶训练更为切要。少年时用的是父母的钱，当然不知爱惜，到了用自己挣来的钱时，知道其来之不易，就不免要打打算盘了。生儿育女之后，家庭

负担更重，少年时对人的慷慨和豪爽，不得不把地位让给对儿女的慈心。譬如这笔钱本打算捐给某慈善机关的，忽然想到雄儿前日要我替他买套五彩画册，我还没有买给他呢，于是打开的钱袋，又不由自主地扣上了。这十余元本想寄给一个贫寒学生的，忽然想到昨日阿秀的娘说阿秀差件绒线衫。啊，别人的事还是让别人自己去解决罢，哪见得天底下真有饿死的人！年事愈高，牵累愈重，也就愈加看不开，甚至养成贪小便宜的脾气。人家送礼，一律全收，等到要回礼时，便要骂中国社会繁文缛节讨厌。同人家打牌，赢了要人当面给钱，输了就想赖账，明知人家想讨老人家喜欢，几个小钱，不至于同他计较。而一见天下雨喘呀喘呀端大盆接屋檐水，孙儿泼了半匙饭在地上赶紧叫人扫去喂鸡，儿子给她零用钱，一文不用，宁可塞在墙壁缝里破棉鞋里，让别人偷。又是一般老婆子常态，不必细述。

老人也有老人独享的清福。朋友，想你也有过趁早凉出门的经验。早起出门，雾深露重，身上穿得很多，走一程，热一程，衣服便一件一件沿途脱卸。我们走人生路程的也一程程脱卸身上的负担，最先脱卸的是儿童的天真和无知，接着是青年的各种嗜好和欲望，接着是中年以后的齿、发、血、肉、脂肪、胃口，最后又脱卸了官能和活动力，只留给他一具枯瘠如腊的皮囊，一团明如水晶的世故，一片淡泊宁静的岁月。那百花怒放，蜂蝶争喧的日子过去了。那万绿沉沉，骄阳如火，或黑云里电鞭闪闪，雷声赶着一阵阵暴雨和狂风那种日子过去了。那黄云万亩，镰刀如雪，银河在天，夜凉似水的日子也过去了。现在的景象是：木叶脱，山骨露，湖水沉沉如死，天宇也沉沉如死，偶有零落的雁声叫破长空的寥廓。晚上，拥着宽厚的寝衣躺在软椅里，对着垂垂欲烬的炉火，听窗外萧萧冷雨的细下，或凄凄雪霰的迸落，屋里除了墙上滴答滴答的钟摆声，一根针掉下地也听得见。静，静极了，好像自有宇宙以来只有一个我，好像自有我以来才有这个宇宙。想着过去的那些跳跃、欢唱、涕泪、悲愁、迷醉的恋爱、热烈的追求、发狂的喜欢、刻骨的怨毒、切齿的诅咒、勇敢的冒险、慷慨的牺牲、学问事业的雄图大念，凡那些足以形成生命的烂漫和欣喜，生命的狂暴和汹涌,生命的充实和完成的,都太空浮云似的,散了,不留痕迹了。有时以现在的我回看从前的我,宛如台下看台上人演剧,竟不知当时表演的力量是从哪里来的,为什么悲欢离合演得如此逼真呢。现在身体从声色货利的场所解放出来,心灵从痴嗔爱欲的桎梏中解放出来,将自己安置在一个萧闲自在的境界里。方寸间清虚日来,秽滓日去,不必斋戒沐浴,就可以对越上帝。想到从前种种不自由,倒觉得可怜了。

　　不但国家社会的事于今用不着我管,家务也早交给儿曹了。现在像一个解甲归田的老将,收拾起骏马宝刀的生活,优游林下,享受应得的一份清闲。高兴时也不妨约几个人到山里打打猎,目的物不过兔子野雉,谁耐烦再去搏狮子射老虎。现在像一个退院的闲僧,一间小小屋子里,药炉经卷,断送有限的年光,虽说前院法鼓金铙,佛号梵呗,一样喧闹盈耳,但都与我无干,再也扰不了我安恬的好梦了。

　　啊,这淡泊,这宁静,能说不是努力的酬庸,人生的冠冕,天公特为老年人安排的佳境。

　　不过你们为过多的嗜好,和炽盛的欲望所苦恼着的青年人,也不必羡我。你要知道欲望是生命的真髓,创造力的根源。你们应当了解节制的意义,铲除则不必也不可能。韩愈氏究竟是个聪明人,他做序送一个会写字的和尚,曾调侃他说艺术进步的推动力在"情炎于中,利欲斗进",出家人讲究窒情绝欲,他的书法的造诣恐怕不易达到高深之境云云。假如不明知说这话的人是唐朝文士,我们是否要疑心他是佛洛伊德的信徒?

　　再者老年人欲念的淡泊,其实是生理关系的反映。开花不是老树的事,一株老树若不自揣度,抖擞精力,开出一身繁盛的花,则其枯槁可以立待。设想以中年的明智,老年的淡泊,来支配青年的精力,恐怕是不合自然的理想。假如道家"夺舍法"果有灵验,叫中年老年的灵魂,钻入孩子的躯壳,那孩子定然长不大。试想深沉的思索,是否娇嫩脑筋所能胜任?哀乐的荡激,哪是脆弱的心灵所能经受?神童每多病而善夭亡,正为了他们智慧发展过早。所以孩子的糊涂是孩子幸运的庇托,青年的嗜欲是青年创造的策动,老年的淡泊也是老年生

命的维持。颠倒了，就违反自然的程序，而发生意外的灾殃。思虑短浅的人们，对于造物主的计划，是不能妄肆推测的。

你想我谈谈老年人朋友问题。哈，究竟是少年人，一开口就是朋友。细推物理，有时觉得很有趣。有生之物，各成集团，永远不能互通声气。画梁间筑了香巢的燕子，从不见有喜鹊或鹡鸰来拜访。猫见了狗总要拱起背脊，吼着示威，哪怕它们是同在一家的牲畜。一样是人类，七八岁的孩子不爱和两三岁的孩子玩，也不爱和十二三岁的孩子玩，他们自有他们的道伴。青年人也不能和中年和老年人交朋友，所谓"忘年之交"不能说没有，但总不多。少年人见了年龄略比自己大些的人物，便觉得他们老气横秋，不可接近，甚至要叫他们做老头子老太婆。至于那些真正黄发驼背的老头子，或皱成干姜瘪枣的老婆子，和我竟是另一世界的人物了。他们世界和我们距离如此之远，有如地球之与火星和天狼星。听说火星里的人类头大如斗，腿细如鸟爪，天狼星里的人类身长百千丈，地球一只巨舰粘在他们指甲尖上只似一叶浮萍，虽说这样奇形怪状，我们并不怕，我们和他们本是永远不发生关系的呀。现在的青年人对于我虽说不至于以天狼星和火星人物相待，无形间的隔阂，一定是免不了的。所以老年人只好找老人做朋友，各人身上的病痛，各人的生活经验，各人由年龄带来的怪癖，由习惯养成的气质，彼此可以了解，彼此可以同情，因之谈起来也就分外对劲。况且我一开始就告诉你：老年人身心一切退化，只有说话的精神偏比从前好。牢骚发不完，教训教不完，千言万语，只是一句话，天天念诵的还是那段古老经文。性情爽直的青年哪里耐得住，他们对你采取敬而远之的态度，又何怪其然呢。至于两老相对，随你整天埋怨现在的生活比从前贵了啦，现在的人心比从前坏了啦，甚至天气也比从前热得多，蚊子比从前叮人更痛啦，自己养下来是八斤，儿子只七斤，孙女儿只有六斤半，可以证明一代不如一代啦，还有什么什么啦，对方听了绝不会暗中摇头皱眉，或听瞌睡了额角碰上屏风，而惹你一场嗔喝的。

不过无论什么知心朋友，各有家庭，各有境遇，未必能同你整天

苏 雪 林
散 文 精 选

相守。所以朋友以外还是有个老伴。老伴的资格应当是老兄弟或老姊妹，顶好是老夫妇。本来夫妇结合的意义，青年时代是恋人，中年时代是家庭合作者，老来就变成互慰寂寥的老伴儿了。

  青年眼睛里的老年人好像是另一世界的人物，你说这话你也承认的。但你想知道老年人眼睛里的青年究竟像个什么。哈，哈，朋友，不恭敬得很，老人看青年，个个都是孩子，都是所谓"娃儿"们。自己家里子侄不必论，学校的学生，社会上一切年轻人，看起来也都是娃儿。其实这些娃儿并不老实。让我讲个小小故事你听。记得我从前有个朋友的女儿，我眼见她出世，眼见她长大，一向将她当做一个纯洁天真，毫不知世事的安琪儿。同她说话时，总像同小儿说话似的不知不觉把声音放柔软了，她在我面前也纯乎一团孜孜孩气。一天，我在她家客厅里翻阅报纸，等候她父母的归来。正看到一篇政敌争论的文字，忽听得隔壁这位十二龄的小天使和一位比她还少一岁的朋友谈天。原来她们在攻击她们的教师呢。一大串无耻啦，卑鄙啦，连珠般从两人口角滚出来。腔调那么自然，字眼又运用得那么辛辣，正不知我耳朵听的同刚才报纸上读的有什么分别。听了以后，不由得毛骨悚然，这才知道人不可貌相，孩子们离开大人，就变成大人了。现在那些十八九或二十二三岁的大学生在你面前说话，无论男女都温柔腼腆，未语脸先红地羞怯可怜，教你浑疑他们是只才出壳的雏儿，但谁知他或她已是一个丈夫，一个妻子，或两三个孩子的双亲呢？谁知他或她从前不会在学校当过几年的教师，或在社会服过多年的务呢？他们恭恭敬敬，低声下气地尊你为某先生，某老师时，转过背来在他们同伙里，也许要以老成的风度，尖刻的口吻，喊着你的姓名，或提着你的绰号，批评你教授法的优劣，学术的浅深呢。

  学生最爱替教师取绰号，这玩意我从前在学校时也干过。所取的绰号有极切合的，有不大切合的，有善意的，有恶意的。每人总有一种可笑之点。绰号就恰恰一把捉住这可笑之点而加以放大，教大家听了发笑。一人倡之，百人和之，顷刻传遍全校。虽不致"死作墓铭"，而的确"生为别号"。学生一批批毕业走了，你的绰号却不随之而走，除非你离开这学校，它才消灭。这段话本是节外生枝，不过因谈及绰

号二字而连带及之云尔。

啊，我们不能尽说逗笑的闲话，也该讨论点正经问题才是。凭我过去经验，要想有所成就，就要惜阴，现代打仗术语是争取时间。"尺璧非宝，寸阴是竞"，老头儿不怕人笑，要搬出小时三家村塾读的两句千字文，当作青年贵重的赠品。西洋哲学家曾说：必须自己活得长，才能知道生命的短。青年正在生命道路上走着，所以觉得前路漫漫，其长无限。老人却算已爬上生命的顶峰，鸟瞰全局，知道它短长的究竟。孩童顶欢喜过年，从年事逐渐紧张的腊月初盼到除夕，也感觉有一段很长的时间。长大后便觉得一年过得很快，一本日历挂上壁，随手撕撕，一年便了。老人则更快而又快了。时间在孩童是蜗牛，在中年是奔马，在老人则是风轮，是火车。你别羡慕以八千岁为春秋的大椿国人的长寿，在他们感觉里，那么悠久的光阴也许只是电火的一闪，同蟪蛄朝菌差不多少呢。譬如十年的光阴罢，青年看来似乎甚长，老人则觉其甚短，一霎眼就有几个十年过去了。

但是，在短促的人生里，十年的光阴，也真不能说短。我要替那位哲学家的话再补上一句：必须自己活得长，才能觉察生命的长。无意在道旁插根柳枝，经过十年，居然成了一棵绿叶婆娑，可为荫庇的大树。建造一座屋，经过十年，地板退漆，墙壁缘满薜荔，俨有古屋意味。雕镂一方玉石图章，经过十年，棱角消磨，文字也有些漫灭，你还不常用呢。十年前摄了一帧相片，同镜中现在的自己一比，可怜竟判若两人。十年前存进银行一千元，现在会变成二千；一万就变成二万。你挣这个一万元，不知曾受多少苦辛，滴多少血汗，而那个一万元呢，是光阴先生于你不知不觉之间，暗中替你搬运来的。十年里你接过多少亲友结婚的喜帖，汤饼会的订约，死亡的讣告。十年里你看过多少社会情况的变迁，政局波澜的起伏，世界风云的变幻。你研究一门学问，经过十年，应该可以大成了，发明一件事物，经过十年，也该有个端绪了，办一项事业，经过十年，其成绩定已可观，就说建立国家罢，那当然不是短时间内所能奏功的，但经过两个"五年计划"，至少也筑下一个坚固基础了。我们知道十年是如何的短，就该

苏 雪 林
散 文 精 选

好好把握它。知道十年是如何的长，就该好好利用它。朋友，珍重你们那如花的最有生发的十年，善用你那无价的一去不复返的十年，别醉生梦死混过，弄得将来老大徒悲啊。

西洋人说老人是一部历史，又说老人是一部哲学，所以你想同我研究点人生问题。喔，人生问题，提起这题目先就吓人。这是个最神秘的谜，无论什么聪明人也不能完全了解。况且上寿不过百年，以这样短的生命而想在司芬克斯面前交卷，不被它一爪子打下山崖，跌个稀烂才怪。但我们可以想个经济办法，以三四十年的经历做基础，再饱读中外历史，再加上一点子浮薄的天文知识。当我们脑子里有了四五千年的历史知识，我们的生命就无形延长了四五千年。知道北斗星离开我们多远，知道银河里那些恒河沙数的太阳系的光线，到达地球需要几个光年，我们对于"时间"的观念便又不同了。正因老人的眼光看得远一点，所以老人对于历史的兴废，国家的盛衰，不大动心，也不易悲观。失败的不见得永久失败，兴隆的也不见得永久兴隆，生于忧患者死于安乐，先号咷者后必笑。在最艰难最痛苦的时代，我们只要拿出勇气来同恶势力奋斗，最后的胜利总要归于你的。一失望就失望颓废，那么就没有办法了。

喔，我们又把话说得离开范围了。快收回来。我不妨同你谈谈知人论世，这也是人生问题重要节目，不可不知的。要论世先须知人，青年时代对人的看法很单纯，中年便不同，老年更不同。孩子捧着万花筒，看见里面一幕一幕色彩的变换，每惊喜得乱叫乱跳。老人早明白那不过几片玻璃作怪，并不稀罕。但你虽明白了它变化的原则，当你将筒子凑近眼眶，也不能不承认那颜色的悦目，图案错综得有趣。老人坐着没事，静静翻阅人生这部奇书，对于这几页总不肯轻轻放过，因为它委实教人欣赏，够人玩味呀。

明白青年人容易，年轻女郎漂亮是她生命，年轻男人，恋爱是他迫切的要求。好像花到春天一定要开，猫儿到了春天，一定要在屋顶乱叫。啊，男青年恋爱之外，还爱谈革命，不是马克思，便是牛克思，准没有错儿。明白知识低陋的人容易：农夫最大的愿望是秋天的丰收，人力车夫最大的愿望是多碰见几个主顾，多收入几角钱，晚上好让他

多喝几杯烧酒。明白特殊的人也容易，你顶好莫向守钱虏要求布施，莫劝妒妇允许丈夫交女朋友，莫劝土豪劣绅不再鱼肉乡民，莫想日本军阀，自动地放下他们的屠刀。但世界上也有许多你认为极聪明的，极睿智的，有高深学问的，有丰富人生经验的，他的行事偏会出人意料之外，教你看不透，摸不准。比方一个学者写起国际论文来，天下大势，了如指掌，而处理身边小事，却又往往糊涂可笑。又有人辛苦多年，建设一番事业，却因后来知人不明，就此一座庄严的七宝楼台，跌成了满地碎屑。也有人精明强干，而偏好阿谀，他正在进行的事业，就不能发展，已成功的事业，也因此失败了。也有英雄，叱咤风云，鞭笞宇内，奴役了亿兆人民，破灭了许多国家，谁知他自己却甘隶妆台，听温柔的号令，结果身败名裂，为天下后世笑骂。可怜世人就是这么愚蠢，这么短视，这么矛盾。不怕你是个铜筋铁骨的英雄，足跟总还留下一寸致命的弱点。这样看来，历史所告诉我们的话都是真的，西洋十六世纪的剧作家以"性格"为造成悲剧的原因，也是不错的。所以唯物史家，以经济环境决定人的一切，我认为理论不完全。世上还有许多禀赋之偏的人哩：有的生来自私自利，只爱占别人的便宜。有的生来狼心狗肺，利之所在，至亲骨肉都下得绝手。有的生来一肚皮的机械，连同床共枕的人也猜不透他的为人究竟。有的生来气量褊狭，多疑善妒，苦了他人，又苦了自己。还有古怪的，偏执的，暴虐的，狠戾的，好权势的，伪善的，说也说不完，举例也举不得这么多。总而言之，这种人你在人生旅途上随时可以遇见。我们同一个人相处，应该明白他的痼癖之所在，他的弱点是什么，或对症下药，设法治疗他，或设法避免与他正面冲突，更要预防这种人在与你共同事业上必然发生的恶影响，这才勉强说得上知人两字。

　　论世，那更不易言了。长久世途的经历，各地不同风俗人情的比较，几千年历史启示的接受，教我们明白是非没有一定的标准，善与恶没有绝对的价值，没有一句教条具有永久的真理，没有一项信仰，值得我们生死服膺。而且一个人的成功与失败，只算某种条件下的成功与失败。这道理在历史人物身上，更容易看得出来。比方平常一个人犯了杀人之罪时，不受法律的裁制，就得受良心的裁制，他的灵魂

苏雪林
散文精选

永久莫想安宁，人命是关天的呀！可是手握大权的政治领袖们，有时为了发泄他个人的喜怒，或满足他个人的野心，不惜涂炭百万生灵，将一座地球化成尸山血海，他反而成为人间的奇杰，历史的英雄。寻常无故拿人一点东西，就被人奉上盗贼的雅号，等你把坚船大炮，轰进别个和平国土，却反美其名为开疆辟土，或拓展殖民地了。什么是正义的答案：成则为王，败则为寇。什么是公理的答案：窃钩者诛，窃国者侯。以个人而论，有的人立身行事，其实只算个小人，而在某种环境里，他却被人目为君子，有的人说的话，干的事，其实祸国殃民，足贻万世人心之祸，然而为了某种政治关系，他反而成为大众崇拜的对象。当时无数文字有意撒谎地歌颂他，后代历史以讹传讹地揄扬他，他不但成了当世一尊金光灿烂的偶像，居然还成了永久活在国民心目中的神。你再放眼看看历史上的例证：同样殉国烈士，有的流芳，有的湮没。同样卖国奸邪，有的挨骂，有的不挨骂。同样一个文学家，善于自己标榜的，或有门生故吏捧场的，声名较大，寂寞自甘的声名较小。更使人不平的有许多真正的志士仁人，当时被人钉上十字架，身后还留下千载骂名。假如他的事迹完全保存，也许将来还有昭雪之一日，否则只好含冤终古。一部二十四史多少人占了便宜，多少人吃了亏。多少人得的是不虞之誉，多少人得的是意外之谤。不但古代如此，现代也还如此，不但中国如此，外国也还如此，若一件件平反起来，历史大部分要改编过。但改编也未必有用，中国历史很多是有两部的，平反了些什么来？历史的错误可以矫正，人类的偏见却不容易矫正啊！

当我初次发现这些历史的欺诳，和社会上种种不平事实时，所感到的不仅是愤怒，是害怕，而是寒心，啊，透胆的寒心，彻骨的寒心。既如此，我们还努力做人干吗？我们应当学乖，学巧，学狡猾，拣那最讨便宜的道儿走。带着一张春风似的笑脸，一颗玲珑剔透的心肝，一套八面圆通的手段，走遍天下也不怕不得意，也不怕没人欢迎。

这样，男人就成了"老奸"，女人就成了"积世老婆婆"，哈哈，你听见这话忍不住笑，对了，这真有点好笑。可是老头儿要正言厉色告诉你："奸"同"老"容易发生联系，但也不定就发生联系。

人到中年，见多识广，思想有一度黑暗是真的。等到所见更多，所识更广，他的灵台方寸之地反而光明起来。所以老年人心地多比较的忠厚，比较的正大，而对于真理的信仰更加坚定。我只问你，为什么我们发现了社会不平事实，你会愤怒？你发现了历史的欺诳，你就刻不容缓地想把它平反过来，你自己不能平反，见了别人平反，你一样感到痛快？哪怕是你自幼崇奉的偶像，一觉察它的虚伪时，你也不得不忍心将它一脚踢出你的心龛去。好了，好了，这就是人类天生的是非心，人类天生的正义感，人类天生的真理爱。它的表面虽然时常改变，它的本质却是永不改变的。我们人类靠了这个才能维持生活的秩序，世界的文化靠了这个才能按步进行。但丁游了炼狱地狱之后，才能瞻仰到上帝的慈颜；老人也经过无穷思想的冲突，无穷悲观的黯淡，才能折衷出这个道德律。它就是上帝的化身，具有无上的尊严，无上的慈祥恻隐之性的。

　　我再同你谈谈人生：

　　人生像游山。山要亲自游过，才能知道山中风景的实况。旁人的讲说，纸上的卧游，究竟隔膜。即如画图，摄影，银幕，算比较亲切了，也不是那回事。朝岚夕霭的变化，松风泉韵的琤琮，甚或沿途所遇见的一片石，一株树，一脉流水，一声小鸟的飞鸣，都要同你官能接触之后，才能领会其中的妙处，渲染了你的感情思想和人格之后，才能发现它们灵魂的神秘。凡是名山，海拔总很高，路径也迂回陡峭难于行走，但游山的人反而爱这迂回，爱这陡峭。困难是游名山的代价，而困难本身也具有一种价值。胜景与困难，给予游山者以双倍的乐趣。名山而可以安步当车去游，那又有多大的意思呢。

　　人生有时是那么深险不测。好像意大利古基督教徒的地洞，深入地底十余丈，再纵横曲折人身筋脉似的四布开来，通往几十里以外。探这种地洞是有相当危险的。各人打着火把，一条长长的绳索牵在大家手里，一步一步向前试探，你才能由这座地底城市的那一头穿出来。听说某年有一群青年，恃勇轻进，无意将手中线索弄断，火把又熄了，结果一齐饿死在里面。啊，多么地可怕！

　　人生紧张时，又像一片大战场，成群的铁鸟在你顶上盘旋，这里

苏雪林
散文精选

一炮弹落下，迸起一团浓烟，那里一阵机关枪子开出一朵朵火花。沙土交飞，磨盘大的石头，冲起空中十余丈。四面天昏地惨，海立山崩，大地像变成了一座冒着硫磺气和火花的地狱。你眼瞎了，耳聋了，四肢百骸都不是你自己的了，而的打的打冲锋号在背后催，除了前进，没有第二条路。啊，这又多么可怕！

我们应该排除万难，开辟荆棘，攀登最高的山峰，领略万山皆在脚下，烟云荡胸，吞吐八荒的快乐。我们应该兢业地牵着"经验"的线索，小心地打着"理智"的火炬，到地底迷宫去探险。打这头进去的不能打那头出来，不算好汉。我们应该胸前挂了手榴弹，手里挺起上了刺刀的枪，勇敢而敏捷地向敌人阵地扑去。我们的目的，不是成功就是死。死在战场上才是壮士的光荣。

人是生来战斗的，同人战斗，同自然战斗，也同自己战斗。只有打过生命苦仗的人，才允许他接受生命的荣誉奖章，才允许他老来安享退休的清俸。那些懒惰的，偷安的，取巧的，虽然便宜一时，最后所得到的只是耻辱和严酷的审判。冥冥中自有公平的法官。

真金是烈火里锻炼出来的，伟大的人格也是从逆境里磨炼出来的。温室中的玫瑰花，金丝笼里的芙蓉鸟，颜色何尝不悦目，歌声何尝不悦耳，无奈它们究竟离不开温室和金丝笼。一朝时势改变，失去了平安的托庇所，与外边烈日严霜相接触，末日便立刻到来了。青年时代多受折磨——只须不妨碍身心自然的发展——并非坏事。自己筋骨强固，志气坚刚，可以担当社会国家的大事，对别人的痛苦能够深切地了解而给予同情，而激发为大众牺牲的仁勇。自幼娇生惯养的人，多容易流为自私自利的个人主义者。一生都一帆风顺，也只能成功一个酒囊饭袋，社会是不需要这类人的。

认定了你良心之所安，真理之所在，便该勇往直前地干去。不必顾虑一时的毁誉得失，也不必顾虑后世的毁誉得失。脚跟要站得实，眼光要放得远。不要想得太多，过于发达了头脑，也许会痿痹了手脚。不要做孔子所责备的乡愿，世上惟有那种人最可耻。不要做耶稣所叱骂的法利赛人，世上惟有那种人最可恶。

做人要懂得一点幽默，生活才不至于枯燥。古今伟大作品多少带

着一种幽默味。天分相当高明的人说话也自然隽永而多风趣。幽默虽然不是人人所能学，而了解幽默的能力却是可培养的。幽默可以刷清我们沉滞的头脑，振奋我们疲乏的灵魂，而给予我们以新的做人的趣味。好像我们在人生战场作战一番之后，坐在战壕里休息时，不妨由这个兄弟唱一段京戏，那个兄弟讲一个笑话，至少扮个鬼脸，互相取笑一下，也可以叫人感觉轻松，而增加再度冲锋的勇气。幽默可以使我们的人格增加弹性，使我们处纷华不致迷失本性，处贫贱不致咨嗟怨叹，戚戚终日；教我们含笑迎受横逆的境遇，哂视死神的脸。平常时候，你尚不知幽默的功用，到了困难痛苦的时候，幽默不但拯救你的性灵，还能拯救你的生命。

人活着不仅为自己，也为大众，个体消灭了，细胞何以存在。不仅要侍奉自己，也要侍奉别人，救主也曾为他门徒洗脚。不要太实际，带一点中世纪传奇气氛，做人可以美丽些。思想要有远景，不必把穿衣吃饭，讨老婆，生孩子，当做人生的究竟。生命是贵重的，必要时该舍弃生命，如同抛掷一只烂草鞋。我们自有远大的企图，神圣的鹄的在。

你听见老头儿信口开河，由自己生活经验，直扯到万万里外的星球，以为必有一番妙谛奇诠，可以启发我们的心意。谁知说来说去，仍不过几句老生常谈。这几句老生常谈，我们哪一本书里没有读过，哪一天报纸上不见过，哪一位先生长者训话不听过，用得你这老东西费这许多唾沫来说。哈哈，娃儿，你认错了指路碑，上了老头儿的当了。我所能指示你的也只这样一个平凡境界。可是世界上哪件事不平凡，譬如你每日三餐还不是平凡极了，为什么这刻板文章你总不能不写？老头儿到银河会见了牛郎织女，上天空拜谒了北斗星君，回来所能带给你们的，也只不过这几句老生常谈而已。

半日冗长的谈话，你回去想也要写得头昏腕酸，我早申明了老头儿的噜苏，谁教你来招惹他自讨这番苦吃。哈哈。

(选自《屠龙集》，1941年商务印书馆出版)

最后一片叶子

——绝笔日记一组①

九月廿七日（星期五）

今日为中秋正月，以为昨日大家送礼，来人甚多，今日当得安静。阅报，香港保钓人士雇一小舟，舟中载十余人，企图登陆，为日舰所阻，其中有十人愤而投海，奈风浪大作，投海者不能前进，呼救，救起八人，二人溺死，不死亦受伤，就日本医院治疗，恐将引起中日大战，送（设）引起战争，台湾恐非日敌。今日剪报，午餐前，杨静莲姊送我蹄髈一碗、葡萄一大串、汤几个，我要送她黄代校长所送大梨，她急逃而去。午餐将毕，而颜小姐来，问其吃饭未？云已吃，李妇母女皆已去，我又残废，不能动，只有听之。送她月饼、大梨、文旦各二个，又文集四本，她说下下星期始能来。我午睡迟，醒亦迟，忽有人敲小寝室窗，起而开二门，延入，乃唐亦男也。我惊问她不是说今日北上，参加兄殡吗？她说今日买不到票，改明日走。今日三时吴京要来看我，乃换衣裤以待，吴果偕报馆记者数人来拍照，坐了一会，送我月饼一盒。吴辞去，我即以吴所送月饼四个、大梨四个送唐，让她带去台北吃。晚看徐志摩文数篇，未及十时上床。

---

① 此文标题为编者拟。《苏雪林作品集·日记卷》共十五册，自1948年10月1日起，至1996年10月19日止。本文所选为最后二十一篇日记。

九月廿八日（星期六）

今日无客来，风颇大，气温降，但无雨。看报，剪了数段，餐后午睡，二时醒，入书房写致王琰如信，居然小字写了四页，恐过重，限信寄出。我右手第四指因台珍为我擦手用力过猛，感痛而内弯，去年左手第四、第五指均于白昼内弯。老人将死，自有生理变化，不能怪人，惟右手指内弯，工作不便，写字尤不成款式，为可恨耳。今日风大，天凉，未拭身。看徐志摩散文数篇，及与陆小曼恋爱日记，亦可谓情书，非常热烈浓挚。志摩未留学本已与张姓女子结婚，育二子，及见林长民之女，惊为天人，与张离婚而追求林。林为梁启超之预订媳，梁乃徐之老师，不便追求其媳，又与陈通伯同恋凌叔华，陈成功而徐失败，乃爱王赓将军之妻陆小曼。小曼貌美多才，精英法文，擅绘画，其画胜叔华远甚，小曼卒与王赓离而嫁。昨夜看徐志摩散文及日记，徐师梁任公大不以为然，证婚时当众将小曼痛斥一顿。民国二十年冬，志摩泰山飞机失事而死，亦可说被小曼所害，盖小曼挥霍无度，又有阿芙蓉癖，家用不足，志摩南北奔波，赚钱供之，卒遇祸而死，小曼果如任公预言乃祸水也。今晨起，入书房写日记一篇，记徐志摩与陆小曼相恋事。廷珠来，乃至客厅，看报至午。午餐后，午睡一时半醒，以廷珠午前来早也。坐客厅片（时），入书房校诗，红蓝色并用，眼睛又看不见，老人之苦，惟老人知之，此稿送来已十余日，校了几个下午，尚有些诗不想送去发表了，因为我眼甚瞎，校对十分困难。下午用蓝笔校诗，其用红笔者不清楚者，则剪纸贴之，下午校完，限信寄台南中国国学王君。写一信给经元，下午即了。昨因风大天凉，未拭身涂药，今台珍来行之。看徐志摩日记，也可说情书，十分火热，我有梁实秋、蒋复璁合编的志摩全集，仅有陆小曼《爱眉小札》，无志摩的，想因其太肉麻而不取，我非冷酷人，但亦不喜志摩如一蓬烈火之爱情，今日始知诗人之性格。

九月卅日（星期一）

今晨入书房，写昨日日记，取书四册，题签，赠孟繁良夫妇。廷

苏雪林
散文精选

珠来，命其连赠丁作韶夫人胡庆（蓉）之四册送至客厅。早餐，看报。夏裕国来，以吴京所赠五万元汇票交之，彼言第三次退休补偿费约十三万元已到，可入邮簿。看报，见港澳二处人租舟，拟至钓鱼台强行登陆，拆毁日人所建灯塔、拔掉日旗，若果实行，恐引起大事。午李妇来，言脚痛少愈，带讣文一件，知诗研究所前日报告李嘉有死，我即疑为李猷，得讣文甚精美，言李寿八十二，遭车祸死，甚可惜也。我回一短信与李之夫人蔡香芝，奉奠仪一千元。记得我有次奉潘孟媛奠仪一千元，其后陈柳浪、殷正慈之夫，尚有何人不忆，好像王雪艇。

十月一日（星期二）

晨赴书房写一信，内附五百元钞票一张，乃中国妇女写作会会费也。此会从（未）征求会费，今开始矣。廷珠来，入客厅看报至午。午睡起，人甚疲倦，懒入书（房）包书，晨题签一套与林佩芬，没有写信，看文集第四卷屈赋之谜。写一信与陶炳文，谢他月饼。台珍来，又忘带去，她记忆之弱和她母亲一样。我命寄一千元奠仪给李猷妻蔡香芝，本叫她置张汇票，置单挂号信，她今日来，交一空信封及邮局条，证明买汇票钱十五元、单挂号二十元，不知那一千元是否汇去，信亦不知寄蔡与否。晚看陆小曼文章完。

十月三日（星期四）

今晨写信一封，入客厅看报，保钓事不因香港领导人死亡而消沉，转趋激烈，有强行抢滩，然日入强梁，恐将行酿成中日之战，台湾非日本之敌，奈何！午睡起，看文集第四卷，晚看中妇。上午许平来，晚看郑在瀛楚辞探奇。

十月四日（星期五）

今晨入书房，写信与本校人事室，请换保健卡，一封与医护室吴至行医生，请送安眠药三十粒，一条与亦男，请她于上课时带校。看报，有老人痴呆症之药，不知真灵否？报上到处闹扫黑，果然将各地黑帮一扫而尽，亦是大好。

十月五日（星期六）

今晨写日记，廷珠来，入客厅早餐。看报，保钓事闹得甚厉害，此乃美国人为祸，今美人无一言，台湾独闹，将何能为？

十月六日（星期日）

晨起看报，某空官部五岁幼女被奸杀案已侦破，乃该部诸（俱）乐部伺候兵，年仅廿岁，在厕所自慰，五岁小女见而讶之，该兵陡起淫念，抱女入厕所，按其口鼻，使不能啼叫，欲淫之，女孩太小，安得入？乃取水果刀，猛剖女孩下体遂致于死。

十月七日（星期一）

今晨入书房写信与张昌华，告以他所寄冰心、老舍，凌叔华与陈源，徐志摩与陆小曼书，均已收到，又以长函告以徐陆相恋经过，一时高兴，笔不停挥，写成长函。

十月八日（星期二）

今晨写信与张昌华，谈徐志摩与陆小曼之爱（恋）爱，乃是不幸之婚姻，志摩以小曼之生活太奢华而横死，小曼以与王赓离婚，失去做阔太太资格，父母亦死，徐家又不容纳她，穷无所归，至翁家苟活，后因戒烟而死。

十月九日（星期三）

今日晨入书房，写信与史墨卿，仅一页，对他说我信被邮局退回，谓受信者已迁。我将地址人名均剪下给史，日后必有分晓。看报未完，睡起再看，琰如之书仅卖了一次，卖了十一万余元，尚余四百余册，无人来买也。知其女小如赴欧休息，不知何日归台？琰如失此助，一定苦辛。

苏 雪 林
散 文 精 选

十月十日（星期四）

看报，无甚新闻，王赞尧来，笔谈半小时而去，托他打听王庆娥搬何处。看报未毕，睡起续。晚看教友、中妇。

十月十一日（星期五）

醒了一大段时间，天亮忽又睡去，李太太来敲窗始知。故今日起迟，入客厅早餐，看报。命案颇多，又有逆子弑母案，自去年至今共有逆伦案十几件，无一明正典刑，故逆子视弑父母为常事，此种假民主令人闷煞！气煞！午睡起，已近二时，记日记六日，写一信与史墨卿。拭身、擦药，看中妇及一朵小白花，今日下午曾写一页信与成世光主教。

十月十二日（星期六）

今日虽换衣，神父整日未来送圣体，想事忙也。我双腿更无力，想大限到了。建业父子下午来，闻建业感冒已愈甚久。陶希龄柏金森病加重，已住入某医院，要花钱，非海军医院也。晚未拭身、擦药，看《一朵小白花》。小便失禁，须先（拉）裤始起立，盖一立起身，即淋浪而下也，余之小便甚短而失禁则长且多，未知其故。

十月十三日（星期一）

今晨入书房将《一朵小白花》四本题签，送许平、杨静莲、吕太太、霍神父，屡次叫李妇打电话请许平来，总未见来，不知她是忙，还是李妇善忘又忘记了？看报，钓鱼台事已不再提而闹宋七力事，宋以假造相片称自为神，借以敛财。骗人财已逾亿，看伪造相片不详，因我眼愈瞎，报亦要（？）其他新闻。解开一套文集，叫宜生转一部与雁清，一套叫张立汉转武大同学会。午睡起，近二时，写信与成世光主教。看《一朵小白花》。

十月十四日（星期二）

报纸钓鱼台不闹了，专闹宋七力装神骗信徒钱案，看报，匆匆一

览。看自译《一朵小白花》，此书果然深奥，当时何以能译出？晚看至十时上床。

十月十五日（星期三）
今晨入书房写信，看报，保钓事全日轰传及我爱国志士冒日本艇舰之包围，升岛插旗，虽旋即被拔，总算争回一点面子，从此平靖了。现在所见者，乃闹宋七力问题。午睡起，看书，未进书（房），晚仍看书，十时上床。

十月十六日（星期三）
晨起较晚，未入书房。看报，新党与民进党联络，反对政府。

十月十七日（星期四）
昨日一夜未交睫。

十月十八日（星期五）
今晨看报，只剪一条，收信一大叠，宜生来信，收到十月十日文集，言雁清赴大陆两个月，回到九龙，居四妹家二星期。四妹游欧洲归，无信给我，我现已无书赠她，只好由她自买了，或我买不签字。连日扶架行走，不念雷鸣远代祈，而念圣母保佑，走路稍稳。

十月十九日（星期六）
昨日气候尚热，今忽冷，白日虽无雨，夜间则雨。上午看报，无非扫黑、扫黄、扫灰，无人不贪，甚至有官员杂与其间，佛教大师贪至数亿，应收入国有。整个上午看报，不过标题，未看正文。取出一些自著，看鸠那罗眼睛，全部看过一遍。晚看完玫瑰与春，□□□（？）未及，十时睡。

（选自台湾成功大学出版社1999年版《苏雪林作品集·日记卷》第十五册）

辑三　履痕

掷钵庵消夏记

掷钵庵即掷钵禅院，在黄山钵盂峰下。黄山奇峰无数，"三十六峰"不过举其著名者以言，而钵盂则在三十六者以内，可见这座峰的高峻、秀丽。

为什么峰名掷钵呢？相传昔有孽龙在此居住，常出为人害，山洪暴发之祸更是它的杰作。有神僧掷钵将它罩住，从此害绝，而峰及禅院遂以掷钵名了。明陈恭《黄峰三十六咏·钵盂峰》云："尊者西来救世浓，婆心曾不计餐饔。钵盂一掷高峰后，麻水从无说毒龙。"这覆龙故事当然是佛教徒所编的神话，但也美丽可爱。

掷钵庵四面群山拥抱，岚翠沁人，如处深谷之底，其所处地势之高下大概与慈光寺相等。这庵距黄山第一站"汤口"的远近，也和慈光寺相等。譬如说慈光寺是黄山的南极，掷钵庵便是黄山的北极。我们游黄山假如先从后海游起，掷钵庵便是第一夜"打尖"的地方。我们出山也可从这里出去，不必再走回头路。不过由掷钵庵出山，可经"丞相源"、"九龙瀑"，过"苦竹滩"向太平县出发。

地势虽较低下，气候仍甚清凉。文殊狮林盛夏尚须挟缤拥火，在这里日午可着单缣，晨暮加件羊毛衫便可，避暑最宜。

我们到时，庵中住持已南游他往，仅一知客僧应客，二三杂役供洒扫炊爨。那位知客僧开了两间毗连着的小客房，周莲溪和陈默君住前面，我独居后间。

苏雪林
散文精选

这里因地势平夷,交通较便利,建筑比文殊狮林来得考究,疏阁绮寮,明窗净几,布置得清雅脱俗。更可喜者佛堂另设,好像客寮为主,佛堂为辅,早晚亦罕闻梵呗之声。

不但建筑托了地势平夷的福,饮食亦然。所供素斋已比山上可口得多。我们来黄山消夏原来拟居留一个月左右,自知不能长期茹素,各带了一大批肉类罐头。在文殊狮林因同桌用膳之客太多,不便打开来吃,到了掷钵庵便和知客僧说我们要吃荤。他说只管请便,不过不可用庵里锅灶,怕菩萨见怪,我们当然答应。

谈到这些罐头食物,不得不感谢那几个抬我们入山的轿夫。我们每人都备了三四十个罐头,开始时原用藤篮竹篓装着,为怕散失,又在宣城街上买了只大网篮,将这些罐头和一些零用东西一概塞入,于是那只网篮少说也有七八十斤之重。过云巢时,路是逼陡的,并且还要爬一段木梯。那些轿夫真有能耐,三顶轿子半拖半曳弄上去了,这只网篮,一个人在上拖、一个人在下顶,也弄过去了,以后这只网篮三顶轿轮流扛抬,走了三天险厄万状的山路。我看了那光景,觉得人类征服自然之力果然伟大。从前齐桓公征伐大夏,束马悬车,以度太行之险。迦太基名将汉尼拔伐罗马,度阿尔卑斯的摩天峻岭,战象马匹和无数攻城器械都缒了过去。二千年后,一代枭雄拿破仑又照样演了一幕,我们这点子行李不算什么。可是抗战前的劳工也太可爱了,他们替我们服役,工资是论日计算的,叫他们额外付出这么多劳力,不吭一声。若在今日,工人气焰之大、需索之多,这只笨重网篮非额外出运费不可,否则只有劳动客人自己扛吧!扛不动,抛弃山脚下,是你活该受损失!

我们到了掷钵庵,吃饭入浴以后,各人把几日爬山泥土汗渍的衣服洗涤了一下,然后向和尚借了一柄铁锹,刨开窗前泥土将连日山中所拔取来的小松树、万年青、还魂草之类都栽种起来,预备下山时再掘起包裹了带回家去。

黄山之松名闻全国。云巢以下,松树大皆十围,丛生危峰顶上,密密重重,苍翠可爱。黄山属于红土层,大小峰峦,色皆作深紫,覆以浓青老绿的松林,色调之美,给人以"凝厚"、"沉雄"的感觉,好

像宇宙的生命力磅礴郁结成此大山，非常旺盛，但又非常灵秀。

山势太陡，终古无人能上，这些松树不罹牛羊斧斤之扼，皆得终其天年，所以常见枯死了的树，槎枒兀立，亭亭如白玉柱。若像今日台湾的林场，早将它们锯倒，搬运下山，派了正当用场了。像这种天然富源，无法利用，颇觉可惜。可是也亏山灵设险，不许樵客的窥伺，否则黄山恐早已变成一座濯濯的牛山。因为我国以前读书人的文房四宝里的墨，是烟煤制成的，而黄山的松树烧成煤炭，做成墨写字另有一种圆润光泽之致。黄山松烟墨，遂为国人所宝爱，于是黄山松树凡可以采伐的都给人采伐完了。又附近数里人家所用柴薪也取之于黄山之松，因此被毁坏的不在少数。记得《小仓山房诗集》有一首《悼松》长歌，曾替黄山松树大叫其屈。有骏马盐车，盘蒸美人诸语，想必是指低地松树而言，至山上之松想寿命比当时袁子才还高几百岁。

"云巢"以上，天高风劲，松树便变为矮小，有高仅尺许或数寸者，茎干盘曲如蛟龙，枝叶楚楚，风致百出。虽然这么小，阅寒暑皆当在数十以上。我们见了，爱不忍释，简择所喜欢的，各拔数株，拟带回家里作为盆景。又回魂草是黄山特产，它不需要多少水泽而能生活。你将它搁置书架，或收藏笥箧，经过了几年，看去像已枯死，沃点水又青翠起来。周莲溪女士乃北京女师大生物系毕业生，在安庆第一女中教生物，她这次游黄山一半也为了想采集些植物标本。她曾采得若干种珍异的植物，并发现某地有银耳。胡教授羡慕不已，请她奉让，她不肯。她说黄山气候适宜银耳的种植，她下山后将鼓吹此事引起大家注意，为本省开辟富源，将来都知周莲溪是发现者，为什么将这荣誉轻易送人呢？但我们下山后，那些盆景松树皆枯萎而死，没有一棵得活，莲溪银耳样本则尚未带回家，便被掷钵庵老鼠偷吃了。

黄山太高，动物亦难生存，从无虎狼麋鹿之类，连雉兔都立脚不住。相传有神鸦，既不死，也不繁殖，自古以来只有一对，饥则向人索食，狎昵如家禽，我们未见。但有一种小鸟，大如麻雀，碧羽黄襟、白眉红嘴，鸣声如戛玉，清脆悦耳。在狮子林曾遇见一只，被胡教授开枪打得粉碎，无法做标本。煮鹤焚琴，我颇为之不乐，可是我们后来还不是也糟蹋了若干黄山草木吗？

苏雪林
散文精选

我们在掷钵庵安居下来后，三餐后，大家下下象棋，或到附近散散步。山中涧水，流到庵前汇成一潭，长阔丈许，深可数尺，水色湛碧，净不可唾。我们都悔未带游泳衣来，否则每日下午午睡后，来潭中游泳，岂非消暑之一法。不过水极清冷，我们身体都不算强健，久浸其中，回家恐要发疟疾或风湿等症。逞一时之快，贻日后之患，哪里划得来？

那么，长日悠悠，做什么呢？我们就来喝茶。我们三人都可说有卢仝癖的，在家时，每日本茶不离口。黄山茶叶有名，本庵亦备有多种售客。向那位知客僧买了几种，即用那潭水烹煮。泉洌茶香，一瓯在手，颇有两腋生风之乐。我也算品过多少种茶叶，说到水，无锡惠泉、西湖龙井也尝试过，但好像都不如黄山茶味之清甘醇厚。我高兴极了，要那知客僧出让一只白铁箱（即美孚煤油公司所出，可盛五加仑油量），独自一个便买了茶叶十斤，头等货至三等都有，预备带到上海一半送人，一半自享。

到上海，用自来水泡，味道完全变了。在山中时，三等货的叶子都好，现在头等也不灵了。这才知道我们所买茶叶原属寻常，不过在山中时泡茶用的泉水含有某某几种矿物质能瀹发茶味，加之煮水用砂钵，烧的是山中取之不尽的松枝，苾馥的松烟，溶入水里又能逼出茶香。上海自来水含漂白粉，烧水是用铝壶和煤球，泡出茶来当然不是那回事了。可见喝茶之事不能近代化，古人清福我们也不易享受。

黄山产几种草药，如何首乌、於术，更有食用品石耳。我国人迷信人参，以为有起死回生之力。对何首乌更多神话，谓真者，即生长千载已具人形者，服之有返老还童之功。西太后之不老，有人说是李莲英谋到一个好何首乌进献给她的关系。我们当然没有这样好运气，即遇着，恐也买不起。於术倒易见，山中野人常掘来卖给游客，一个核桃大的索价五个银元，一厘都不让，为什么这么贵，因半月一月也掘不到一个。我买了五个，带下山后都送人了。听说也不见得有何好处。

石耳炖肉味极清美，也补人。此物生高峰石上，采取不易，差不多是用性命交换来的。野人锥凿绝壁，系长绳千尺，如猿猴攀缘而上，

再用小铲细细将那紧附壁上的石耳铲下，一整天也铲不到半斤，并且不是每天都有这样的成绩。失足摔下，你想还堪设想吗？从前我国贫民阶级真可怜，为了仅足生活的微赀，什么苦都肯吃、什么险都肯冒，黄山药民不过其一例而已。

在黄山消夏的佳趣，第一是静。

游客游黄山多喜顺起，即从前海起，经过掷钵庵，不过在这里歇歇足，喝杯茶，便出山去了。多数为赶路，抄捷径走了。所以这里很少人光顾，成为我们三人的世界。

这里并非没有晨昏的变化，你早上起来，也看见那豪富的太阳在万峰颠峰遍洒黄金粉末。傍晚，虽处深谷之底，也可以看见那窈窕的晚霞，在树梢头，向你炫示似的，抖开半天的绮缎。更有多情的白云，时时飞来檐际，甚还入室升堂，似来慰藉你的幽寂。这里也并非没有声音，声音还多着哩！流泉的呜咽、树叶的摩戛、小鸟的娇鸣、秋虫的幽唱，谱着世间最优美的旋律，合奏一阕交响曲，使你耳边永远萧萧瑟瑟地不断，但这并不足妨碍那个"静"。我们觉得时光大流此时似乎已是停止，我们忘了过去，忘了将来，也忘了现在。不仅痴嗔爱欲廓然而空，数十年深镌心版的生活经验也渐渐模糊，渐渐消失了。我们的灵魂融化在大自然里，不知庄周之为蝴蝶，蝴蝶之为庄周了。"山静似太古，日长如小年"，忘记哪位古人所作的两句诗，我以为颇合于我们当时的情况。我国八世纪时的道家每到深山大壑住上几年，与尘世隔绝，接受自然的洗礼，这是有道理的。记得诗人徐志摩也有一段警辟的见解，他说："人是自然的产儿，就比枝头的花与鸟是自然的产儿；但我们不幸是文明人，入世深似一天，离自然远似一天。离开泥土的花草，离开水的鱼，能快活吗？能生存吗？从大自然，我们取得我们的生命；从大自然，我们应分取我们继续的滋养。哪一株婆娑大木没有盘错的根柢深入那无尽藏的地里？我们是永远不能独立的。有幸福的是永远不离母亲抚育的孩子，有健康的是永远接近自然的人们。不必一定与鹿豕游，不必一定回'洞府'去；为医治我们当前生活的枯窘，只要'不完全遗忘自然'一张清淡的药方。"

第二佳趣是清。

苏 雪 林
散 文 精 选

我不知何故一生最恶尘埃。一个人住在城市里多日不沐浴,身上便汗垢厚积,指甲几天不剔,便藏垢纳污,变成乌黑乌黑的,人前伸出来,多么的不雅观!屋子最讨厌了,每天省不得那一段洒扫拂拭之劳,倘偷几天懒,呀!写字桌和文房四宝,满架的书籍,尘埃都积有分许厚,手指一接触便是一层灰,每引起我莫大的烦恼。因此,我每次预备作文,定要费去大半天的劳力和时间,将书斋先大扫除一次,否则我的文思像被尘埃壅住,塞死,引不出头绪来了。

人们说我们地球母亲也像生物之需要饮食。她每一昼夜吸收太空中数以千万计的流星,那些流星一进地球大气层便烧毁了,变成各种气体作为地球的营养,遗灰则变作尘埃,一昼夜落于地面者据说达六千吨之巨——或谓六万吨,这数目字我记不清。人到中年身体便逐渐肥胖,我们地球母亲也是日积日厚,总有一天臃肿到不能行动,忽然来个中风,来个心脏停摆,那么整个大地的生灵也将和她同归于尽了。可是,你听我的话用不着发慌,那个日子遥远着呢,预作杞忧,大可不必。

不过尘埃确是厌物,你以为屋子已洒扫清净了,屋缝一道阳光便可叫你看出真相。但见那道阳光里,微埃乱舞,舞得那么热闹、那么起劲,不知我们每日呼吸着这种空气,何以没有个个得肺痨?

无怪乎从前人管人间做"红尘世界"而亟思脱离它。

但大气层的尘灰似乎下向海洋和深山落,即落也微乎其微。我航过几次海,敢向你写保证书,深山则黄山消夏才第一次经验到。我看掷钵庵工友洒扫屋子不过虚应故事,而且好几天才一回,但各处仍清洁一尘不染,在这里,不必每天入浴,身上也无汗垢,手伸出来,十个指甲总是洁白如玉。黄山清得像水晶世界,我们肉体和灵魂也清得像透明了。

不过,做神仙要有"仙骨",我们这些俗骨凡胎享黄山清福,竟享受不起。说来好笑,肉类罐头本带得不少,被人掏摸了些,我们吃得又凶,看看所存已无几,莲溪又常觉得身体不舒服,她老是咕哝着:"我发现了一条生理原则,人到夏天应该出汗,而且应该整天汗淋淋地,贪图清凉,闭住了汗孔,它便会在人体内作祟。算了吧!我们

不如早日回家,补受几天热罪,让汗出个痛快,否则开学后我怕没精神教书哩!"陈默君家里有事,常有信催她早归。于是二对一,我只有服从多数,收拾出山。原定在黄山住满一个月,只住了十五六天,便都回到那火窑一般的家了。

(原刊《大道杂志》,录自《苏雪林自选集》)

黄海游踪

黄山是我们安徽省的大山，也可说是全中国罕有的一处风景幽胜之境。据所有黄山图志都说此山有高峰与水源各三十六，溪二十四，洞十八，岩八，高一千一百七十丈，所占地连太平、宣城、歙三县之境，盘亘三百余里。相传我们的民族始祖黄帝轩辕氏与容成子、浮丘公曾在此山修真养性并炼制仙丹，这座山名为黄山，是纪念黄帝的缘故。

民国廿五年夏，我约中学时代同学周莲溪、陈默君共作黄山消夏之举，遂得畅游此山，并在山中住了半个月光景。于今事隔廿余年，我也曾饱览瑞士湖山之胜，意大利阿尔卑斯峰峦林壑之奇，法班两境庇伦牛司之险，但黄山的云烟却时时飘入我的梦境。我觉得黄山确太美了，前人曾说黄山的一峰便足抵五岳中之一岳，这话或稍失之夸诞，但它却把天下名山胜境浓缩为一，五步一楼，十步一阁，盘旋曲折，愈入愈奇，好像造物主匠心独运结撰出来的文章，不由你不拍案叫绝。

现凭记忆所及，将廿年前游踪记述一点出来。

黄山第一站名"汤口"，距汤口尚十余里，山的全貌已入望，两峰矗天，有如云中双阙，名曰"云门峰"。凡伟大建筑物，前面必有巨阙之属为其入口，黄山乃"天工"寓"人巧"的大山水，无怪要安排一个大门。那气象真雄秀极了！自汤口行五里，即入山。

我们入山后，天色已晚，投宿于中国旅行社特置的黄山旅社，一

切设备皆现代化,虽没有电灯,煤气灯之光明,也与电灯不相上下。从前游黄山,第一夜宿慈光寺,或云旅社即在该寺故址,或云寺尚在,距此不远,未及往观。旅社过去十几步便是那有名的黄山温泉,天然一小池,广盈丈,深及人胸腹。温度颇高,幸有冷泉一脉,自石壁注入泉中,才将泉水调剂得寒温适度,但距冷泉稍远处,还是热得教人受不了。天下温泉皆属硫磺,黄山独为朱砂,水质芳馥可爱。相传黄帝与容成等在这里炼丹,温泉所从出之峰名炼丹峰,有天然石台名炼丹台,他们炼丹时所用炉鼎臼杵今犹存在,不过日久均化为石。温泉的朱砂味据说便由炼丹时所委弃的药渣所蒸发。我们浴罢,已疲极,吃过晚餐后便去睡觉,谁有勇气更爬上高峰去寻找我们始祖的仙迹呢?

第二天雇了三乘轿子开始上山。黄山以云海著,所以又名黄海。山前部分名"前海",山后部分名"后海",我们是由前海上去的。一路危峰峭壁,紫翠错落,花树奇石茂林,蔚润秀发,已教人目不暇给。再过去,地势陡然高了起来,有地名"云巢",又名"天梯",不能乘轿,要攀缘才能上。

过了云巢,我们看见三座大峰,屹立在山谷里,一名"天都",一名"莲华",一名"光明顶",平地拔起,各高数百丈,难得的是三峰在十里内距离相等,鼎足而立。我们先登天都,初抵峰麓,见一大石前低后耸,前锐后圆,夹在峰间,活像一只居高临下,欲跃不跃的老鼠,是名"仙鼠跳天都"。更奇的对面数十里外群峰巑岏间,又有一大石,活像一只蹲着的猫儿。一鼠一猫,遥遥相对,猫似蓄机以待鼠,鼠似觅路以避猫,天工之巧,一至于此,岂人意想所能到?

天都是一座肤圆如削,高矗青霄的石柱,峰麓尚有若干石级,再向上便没有了。人们就石凿蛇径,蜿蜒盘附而升,很危险也很累人。舆夫每人腰间都系有白布,展开长约二丈,原来是给游人预备帮助登山用的。他们将布解下来,叫我们系在腰里,或牵在手里,他们执布的一端在前面拖掣,我们便省力多了。即不幸失足,也不致一落千丈。以前黄山有专门背负游客者,以布襁裹游客如裹婴儿,登山涉岭,若履平地,号曰"海马",惜今已不见,于今这类布牵游客的,只能唤之为"海蚁"或"海蛛"吧。

苏雪林
散文精选

虽然有舆夫相帮，仍然爬了两个钟头始能到达峰顶。那峰顶有一石室，明万历间有蜀僧居此室，树长竿悬一灯，每夕点燃，数十里外皆可见。不过油灯光弱，或以为若能易以强力电炬，整个黄山都将成为不夜城了。不过我以为天有寒暑昼夜，人有生老病死，乃自然的循环之理。我颇非笑中国道家之强求不死，也讨厌夜间到处灯光照得亮堂堂，尤其山林幽寂处，夜境之美无法描写，用光明来破坏，岂非大煞风景么？

峰顶稍平坦，周围约三四丈，是名"石台"。我们站在这台上，下临无底深壑，不禁栗栗危惧。但眺望天都对面数十里外那些罗列的峰峦，又令人惊喜欲绝。

那些峰峦，名色繁多，有所谓"十八罗汉渡海"者，最逼肖。罗汉们或担簦，或横杖，三个一群，五个一簇，有回头作商略状者，有似两相耳语者，有似伸脚测水浅深者，有似临流踌躇露难色者，每个罗汉都是古貌苍颜，衣袂飘举，神态各异，栩栩欲活。或将诸山峰肖人，容或有之，担簦横杖，则又何故？不知黄山多古松，两株侧挂山肩的，一株仆倒山腰的，看去不正像簦和杖么？至于海，便是云海。不成海的时候，迷漫瀹瀩的云气，黄山也是随时都有的。这番话恍惚见前代某文士的黄山游记，事隔多年，记忆不真，随便引引，请读者勿骂我抄袭。

下了天都，我们踏过一条很长的山脊，人如在鲤鱼背上行走，既无依傍，又下临无地，侧身翘趾，一步一顿，幸舆夫出手相搀，不然，这数十丈的怪路恐渡不过去。

我们早起后在中国旅行社吃了一顿丰盛的早餐，爬了一上午的山，饥肠早已辘辘。将托旅行社代办的食物打开，在此举行野宴。六个舆夫各人带有干粮，但我们仍把吃不完的东西分给他们，都感谢不已。

饭后，休息半小时，遥望莲华，又名莲蕊的那座高峰，不禁咄咄称异。这座大峰比天都还要高十几公尺……——旧以为天都最高，误。说它是莲华，真像一朵莲花，不过并非盛开之莲，却是一朵欲开未开的菡萏。凡所谓山者皆下大上小，无一例外，莲华峰也是座同天都一样平地拔起的通天柱，惟三分之一的根基部向里稍稍收缩，渐上渐向

外凸，再上去又收缩起来。为了中部外凸的幅度稍大，雨水难得停留，草木种子也无法托根，变成光滑的一片。又外凸的弧线颇为玲珑，山中间又有坼痕两道，远远看去正像两张莲花瓣儿包住莲蕊。这想是神仙界的千丈白莲，偶然随风飘堕一朵于尘世么？莲华，你真是世界第一奇峰呀！

不过要想接近此峰还得走十里路，这十里路是在一条很长的山沟里走的，即名"莲花沟"。路极欹侧，忽高忽低，忽夷忽险，轿子不能坐，只有靠自己走。

我们又开始来攀缘另一高峰了。山径曲折，螺旋而上，钻过好几次窈黑的洞穴，前人曾戏比为藕孔，我们则为虫，虫想上探莲蕊，自非从藕节通过不可。手足并用，又爬了两小时始达峰顶。峰顶本有横石，长数十丈，称为"石船"。到了峰顶反不能见。莲华峰顶也有平坦处，面积大小与天都者等。我们在峰顶停留了一小时左右，始行下山。

下山总比上山快，不过费一小时许便抵达峰趾。对面光明顶，再没气力上去了，而且天色也不早了，只有上轿向文殊院进发。这是我们预定的挂单处，要在这里寄宿一夜。黄山前海以文殊院为界，过此便是后海了。

一路风景仍是奇绝妙绝，三人在轿中掀开布帷向外窥视，一尺一寸都不放过，只有喝彩的份儿。看见一段好风景，更免不得手舞足蹈，舆夫只叫"当心"、"当心"！真的，我们也太大意了，只顾用眼睛向远处看，却忘了向下看。脚底无处不是危机四伏的深坑，轿子若不幸掀翻，滚了下去，怕不摔个粉身碎骨。

文殊院虽属有名禅院，规模甚小，木板为四壁，瓦渗漏，则补以黄锈之铅铁皮，看过西湖灵隐那类大寺，对文殊当然不入眼。不过听说以前的文殊院并非如此，洪杨之乱时曾一度遭焚毁，后来补建，似物力不充，只落得这一派寒伧景象了。我们到时，有人在院里做佛事。正殿上有十几个和尚披着袈裟诵经，钟声、鼓声、木鱼声与梵呗声喧阗盈耳。周莲溪女士素好静，只叫"不得了，今晚佛事若做到十二点钟，我便要通宵失眠了"。其实何止莲溪，我也顶怕闹，错过睡觉时

163

苏 雪 林
散 文 精 选

间,便会翻腾竟夕。黄山乃游览之区,怎么人家佛事会做到山上来?这个檀越太不顾游客安宁,负黄山治安之责者似乎该将其取缔。幸而问厨下小和尚,始知来黄山做佛事者,究竟绝无仅有,这次是山下居民与寺僧相熟者托为超度亡人,是例外之事。而且佛事时间亦有一定,九点钟前定必结束,我们于心始安。

因距晚餐时刻尚早,我们想出院四处走走,舆夫说距此三四十丈路有一平台,前后海景物可以一眼望尽,何不去领略一下。

遵照他们指示,找到那个天然石台,居高临下,放眼一望,但见无穷无尽的峰嶂,浓青、浅绿、明蓝、沉黛以及黄红赭紫,靡色不有,有如画家,打翻了颜料缸;而群山形势脉络分明,向背各异,又疑是针神展开她精工刺绣的图卷:"江山万里"。时天色已入暮,这些纵横错落的峰峦被夕阳一蒸,又像千军万马,戈戟森森,甲光灿烂,正摆开阵势,准备一场大厮杀。啊,我怎么把"厮杀"的字眼带到这样安详宁谧的境界里来呢?太不该,太唐突山灵了。是的,那绚烂的色彩熔化在晚霞里,金碧辉映,宝光焕发,只能说是王母瑶池召宴,穿着云衣霓裳,佩着五光十色环佩的群仙,正簇拥于玉阙银宫之下准备赴会吧。这景色太壮丽了,太灵幻了,我这一支拙笔,实不能形容其万一。

次日,我们又向后海进行。一路景物与前海相似,而以"百步云梯"、"鳌鱼峡"、"一线天"为最奇。我们先说"鳌鱼峡",这是一大石,中裂巨罅,迎人而立,似鳌鱼在那里大张馋吻,等人自献作牺牲。游客想换条路走,不行,四面皆危岩峭壁,只有这个出口。我们进了鳌吻,见石齿巉巉,森然可畏,只恐它磕将下来。幸而我们竟有旧约圣经约挪圣人的福气,他被吞入鲸腹三日三夜,居然生还,我们进了鳌鱼的咽喉,也安然走出。

那石鳌也真怪,它是一条整个的鳌鱼,不仅嘴像,全身都像。我们自它鳃部穿出,便在它脊上行走,这与天都下来时所行的那条鲤鱼又不同。它周身像有鳞甲,有尾,有鳍,还有眼睛,那虽仅一个置于头部的石窟窿,但却是天然生就,并非人力所为。莲溪是研究生物学的,我问她这是不是真的鳌鱼?也许劫前黄山真是海,这个海洋的巨

无霸，遗蜕此处，日久变成化石吧？莲溪笑答道："也许是的。幸而这条鳌鱼久已没有了生命，否则今日我们三人连六个轿夫做它一顿大餐，还不够它半饱呢！"

百步云梯位置于一峭壁，一条弯弯的斜坡，恰如人的鼻子，孤另另地凸出于面部，人从这峭壁走下去，没有栏杆之属，可以搭一下手，山风又劲，随时可将人吹落壁下，也够叫人胆战心惊了。

到了狮子林，这个寺院比文殊院大。我们在这里用午膳。黄山佛院供客膳宿，费用均有一定，由黄山管理处议决悬示寺壁，不得额外需索。这方法真好，和尚是出家人，替游客服务，听客自由布施，并不争多竞少，不过像普陀九华等处的势利僧人，给钱不满其意，那副嘴脸，可也真叫人看不得！

在狮林遇孙多慈女士与她太翁在此避暑、写生。孙时尚为中大艺术系学生，但画名已颇著。又遇安徽大学胡教授，带了几个学生各背鸟枪之类来黄山寻觅生物标本。因为他原在安大教生物。

黄山山势险峻，路又难走，五十斤米要三个壮汉始能盘上来，山中居民的给养得来真不容易。和尚供客的素膳绝不能如普陀九华的可口，无非腌菜、干豆、笋干、木耳之类，新鲜蔬菜，固然不多，连豆腐都难得见。那些干菜以纤维质太多，嚼在口里，如嚼木屑，不觉有何滋味。才觉悟前人所谓"草衣木食"那个"木"字的意义。

饭后，出游附近名胜。始信峰乃后海的精华，是三座其高相等的大峰，香炉脚似的支着，峰与峰之间相距不过数丈，远望如一，近察始知为三。名曰"始信"，是说天然风景竟有这样诡异的结构，听人叙述必以为万无此理，及亲身经历，亲眼看见，才知宇宙之大果然无奇不有，才不由得死心塌地相信了。这"始信"二字不知是哪位风雅士所题，我觉得极有风趣。

这三峰和天都莲蕊差不多一样高，而更加陡峭，费了很多气力，才爬到峰顶。有板桥将三峰加以沟通，有名的"接引松"横生桥上，游客可藉之为扶手。据说从前桥未架设时，游客即攀住此松枝柯，腾身跃过对面。我国人对大自然颇知向往，游高山亦往往不惜以性命相决赌，这倒是一种很可爱的诗人气质。

苏 雪 林
散 文 精 选

我们踞坐始信峰顶,西北一面,高峰刺天,东南则没有什么可以阻挡视线,大概是黄山的边沿了。那数百里的锦绣川原是属于太平、青阳县界,九华山整个在目,但矮小得培塿相似。或谓浙境的天台、雁荡、天目,天气晴朗时也可看到,不过更形渺小如青螺数点而已。前人不知,以为是地势高下之别,图书编引黄山考云:"按江南诸山之大者有天目、天台二山……天目山高一万八千丈而低于黄海者,何也?以天目近于浙江,天台俯瞰沧海,地势倾下,百川所归,而宣、歙二郡,即江之源,海之滥觞也。今计宣歙平地已与二山齐,况此山有摩天戛日之高,则浙东西,宣、歙、池、饶、江、信等郡之山,并是此山支脉。"他们不知我们所居地球是作圆形的。我们站在平地上,数十里内外的景物尚可望得见,百里外虽借助远镜也无能为力了,因为目标都落到地平线下面去了。但登高山则数百里内外的风景仍可收入视线,不过其形皆缩小。这是距离太远的关系,并非地势有何高下。孔子"登泰山而小天下",难道天下果不如泰山之大么?

我们游黄山一半是受了云海的吸引,云海并非日日有,见不见全凭运气,那天在始信峰顶,却目击到云海的奇观,可谓山灵对我们特别的优待了。抗战期中,我在四川乐山,写了篇历史小说题为"黄石斋在金陵狱",写石斋所见黄山云海一段文章,其实是根据我自己的记忆。这篇小说以前收入《蝉蜕集》,其后又编入《雪林自选集》,读及者甚多,不好意思在这里复引。但我写景的词汇本甚有限,写作的技巧也仅一二套,现在没法再把黄山云海的光景描绘一番,我觉得很对不住读者。

不过云海有几种,一种是白雾濛濛,漫成一片,那未免太薄相;一种是银色云像一床兜罗棉被平铺空间,就是海亦未尝不可,只是没有起伏的波澜,没有深浅的褶纹,又未免太单调。那天我们在始信峰头所见,才是名实相符的云海了。那海铺成后,一望无际,受了风的鼓荡,洪波万叠,滚滚翻动,受了阳光的灼射,又闪耀蓝紫光华,看去恍惚有吞天浴日的气派,有海市蜃楼的变幻,有鲸呿鳌掷的雄奇,谁说这不是真的大海?这和我赴欧途中所见太平、印度、大西三洋的形貌有何分别?我们只知画家会模仿自然,谁知大自然也是位丹青妙

手,高兴时也会挥洒大笔,把大海的异景在高山中重现出来,供你欣赏哩!

"观棋"、"散花"、"进宝"诸峰,都在始信范围以内,不及细观。下山后,天色已黑,在狮林寄宿,次日游大小"清凉台",其下群峰的形状,千奇百诡,无法描拟,我真的词穷了,只有将袁子才黄山游记一段文章拉在这里凑个热闹。袁氏说:"台下峰如矢、如笋、如竹林、如刀戟、如船上桅,又如天帝戏将,武库兵仗,布散地上。"又游"石笋䃲",我只好又抄一段徐霞客游黄山日记前篇(按日记分前后二篇):"由石笋䃲北转而下,正昨日峰头所望森阴径也。群峰或上或下,或巨或纤,或直或欹,侧身穿绕而过。俯窥转顾,步步出奇,但壑深雪厚,一步一悚。"霞客又说:"行五里,左峰腋一窦透明,曰'天窗'。"惜我们未注意。他又说过"'僧坐石'五里,……仰视峰顶,黄痕一方,中间绿字宛然可辨,是谓'天碑',亦谓'仙人榜'。"这个我们倒瞻仰到了。

回狮子林吃过午饭,知黄山较远处尚有一景,名"西海门",我要去看,莲溪默君已无余勇可贾,舆夫亦说一路乱草荆榛,拥塞道路,行走不便,也不愿意去。我因来黄山一趟不易,以后未见得再有这种机会,坚持非去不可。二人只好同意,舆夫大不高兴,但也只有抬着我们上路。

一路果然草高于人,径蹊仄险,弯弯曲曲,走了半天。忽见有一大群游客,从对面过来,轿子六七顶,许多人步行簇拥。有两顶轿子则前后各有身悬盒子炮的卫士一人保护着,这真是"张盖游山","松下喝道",煞风景之至。微询一游客,他说是汪精卫夫人陈璧君女士偕其公子今日来黄山。有卫士保护的那二顶轿子里坐着的便是他们母子。幸而他们已游过西海门,转过别处去了,不然,我们和这群贵人一道去游,一定弄得很不自在。

那西海门是藏贮黄山深处的一个奇境,万山环抱,路转峰回,始得其门而入。我们连日身处高山,此时忽像一下子跌落到平地上。那东西两峰,屹然对立,有如雄关两座左右拱卫,又疑是万丈深海底涌起的两座仙山,这才知道"海门"二字叫得有意思,黄山因有前后

苏 雪 林
散 文 精 选

海,又名黄海。

你以为两门仅仅两峰么?不然。东西两门实由无数小峰攒聚而成,万石棱棱,如排签,如束笋,如熔精铁,如堆琼积玉,斜日映照,焕成金银宫阙,疑有无数仙灵飞翔上下,令人目眩头晕,但也令人气壮神旺。天公于黄山的布置,已将天地间灵秀环奇之气发泄殆尽,到此也不觉有点爱惜起来,不然他何以把西海门收藏得这么深密呢?想不到我们黄山三日之游,饱览世间罕有的美景,最后还看到西海门这样伟丽的景光。等于观剧,这是一幕声容并茂的压轴;等于聆乐,这是一阕高唱入云的终奏;等于读文章,这是一个笔力万钧的收煞。啊,黄山,你太教人满意了。

回宿狮林,第二日到钵盂峰的掷钵禅院,这个地方,异常幽静,是我们预先与本庵住持通函约定的消夏处。于是我们的生活由动入静,由多变入于寂一,打算学老牛之反刍,将黄山的妙趣,再细细回味一番,与黄山山灵作更进一层的默契,求更深一层的了解。

(选自《苏雪林自选集》,1975 年台北黎明文化公司出版)

青岛的树

自从逃出热浪包围的上海，在海船上嚐受海上的清风，便觉精神焕发，浑身充满了蓬勃的活力。好像一株被毒日晒得半枯的树，忽然接受了一阵甘霖的润泽，垂头丧气的枝叶又回过气儿来，从那如洗的碧空里，招魂似的，招回它失去多时的新鲜绿意，和那一份树木应有的婆娑弄影的快活心情。

普安轮船因为今天有雾，不敢快开，所以到岸时，比平时迟了两个钟头。康和周君来码头接我，他虽来青岛已有一周左右，但胃口仍不甚好，还是那么清癯如鹤。我所病不过是暑，一到清凉世界，病即霍然若失，他则才从真正的病魔爪下挣扎出来，想必还要在这个好地方休息一年半载，才可恢复原来的健康。

近处万瓦鳞鳞，金碧辉映，远处紫山拥抱，碧水萦回，青岛是个美丽的仙岛，也是我国黄海上一座雄关。百余年前被德国人藉口一件教案强行割据，十余年前第一次世界大战，德国行将失败之际，又被日本人趁机攫作囊中物，现在才归入我国版图。只愿这一颗莹洁的明珠，永久镶嵌在我们可爱的中华冠冕上，放着万道光芒，照射着永不扬波的东海，辉映着五千年文明文物的光华！

海中虽汽艇如织，旧式帆船也多得不可胜数。那叶叶布帆，在银灰色的天空和澄碧的海面之间，划下许多刚劲线条，倒也饶有诗情画意。听说这都是渔船，青岛居民大都靠捕鱼为生，无怪渔船如此之众。

苏雪林
散文精选

完全近代化的青岛，居然有这古香古色的点缀，可说是别处很难看见的奇景呢。

青岛所给我第一个印象是树多。到处是树，密密层层的，漫天盖地的树，叫你眼睛里所见的无非是那苍翠欲滴的树色，鼻子里所闻的无非是那芳醇欲醉的叶香，肌肤所感受的无非是那清凉如水的爽意。从高处一看，整个青岛，好像是一片汪洋的绿海，各种建筑物则像是那露出水面的岛屿之属。我们中国人说绿色可以养目，英国十八世纪也有个文人写了一篇文章，将这个理由加以科学和神学的解释，他说道：别的颜色对于我们视神经的刺激或失之过强，或失之过弱，惟有青绿之色最为适宜，造物主便选择了这个颜色赐给我们，所以我们的世界，青绿成为主要的部分。这道理也许是对的吧。

我常自命是个自然的孩子，我血管里似流注有原始蛮人的血液，我最爱的自然物是树木，不是一株两株的，而是森然成林的。不过诞生于这现代社会，受了诗书的陶冶，和各种物质文明的熏染，我的蛮性已被过滤得所余无几了。因此那充满毒蛇猛兽的赤道森林，我不敢领教；连绵千里，黑暗不见天日的非洲某些地区的森林，也思而生畏。我只欢喜都市或乡村人工培植的茂密树林，像从前欧洲和今日青岛所见的，便感满足。这文化温床培养出来的脆弱灵魂，说来未免太可怜了。

不过像巴黎的卢森堡，波鲁瓦，里昂的金头公园，虽万树如云，绿阴成幄，我可不大中意，为的游人太多，缺乏静谧之趣。你的心灵不能和自然深深契合，虽置身了无纤尘的水精之域，仍不啻驰逐于软红十丈的通衢，还有何乐趣之足道？

我毕生不能忘记的是十年前里昂中法学校附近菩提树林的散步。那里有好几座菩提树的林子，树身大皆合抱，而润滑如玉，看在眼里令人极感怡悦。这才知道臃肿多瘿的老树，只有图画里好看，现实世界里"嘉树"之所以为"嘉"，还是要像这些正当盛年的树儿才合条款。仰望顶上叶影，一派浓绿，杂以嫩青、浅碧、鹅黄，更抹着一层石绿，色调之富，只有对颜色有敏感力的画家才能辨认。怪不得法国有些画家写生野外之际，每一类油彩要带上五六种，譬如蓝色，自深

蓝、靛蓝、宝蓝、澄蓝，直到浅蓝，像绣线坊肆的货样按层次排列下来，他种颜色类是。这样才可用一支画笔摄取湖光的滉漾，树影的参差，和捕捉朝晖夕阴，风晨月夕光线的变幻。大自然的"美"是无尽藏的，我们想替她写照也该准备充分的色彩才行。我们中国画家写作山水，只以花青、藤黄、赭石三种为基本，偶尔加点石绿和朱标，调合一下，便以为可以对付过去，叫外国画家看来，便不免笑为太寒伧了。

散步倦了，不妨就着那软绵绵的草地坐下来，将身倚靠树上。白色细碎的花朵，挟着清香，簌簌自枝间坠下，落在你的头发上，衣襟上。仲夏的风编织着树影、花香与芳草的气息，把你的灵魂，轻轻送入梦境，带你入沉思之域，教你体味宇宙的奥妙和人生的庄严，于是你思绪更似一缕篆烟，袅然上升寥廓而游于无限之境。

菩提树有大名于印度，释迦便是在这种树下悟道的。我不知法国的菩提树是否与印度的属于一类。总之，这种树确不是诗人的树，而是哲学家的树。你能否认这话吗？请看它挺然直上，姿态是那么的肃穆、沉思，叶痕间常泄漏着一痕愉悦而智慧的微笑。

回到祖国，我常感觉心灵的枯燥，就因为郊野到处童山濯濯，城市更湫隘污秽，即说有几株树，也是黄萎葳蕤，索无生意，所以我曾在《鸽儿的通信》里大发"故国乔木"之叹声。

记得我初到青岛时，曾对我们的居停主人周先生说：

"青岛，果然不愧这一个'青'字，从前国人之所以名之为青，想必是为了这里树多的缘故。"

"您错了。"我们的居停主人笑着说道，"这地方如真算个岛，则从前的时候当呼之为'赤岛'——青岛之东，有一个真正的小岛，其名为赤——而不能名之为青。因为它在德国人割据以前，原也是个不毛之地。

"从前的青岛，都是乱石荒山，不宜种树。德人用了无数吨炸药，无数人工，轰去了乱石，从别处用车子运来数百万吨的泥土，又研究出与本地气候最相宜的洋槐，种下数十万株。土壤变化以后，别的树木也宜于生长，青岛才真的变成青岛了。"

171

苏 雪 林
散 文 精 选

别人从不能种树的石山上，蛮种出树来，我们有无限肥沃的土地，却任其荒废，这是哪里说起的话！

（《绿天》，1928年上海北新书局初版，选自1956年台湾光启出版社增订本）

栈桥灯影

听见周先生说,青岛有座栈桥,工程甚巨,赏月最宜。今夕恰当月圆之夕,向来宁可一味枯眠懒于出门的康,也被我劝说得清兴大发,居然肯和我步行一段相当远的道路,到那桥上,以备领略"海上生明月"的一段诗情。

这座栈桥,位置于青岛市区中部之南海边沿,正当中山路的终点,笔直一条,伸入青岛湾,似一支银箭,射入碧茫茫的大海。

青岛栈桥,本不止一座,这座栈桥的全名是"前海栈桥",示与那个位置于胶州湾里的"后海栈桥",有所区别。不过前海的这一座历史久而工程大,又当繁盛的市区,游人对它印象比较深刻,故称之为"栈桥"而略去其头衔,有如西洋人家之父子,缩短名字的音节,以表亲昵,这座栈桥居然成为秃头无字之尊了。

说这座栈桥历史久,工程大,绝非夸张。它正式诞生之期为前清光绪十六年,距离目前,已有四十余年了。那时北洋海军正在编练,李鸿章命人在青岛湾建筑此桥,以供海军运输物资之用。原来桥身是木架构成,德国人占据胶州湾,改用钢骨水泥建筑,全桥长四百二十余公尺,分南北两段,南段钢架木面,北段石基灰面。我国收回青岛以后,将南段也改为钢骨水泥,于桥之极南端,添筑三角形防波堤岸,桥面成为"个"字形,全桥之长为四百四十公尺,还有座八角形的回澜阁,立于这"个"字形的桥头,游客登阁眺望海景,更增兴趣。

苏 雪 林
散 文 精 选

　　栈桥的北端,又有一座栈桥公园,比起中山公园的规模,这只算袖珍式的,但景物幽蒨可人意,设铁椅甚多,给予晚间来此纳凉的市民以不少的方便。

　　我们走到栈桥的南端,伫立在那防波堤上。新雨之后,乌云厚积,不知是哪一只无形的大手,把淋漓的墨汁泼在海面和天空,弄得黑沉沉的,成了吴稚老的漆黑一团的宇宙。海风挟雨意以俱来,凉沁心骨。空气这么潮湿,整个空间,含着饱和的水点,似乎随时可以倾泻而下。我们想今夕看月已无希望,那么赏赏栈桥的灯光,也可以慰情聊胜。

　　栈桥两边立着两行白石柱,每一柱头,安设一盏水月灯,圆圆的,正像一轮乍自东方升起淡黄色的月亮。月亮哪会这么多?想起了某外国文豪的隽语:林中的煤气灯,是月亮下的蛋。现在月亮选取东海为床,将她的蛋一颗一颗自青天落到软如锦褥的碧波里。不知是谁将这些月蛋连缀在一起,成了两排明珠璎珞,献上海后的柔胸。海后晚卸残妆时,将璎珞随手向什么上一挂,无意间却挂在这枝银箭上了。

　　黝黑的天空,黝黑的海水,是海后又于无意间挂在银箭上的一袭黑绒仙裳,明珠为黑裳所衬托,光辉愈灿烂逼人。两排灯光,映在海波上,跃荡着,拉长着,空中的珠光与水中珠光融成一片,变成万条纠缠一起的珠练了。我们立身桥上,尚觉景色如斯美妙,从远处瞻望我们的人,哪得不将我们当作跨着彩虹,凌波欲去的仙子?

　　残夏的海洋气候,有似善撒娇痴的十四五女郎,喜嗔无定。我们出门时,清风送爽,天边已露出蔚蓝的一角,谁知到了桥上,我们所盼的冰轮,却又埋藏于深深的云海。不过看到了栈桥上的灯影,觉得月儿不升上来也好,她一上来,这一片柔和可爱的珠光必被她所撒开的千里银纱一覆而尽,岂非可惜之至!

　　云层可以隔断明月的清辉,却隔不断望月的吸力。今夕晚潮更猛,一层层的狂涛骇浪,如万千白盔白甲跨着白马的士兵,奔腾呼啸而来,猛扑桥脚,以誓取这座长桥为目的。但见雪旆飞扬,银丸似雨,肉搏之烈,无以复加。但当这队决死的骑兵扑到那个字形桥头上的时候,便向两边披靡散开,并且于不知不觉间消灭了。第二队士兵同样扑来,同样披靡、散开、消灭。银色骑队永无休止地攻击,栈桥却永远屹立

波心不动。这才知道这桥头的个字堤岸有分散风浪力量的功能。栈桥是一枝长箭,个字桥头,恰肖似一枚箭镞。镞尖正贯海心,又怕什么风狂浪急?

钱镠王强弩射江潮,潮头为之畏避,千古英风,传为佳话。这支四百四十公尺长的银箭,镇压得大海不敢扬波,岂不足与钱王故事媲美么?

月儿还不上来,海风更凉了。我们虽携有薄外衣,仍怯于久立,只有和这仙样的虹桥作别,回到一个凡人应该回去的地方。

(《绿天》,1928年上海北新书局初版,选自1956年台湾光启出版社增订本)

千石谱

自北九水向北走,汽车路都改为大石板路,宽绰平坦,便于行走。而且是向下倾斜的,轿夫们的步伐也就加快起来。我们在轿里,被摇簸得难受,愿意下来步行,不意轿夫扛了空轿更自健步如飞,赶得气喘汗流,依然赶不上。叫他们走慢一点,则他们自来练好这样步伐,改慢反而吃力,又怕耽误路程,只好仍旧一个个回到轿里,让他簸汤圆般簸着。

沿路十几里的风景,可谓萃劳山的精华。危峰面面,有似苍玉万笏,又如云屏千叠,秀丽雄奇,壮人心目。我现在才发现劳山的特点在石,可谓"以石胜"。

一望满山满谷,怪石嶙峋,罗列万千,殊形诡貌,莫可比拟。勉强作譬,则那些石头的情状:有如枯株者,有如香菌者,有如磨石者,有如栲栳者,有如盆碗者,有如覆釜者,有如井阑者,有三五拈刺如解箨之笋者,有含苞吐蕊如妙莲欲放者,有卓立若宝塔者,有亭亭如高阁者,有翼然如危亭者,有奋翼欲飞如金翅鸟者,有负重轻趋若渡河之香象者,有作势相向如将斗之牛者,有首尾相衔,如牧归之羊群者,有斑斓如虎者,有笨重如熊者,有和南如入定之老僧者,有衣巾飘然如白衣大士者,有甲胄威严如战将者,有端笏垂绅如待漏之朝官者。你有观音的千眼不能一一谛观,你有观音的千手,也不能一一指点。这些石头并不说你心里想象它们肖似哪件事物,它们便肖似哪件

事物，是主观的；自有宇宙以来它们便这么存在着，完全是客观的。终南山我尚未曾到过，韩昌黎先生的诗里那拟喻山石的一段，我以为未尝不可移赠劳山。

更奇者，常见山巅有数丈长之大石两头架于他石之上浑如一座飞桥。或有石巨如数间屋，一半坐另一石上，一半凌空，欲落不落。这些石头怎么会如此呢？莫非是在洪荒未辟前，有什么巨灵之神，故意搬上去的，不然就从别处飞来。呀，我想出个道理来了。这是数十万年以前，地壳欲凝未凝之际，下则火山爆裂，烈焰飞腾，熔岩滚滚，喷薄四散；上则轰雷闪电，罡风暴雨，日夕冲击，柔软如乳皮的地壳，受此力量的压迫，忽高忽低，推移动荡，如大海波涛之倏起倏落。经过无量劫数以后，喧腾者渐变为静寂了，动荡者渐变为停止了，柔软者渐变为刚硬了，才成功今日我们所处大地的景象。我们现在所见的满山千态万状的大石，当是当日火山喷出的熔岩，而这些飞来的怪石呢？则或是熔岩凝结以后，再从别处火山激射过来的，所以它们与所止之处的石头，不能合而为一。

我平生对于中国山水画，像倪云林一派的萧疏澹远之趣，并非不知领略。然于宋元人的大幅立轴，或岩壑盘旋，峰峦竞秀，或洪涛汹涌，山岛峥嵘，或老树千章，干如铁石者，尤为欣赏，好像胸中一段郁勃磅礴之气，非借此则发泄不尽似的。于自然界的风景，我之爱赏奇峰怪石，也胜于春草落花，平沙远渚。这次劳山形势，恰恰对了我的心路，所以一路在车中叫好不绝，康和雪明都笑我为狂。

（《绿天》，1928年上海北新书局初版，选自1956年台湾光启出版社增订本）

花都漫拾

一

笔者来巴黎只有七个多月,为了争取生活的关系,每日埋头撰述中文稿件,寄到香港一个文化机关发表,很少机会和法国人士接触,也很难对一般社会情形作深刻一点的观察。现在只能将短期内,表面所见于法国的,向国内作一简单的报告,要想我作进一步研究,那只有姑待将来了。

自从第一次大战以后,欧洲元气,均未恢复,法国人口增殖率本来比别国来得低,有人说是中了马萨斯人口论的毒。其实马萨斯是十七八世纪的人,离开现代已一百余年,他的学说初发表时,虽然轰动世界,反对他的可也不少。法国固然有许多人相信他的学说,也不过是少数知识阶级,要说他的学说竟支配了整个法国民族,自十八世纪直到于今,那便未免远于事理。因为除了宗教以外,任何学说不会有这样大的力量,而马萨斯的人口论却不是宗教。

法国人增殖率之慢,有其内在的原因。有人说是由文化发展过高,一般人民运用脑力过度,生殖力自比较减退。关于这,笔者愧非生理学专家,恕难作答。照我看,法国人口增殖之慢,由于工业发达,下级社会——即生殖力最强的一阶层——的妇女都离开家庭,进入工厂,当然不愿养育孩子为生活之累。再者欧洲人乳哺一个孩子,的确比中

国糜费数倍,当此生活日趋艰难的时代,真是"我躬不阅,遑恤我后",一知怀孕,便千方百计地去坠胎。法国政府对于这件事虽悬为厉禁,效果还是微乎其微。消极的禁止既然无效,只有积极地来奖励。政府在国内遍设育婴院孤儿院收容弃婴和孤儿,提高私生子的社会地位。一对夫妇诞育孩子在两个以上,政府每月津贴他们养育费二万法郎。这个数目也算不小,虽然有人贪图,多数人还是不愿做孩子的奴隶。幸而法国是一个天主教的国家,天主教视坠胎为莫大罪恶,即桑格夫人节制生育的办法,天主教也说有违上天好生之德,严格禁止。法国民族之得绳绳继继,繁衍下去,天主教的教义,倒是一个中坚的力量,否则这个优秀绝伦的法兰西民族,不出数百年,怕将消声灭迹于大地了。

天下事权利义务必定相对,而后行得通,不享权利,单尽义务,最高尚的人还觉为难,何况是一般民众呢?我们中国人善于养孩子,经过这么多年的内争和外战,目前人口还有四亿七千数百万,这当然是几千年传下来的宗法社会的恩赐。宗法社会要我们每一氏族都永远传衍,所以有什么"不孝有三,无后为大","惧祖宗之不血食","若敖鬼馁"来作警戒和鼓励。同时提倡孝道,子女对父母的反哺,乃是神圣的职责,违者以大逆不道论。中国大家庭制度,弊端虽多,好处也不少。中国民族之繁衍有人说全靠这个制度。一般民众也有一句口头禅,即是"养儿防老,积谷防饥",这话五四运动以来,大遭时贤诟病。胡适博士于其诞育第一位公子时,作诗,有"只要你堂堂地做人,不必做我的儿子",一时传为美谈。可是,我们知道养育儿女,实在不是一件容易事。千辛万苦地把儿女养大,竟半点好处也得不着,谁又乐意?能够避生育,当然避免了。西洋人不愿意养孩子,这也是一个很大的原因。我现在请举一目前之例,以概其余。

数月前,一个文艺界的朋友,谈起巴黎某区有一位老女作家,过去出身贵族,广有钱财,十七八岁时,在文坛便相当活跃。写了一本书,居然一鸣惊人,成为优秀作家之一。她的创作力非常之大,写作的方面又非常广阔。自少年时代到现在为止,创作连编译竟出版了五十多册书。她从前家中组织了一个沙龙,日与文人学士相周旋。嫁了

苏 雪 林
散 文 精 选

一个丈夫,也是一个作家,兼任出版事业。他们自己有一个书店,夫妇俩的作品都在这书店发行。因为自己素性挥霍,又因两次大战关系,法郎贬值,弄得毫无积蓄,丈夫多年前亡故,书店盘给别人,连版权都盘过去,一文版税也收不到。还算书店看她面子,在四层楼上给了一间小房,作为她的住处,每月给她三千法郎作为零用。

这位女作家,八十岁上还在写作,现在已活了九十岁,虽然五官灵敏,神智清明,笔是早放下了。我们去拜访她时,只见满屋灰尘厚积,窗帷和沙发套罩破旧不堪。她身上穿的一件衬衫,多月不换,已由白色变成灰黑了。她见我们来很表欢迎,自己抖率率地在酒精炉上煮了一壶茶请我们喝。可是,我们看见那茶杯的垢腻,谁又喝得下去,只有捧着杯假品了一阵,便搁下了。谈起来,才知她有一个女儿,现已五十余岁,嫁的丈夫还算有钱,但一向同她意见不合,对于她的作品也不甚佩服。她每星期来看母亲一次,给母亲带粮食来。她母亲穷到这地步,室中当然没有什么可以藏储新鲜食品的冰箱之类。所以她吃的永远是陈了的东西,肉是腌的,蔬菜是干瘪的。法国面包离开烤炉半小时便发僵,一星期以上,便硬成石块了,可怜这位老女作家,每天便将她的老牙根来对付石块。她每天在酒精炉上摸摸索索,煮点东西,从来不下楼一步,外面节季的变迁,都不知道。我的朋友替她带了一基罗的行将下市的葡萄来,她高兴地喊道:"瞧,这是才上市的么!"

我另外一位朋友是一个画家,留法前后已二十余年。告诉我她所住的公寓有一位老画家,虽有儿女,每年圣诞节才来看他一次。他患病在床,儿女恰不在巴黎,当然不能来伺候。他断了气,陈尸榻上,一直过了三日,人家才来替他收殓。像我前文所举那位老女作家,过去在文学界大有声名,至今她所诞生的某城,有一条大街以她之名为名,以表城人对她的尊敬,但她暮年生活潦倒至此。这位画家也是对艺术界有很大贡献的,而死时几如齐桓公之"虫出于尸",有儿女却等于没有。名人尚如此,普通人又将如何呢?

二

　　法国人口本来稀少，这一次战争，壮丁的牺牲，虽没有一九一四年第一次世界大战那么惨重，但也可以说相当多。现在法国政府最感头痛的，是老年人的过剩。自从医药进步，卫生设备周全，人类寿命的水准都提高了。但是人类工作精力的延长，却不能和寿命的提高作正比。一个人到了古稀之年，究竟只能算是一个尸居余气的废物。当国家富庶，时代升平，老人呈特殊灿烂，可说是一种祥瑞，否则倒成为灾殃。我们倘在巴黎街上蹓跶蹓跶，所接于目者都是步履龙钟的老翁，和鹤发驼背的老妇。在公共汽车，地道车里，所遇见的，也都是些孔子要以杖叩其胫的人物。更奇怪的，他们差不多都不良于行，男人还可以说是因为过去打仗受伤，女人呢，她们并没有去当娘子军，为什么大都跛着一只脚，扶着拐杖，很艰难地在走路？这由于什么关系：是气候？是食物？还是什么脚气病？请教法国人，他们自己也说不出一个所以然来。大约是见惯了反不知注意的缘故吧。这班老人对社会贡献已等于零，穿衣吃饭住房子还是和普通人一样。据说现在一个法国青年或壮年，平均要维持三个人的生活，并不是他们自己赡养父母，这班老人是政府和社会共同挑担着的，把重税加在他们身上，那也等于要他们负担了。法国政府对于老人过剩问题，虽然甚为焦虑，可是既不能学中国古书所说，某地每将老而不死者舁入深山，听其饿毙；或效法非洲土人，将老年父母逼上高树，阖家合力摇撼树身，使其跌下枝头而亡，也只有听其自然罢了。

　　生活既难，可以工作的老年人，总还是勉强工作。政府各机关的人员，商店的职员，以及各种比较轻便些的职业、岗位都是老人占着。假如你请教他们一件事，把个字条儿他们看，摸索老光眼镜，那是他们第一步万不可少的手续。老人生理机能退化，工作效率当然不会怎样高，行动也嫌过于迟缓。从美国来的人常慨叹道：拉丁民族，已是日趋衰老，在法国人身上更充分表现，这满街疲癃残疾的老人，便是具体的例。是呀，法国人行动的缓慢，连我这个从东方古国来的人，都觉得有些不耐烦,那些朝气勃勃的美国小伙子,怎样瞧得惯?

三

法国人善于享乐人生,过去巴黎繁华甲天下,妇女的衣装,成为全世界的模特儿,好似从前中国的上海。但现在情形已大大不同。你走到巴黎最繁盛的街道,像 Rue du Faubourg Saint-Honore 时装型式,既没有从前的善于变化,衣料也大都淡素单纯,像香港各衣料店那么五光十色,无奇不有,一半也比不上。香港无论男女,都穿得花花绿绿,街上所见妇女衣衫花样,很不容易发现有雷同的。妇女们每天盛装得过节一般,一年到头逛商店购买衣料,叫裁缝做衣裳,巴黎人对此也要自愧不如的。总之,现在法国人生活过得都相当刻苦,外表上虽不大看得出,我们知道他们腰带都束得紧绷绷,有似第一次战后企图复兴的德国人。法国教育界也相当清苦,所以教员授课甚多,并为人补课,企图额外的收入。我初到时曾到一个专为外国人而设的法文学校,上了一些时候的课。这个学校历史颇久,名誉极佳,其中教授均具有多年教读经验,教法极其精良。但我见其中教授每人每天上正课二小时到四小时,另外还为学生补习二三小时。女教授上了课以后,还要回家料理家务,甚至烧饭洗衣都自己动手。看他们年龄大半都在五十以上,教书累得声嘶力竭,我实在不胜同情,但普天下教书先生都穷,何况又值大战以后?他们不这么苦干,又怎样能维持一家子生活!

巴黎大小商店,星期日一例关门休息,倒不去论它了,大部分的店子自星期六下午关闭起,一直要到星期二上午才开。巴黎是个有名的不夜城,于今普通商店,天才黑便上了铁栅门,晚间在街上走走,除了几盏路灯,到处黑沉沉的一片。一方面是他们讲究休息,一方面也由于社会一般购买力低落,生意萧条。巴黎报纸到星期日也一概停版,只有一二份星期日出版的报纸应个景儿。这倒是我们中国不常见的事。小商店和摊贩为了生意难,也就没有从前老实。买东西交钱给他们找,往往会故意抹去几个法郎。水果等物本来不许挑选,但他们

倘看见你是黄脸皮的东方人，总是把烂的枯瘪的给你。同他略一争论，他便把东西一把抢回，不卖了！记得我曾在一家书铺选择两本旧书，一本是九十法郎，一本是七十，当我将书交给店主，转身到书架再寻别的书籍时，他已将书的价码，各加一竖，每本书凭空贵了一百法郎了。这虽然是极小极小的事，也可见战争所破坏的不但是物质，也破坏精神。

不过法国的治安究竟比中国不知强多少倍。我是在香港住过一年的人，香港匪风之盛，至今教我谈虎色变。略为有钱的人，家里铁栅门无论白天黑夜，锁得严密无比，稍不留心，便遭械匪闯入。报纸上天天有商店和行人被抢的新闻。闹市上走着的人，手表、钱袋可以被人硬行抢去。偏僻的巷衖，和行人寥落的道路，那更不在话下。我觉得香港下层阶级的人，在有人处是平民，无人处便立刻变为匪。不但下层阶级，便是受过教育的学生，有机会也要干这一手。我有一个女友，便曾被一中学生抢去了数百元港币。在香港没有钱，日子不容易过，有点钱，又要日日夜夜提心吊胆，这种地方岂不太可怕而又极端可厌么？在巴黎虽然说不上道不拾遗，夜不闭户，但这种精神威胁，却完全没有。在香港住过的人来到巴黎，最感到痛快的便是这一件事。

（选自《归鸿集》，1955年台湾畅流半月刊社出版）

春山顶上探灵湖

在巴黎时，君璧和我便将露德三天旅程的节目，一一安排妥当了。朝圣的正务之外，我们还该在那雄峻秀丽的庇伦尼斯丛山里，作点探奇揽胜之举，才算不负此行。她说露德之北有名胜曰歌泰（Cauterets），瀑布最为有名。峰顶有一湖，名曰戈贝（Lac de Gaube），景尤灵异。三十年前，她与其师汪氏夫妇及其夫仲明先生曾赴该镇小住半月，幽趣至今难忘。明年决定率领三个儿子，再去那里消夏。因我此次东返故国，再来无期，所以愿意今日陪我去玩一趟。君璧待朋友的慷慨是最可称颂的。若在他人，对于一个前已住过，将来还想再去的地方，谁愿意伴我此时去游呢？

六月二日上午，到公共汽车站搭游览车启行，座位昨已预定，票价并不甚贵。因天气晴美，游客颇多，一共有十四五辆客车，鱼贯行于蜿蜒曲折的山道上，好像是火车的长列。一路万峰插天，峦光照眼，松杉夹道，绿阴如沐。庇伦尼斯丛山之北属法境，其南则属西班牙境，这座横断山脉，作了两国的天然分界。西班牙人常自负此山乃他们的国防要塞，不啻千仞金城，敌人虽有雄师百万，轻易也不能攻入。我以为此山很像我们对日抗战时东有三峡之险，西有剑阁之雄的四川。二十世纪科学时代，新武器虽横厉无前，地理的限制仍未能完全打破，无怪二次大战时，各国难民都想逃入西班牙，寻求安全的保障，也无怪美国现在积极援助佛郎哥，希望将来大战发生时，西班牙能成为欧

洲最后防线了。

车行三小时左右，一路见了无数瀑布，到达歌泰镇，一座饭店，正筑在大瀑布之上。时已近午，游客纷纷下车，入店果腹。客车则停在一个空场里相待。那些车子似在告诉我们：我们的效劳至此为止，以后访问山灵，结识湖仙，只有请尊客们拜劳自己的玉趾吧。

那戈贝湖远在十余里外的山顶，要翻过好几个山头，任何交通工具都无法上去，山脚下有以马出赁者，来回一次，索价一千五百法郎，我想赁以代步。但当时仅有一马，二人不能并跨，且山路险巇，我和君璧虽都有点骑马经验，但荒疏已久，若有蹉跌，事非儿戏。只有借重自己的四肢，手足并用地，一步一步爬上去。山路虽不甚陡峭，病后体虚的我，感觉吃力异常。一路坐下休息，遇峰头则曲折上升，历幽谷则盘旋下降，足足走了两个钟头，遇见几次阵雨，才达于戈贝湖边。

那片湖虽不大，也有数华里的周围，因其位于万山深处，高峰顶上，人迹不易到，所以湖的四周，长林丰草，麋鹿出没，又汊港歧出，芦荻丛生，凫雁为家，那苍莽中的妩媚，雄浑中的明秀，疏野中的温柔，倒像一个长生蛮荒的美丽少女，不施脂粉，别有风流；又似幽谷佳人，翠袖单寒，独倚修竹，情调虽太清冷，却更增其翛然出尘之致。但我们所爱于她的，则是她所泛的那种灵幻之光。湖水澄澈，清可见底，本来碧逾翡翠，映着蔚蓝的天色，又变成太平洋最深处的海光。再抹上几笔夕阳，则嫩绿、明蓝、浅黄、深绛，晕开了无数色彩。不过究竟以"蓝"为主色。那可爱的蓝呀，那样明艳，又那样深湛，那样流动，又那样沉静，像其中蕴藏着宇宙最深奥，最神秘的谜，叫你只有坐对忘言，莫想试求解答。

湖边有一小屋，乃猎人所遗，据说秋冬之际，常有人来此猎雁。记得徐霞客游记，他曾攀登雁荡绝顶，见一大湖，南来野凫，来此停泊，千百为群。可见山巅之湖泽，乃空中旅客最欢喜的停留站。不过像戈贝湖这么小，即有雁来歇翅，想为数也不太多吧。

山中气候，本易于变化。我们上山时，本已数次遇雨，当我们踞坐湖边，欣赏湖景之际，忽见遥峰起云数缕，俄即布满天空，大雨倾

苏 雪 林
散 文 精 选

盆而降,只有奔赴那猎人的小屋,托庇于其檐下。檐溜淙淙,势若奔泉,衣服多少受些沾湿。只愁雨势不止,今晚难归,谁知山上气候之善变,有似哭笑无常的小儿,半小时后,又复云开日出,乃遵原路下山。下山自比上山快,不过一小时,便回到歌泰镇了。

我们在原来的饭店前休息,吃了带来的点心。雨后瀑布,气势忽增三倍的雄壮。但见那翻银滚雪的浪头,一阵紧似一阵,汹汹然奔腾而来,冲激岩石,喷沫四溅,声如殷雷动地。天台雁荡,我未曾到过,君璧说瀑布的壮观,亦未能过此。大自然的喜怒哀乐,随时地而异。高山是她的雍穆矜严,大海是她的旷邈深远,和风丽日,是她的欢欣,云暗天低,是她的愁闷,疾风卷地,迅雷破屋,则是她的愤怒。飞瀑奔涛,是她的什么呢?我以为应该说是她才思奔放,沛然莫御,所谓"词源倒泻三峡水,笔阵横扫千人军",杜少陵这两句好诗,想必是瀑布给他的启示。君璧摄影数张,答应洗出后,寄我于台湾。

客车司机来唤,大家又复登车,下午四时半回到露德。我们虽甚疲劳,精神却极愉快,在公寓晚餐后,又赴圣母大堂,去看今晚的提灯盛会。

(选自《苏雪林自选集》,1975 年台湾黎明文化公司出版)

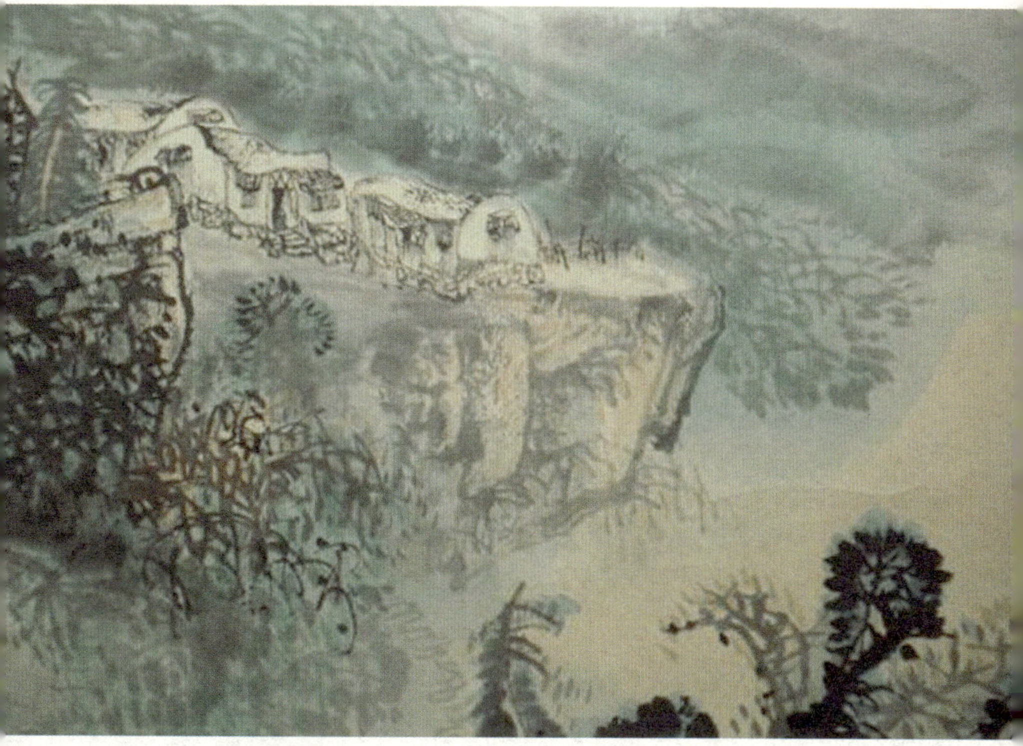

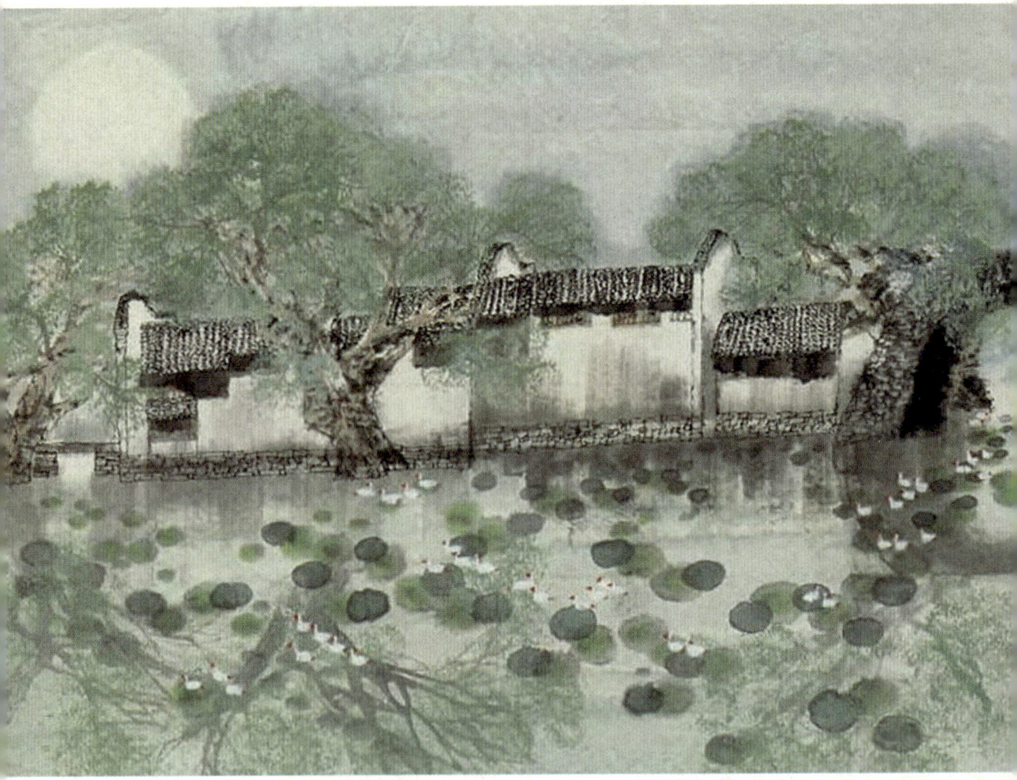

培丹伦岩穴探奇

游过歌泰的第二天,即六月三日,君璧又和我作培丹伦岩穴之游。

此穴距露德约有十五基罗米突的路程,乃系一种水成岩,洞分数层,深入地底,其中钟乳石幻为千百种形态,奇境天开,脍炙人口。我国桂林七星岩,素负盛名,我无缘得游,每以为憾。在巴黎时,遇有曾游培丹伦岩穴亦曾见过七星岩者,两相比较,说若论内部宽阔,可容数万之众,则七星岩实擅胜场;若论曲折之繁多,石状之变化,处处令你凝眸,步步引人入胜,则培丹伦又高一层。何况此穴更有一端妙绝:重叠数层,陆入而水出,法国人自负此洞不惟本国更无其二,也是世界首屈一指之奇,也许并非夸诞。

自露德乘游览客车,迤逶行来,和风拂面,葱茏的山光岚影,含笑迎人。跨过加芙河,路转峰回,景物更刻刻变换,令人应接不暇。不必看到岩穴,这十五基罗米突的道途,也够令人怡悦的了。

到了岩穴所在的山脚下,游客要步行一段路程,始达穴口。口外设有售票之所,购票后,来有向导一人,引导我们入内。

据说此洞在三十年前,尚未开发。人们仅能打着火把或提着灯笼,进入此洞的最上一层。路径很难,所见景物,亦复有限。其后露德地方政府,知此穴大可招徕游客,替露德增益岁收,乃建工厂,设桥梁,修道路,并于洞中各层,安设铁栏电灯,修砌磴道;更于岩顶挖一长长的甬道,使游客能由捷径通入穴中。工程既巨,所费当然甚重,但

苏雪林
散文精选

游客获得便利以后，来者络绎不断；朝圣露德的香客，更谁不乐意花费一点金钱，到这地母心脏间，猎奇一番而去，故此露德地方政府，很快地便把开发之费，收了回来。现在培丹伦岩穴已成为露德市的点金之穴，那天我们进洞，所由的便是那条人工挖成的甬道。

那岩穴之口，半没地中，乍睹之下，觉得不能挺直腰身进去，非学蛇虫之类，扑地而爬不可，与君璧相顾有难色。迫近穴口看时，始知穴道引而向下，与罗马所见原始基督教友墓窟入口相似。躯体高大者，或须稍作伛偻，像我和君璧身裁，则大可昂首掉臂以行，不必愁头顶碰出疙瘩。

穴口虽小，内部则廓然如数十间屋。无数钟乳石床，森然罗布，聚五攒三，殊形异态。石色本皎白如雪，为潮湿之气所薰，生出斑剥的苔痕，或苍翠如绿玉，或黝然如黑铁，或殷红似猪肝，或焕作金色如映日之夏云，映以五色电灯，灯隐不见，但见一派柔和的光线，泛滥群石间，把那些顽石都变成晶莹透澈，恍似宝石琢成，见之令人目眩神移，自疑身入宝山，或梦游仙境。

我们一群游客，跟着向导，游历过第一层，缘着那陡峭的石磴，盘旋而下，又是一层。那天一共经历过几层，也记不清了。只见那向导到了一特殊处，便停步指点给我们看，请我们注意。他说那是挂钟石，看去果然是一口大钟，悬挂岩顶，钟口带着一圈细须，映以赤色和铜绿色的灯光，俨然是一口发锈的古钟。游客叩以手杖，发声清越，亦颇类噌吰的钟鸣。又有所谓回教寺院的尖顶塔者，有所谓巨象者，有所谓张壳之蚌者，有所谓教皇宝座者，有所谓河女神之盘者，有所谓狮身人面怪者，无不惟妙惟肖，观之颐解。更有一处称为积薪上的圣女贞德。贞德齐眉的短发，是她特殊的标识。那圆形的大柴堆上，立着一个身着长袍的人形，发型宛似那个力挫英军，拯救祖国于危亡的法邦女杰，其旁尚有刽子手数人。这个钟乳石与那受焚刑的贞德果然太相像了，我们不觉又惊又笑，多看了几眼，才肯离开。更有一处，称为罗马洁祭堂，无数石柱，构成一所大厅，色灯映照，华焕夺目。宝石厅堂，仅能见之于天方夜谭，现在居然于此岩穴得之，岂非平生之快？

钟乳石之所以形成，据我私见推测，大概是这样光景：这种永世不见天日的岩穴，其中空气自然是潮湿的。湿气蒸于岩顶，凝积久之，则成点滴。那点滴下坠极其迟慢，岩顶的石灰质经风化而溶解，混合水点中，变成固体，遂成为我们所见的钟乳石。这些钟乳石，初如细发，渐如狼牙，渐如竹笋，终则变成其粗合抱的大柱。据向导言，这些钟乳石每过百年，长度始增一英寸，则现在这座培丹伦岩穴的年龄，大约与地球的开始成形时，差不得多少。空间的广阔与时间的悠长，对于我们始终是个解释不开的大谜，我们渺小的人类，对造物主的伟大工程，只应该崇钦赞叹，管窥蠡测都是多余的。

有许多钟乳石状更奇特，它自岩顶下垂，而地面亦恰有一石，逐渐上长，不偏不倚，针锋相对，千百年后，居然接合起来，成为浑然一柱。钟乳石只有自上向下垂，绝无由地面向上长之理，看了这种形况，我又思索出一个道理：这大约因这个地方湿度轻重常不平均，岩顶水点下坠，有较慢的，也有较速的。那夹着白垩质的水点，滴得慢的凝成下垂的檐冰，滴得快的则坠于地上，而形成上茁的竹笋。这样上下加工，齐头并进，最后自然要联成一气。"合龙"之礼告毕，乃向横处扩张，故此类钟乳石常失去乳形，成为朽树桩，<u>丛生芝菌</u>，或土堆石山之状。年深日久，岩顶的垩质都随着水滴积到地面上去了，也许这一处空隙要被堵塞，形成一堵实心的石壁。但空气要融化它，潮湿要蛀蚀它，它的形状还是不能固定。现在我们所见这些石形，经过绵长的岁月以后，又不知变成什么样子了。想不到地下世界一样有沧海桑田的变迁，不是很有趣味的问题吗？

我们在那稀薄的光影里，转了约有一小时。忽到一处，下有小河一道，波声㶁㶁，水如墨汤。有一小艇，系于码头，舟子将我们逐一接下舟中，鼓桨前行，约一刻钟之久，达于另一码头。登岸自一穴口而出，重见化日光天。穴口有一小博物院，所陈列的均系与培丹伦岩穴有关之物，各购纪念品数件，乘原来客车回到露德。

（选自《苏雪林自选集》，1975年台湾黎明文化公司出版）

罗马的地下墓道

罗马古代建筑物最足以表示古罗马人的宏伟气魄，保存得又最为完整者，一为露天剧场，一为原始基督教友墓窟，现愿将这墓窟情形，述其崖略。

所谓基督教友墓窟也者，不过占罗马地下墓道的一部分，为正名起见，其实应称之为"罗马地下墓场"，或"地下墓道"，因为这类墓道的制度，在有基督教徒以前，便已存在了。

罗马地底的土质属于凝灰岩层，系一种软性泥土，质料细腻，有时亦较粗，其中间或混杂类似火山喷口的碎屑。这类泥土开掘时颇为容易，但一和空气接触，便凝固如坚石。罗马地势干燥，掘下几丈或十余丈深，还是见不到水，死人埋葬地下，可以永久安眠，不像我们中国人所谓黄泉之下那么阴凄、寒冷。

这种地下墓道，不但罗马一城有之，意大利各城市也有；不但意大利，法国也有。巴黎的地下墓道，据说面积甚大，几与整个巴黎城市相当。又据考古家考查：今日的小亚细亚、叙利亚、塞浦洛斯、克利地、爱琴海诸岛、希腊、西西里、拿波勒斯各地也有地下墓道的发现，可见这个制度起源之古，及其传布之广遍。

今日罗马地下墓道尚在继续发现中。已发现者，起点均在郊外。环绕罗马城垣，成纵线向外引伸开去，亦时加横线相连络。倘使我们将罗马城市比作一匹大肚蜘蛛，则这些纵横交错的墓道，颇似一幅大

蛛网。各墓道长短不一，现已发现者，大墓道约二十五条，小墓道约二百条，全部长度相加约九百英里，合之华里约二千六七百里。据墓道壁上的墓穴来计算，则埋葬其中者，约有六百万人。

目前罗马墓道之开放者仅有三处，一为圣加斯特墓窟，一为圣史巴司贤墓窟，一为圣多米替拉墓窟，均以埋葬天主教殉道圣人而得名。这三处墓窟均在罗马城市的东南，相互间的距离也不甚远。

笔者于一九五〇年八月间赴罗马游览时，所参观者仅为圣加斯特墓窟。

在露天剧场的左边马路上停有二百二十号公共汽车，约十五分钟即有一班，专为赴圣加斯特墓窟之用，上车后行二十余分钟便到目的地。

汽车在田野中驶行了一阵，最后驶进一条狭长巷子，停于一扇小门前。门内面积甚广，大树成行，绿荫如画，再行数百步，则为一片周围数十里的平原。有建筑数间，并有圣物铺，司其事均为身着黑道袍的神职人员，所售圣物虽与城中各圣物铺相类，但有许多则为此地所特有，像那些地窟壁画的卡片、地窟古时所用陶壶、陶灯仿制品之类。并有圣女则济利亚的雕像大小无数。盖圣女殉道后，葬于此墓窟，今遗尸虽迁葬它处，这个墓穴仍以圣女而著名。朝圣客每喜特于此处购圣女之像，携归供奉，作为此游之纪念。

圣物铺的对面列长凳十余，每凳前立一竿，竿顶有横木板一方，标明指导语文，计有英、法、荷兰、意大利、西班牙、保加利亚六种。朝圣客可依自己国籍坐在那条凳上，凑足相当人数时，自有操那一国方言的神职人员来招呼你下墓窟观览。他则一路口讲指画地为我们讲解。

那墓窟有一总入口，依一小山冈而开。我随着领导神父一到这座门口，便觉得有一股阴森之气，迎面扑来。过去颇读过一些探殡宫、游地狱的文字，但像但丁《神曲》所写的那些骇目惊心的地狱场面，无非是诗人幻想，我们决无缘领略。至于莎翁名剧《罗密欧和朱丽叶》里那位女主角服毒暂死之前，想象醒来时所见墓中可怖景象，有机会倒是可以经验一下的。我今日忽由化日光天的人间世，下降到幽

苏雪林
散文精选

暗惨戚千年以上陈死人的长眠所，朱丽叶那番话涌上我的脑海，心里觉得很不自然。不过倘使自崖而返，则此来宗旨谓何？所以虽在洞口踌躇片刻，还是壮起胆子，跟随大家进去了。

进门后，见一道石阶，霉痕斑斓，引入地底，转了几个弯，才达墓窟。里面装有电灯，虽不甚光亮，倒非黝然一黑，像个真正幽冥世界。那位领导司铎，手中又执一长竿，竿端绕着一大段白色东西，好似一条蛇盘在上面。我乍见甚以为奇，不知其作何用途。至地底光线过分幽暗的地方，壁上或留有基督教友的标识，那位神父要指点给我们看，便将竿端那条白蛇头一扳，使其高高昂起，火柴一划，白蛇口中即吐出光芒，原来是专供墓窟用的蜡烛。每烛一支，可供游历墓窟一次之用。圣年期内，世界各地来罗马朝圣者何止数百万人，每人都不肯放弃参观墓窟的机会。一位司铎每天引导游客至少十次或十四五次，这个墓窟同一时间内总有七八批游客进去，也便同时有七八位司铎在领导，每天所用蜡烛的数目倒是很可观的呢。

墓窟内开着一条条的走廊，宽约三四尺，两边墙壁挖有石槽，其长其宽，仅足容尸体一具。盖古代罗马埋葬死人大都不用棺，死者以细白麻布，置在槽内，外掩云母石板一方，用水泥封固。板上镌刻死者生死年月及铭词。此类石槽，每壁四层以为常。槽中尸骨今已一概荡然，掩盖云石亦不知去向。（墓窟门口有一个小圣堂，四壁嵌镶了许多云母碎片，乃系从前由墓中检出的。完整者亦有数方，铭刻多属古文，须考古家始能辨认。）有数槽尚存骷髅数具，或残骨数根，想系较晚之物。

走廊虽长，每隔数丈，两边石壁辄突出少许，作为界限，每家墓地大约以此为分别。更有就石壁挖进为小石堂者，大约方丈，顶作穹窿形。两边壁上石槽葬普通死人，正中有神龛，排列云石之柱，雕镂精工，壁之正中仅挖一穴，或下置石棺一具。现在穴和棺均空空如也，但穴之上下，尚有许多彩色绘画，这或者是当时埋葬一族中重要人物之处吧。

这类石堂甚多，大者有三四丈长阔，各种装饰虽大都损坏，气象仍甚庄严。今日天主教神职人员利用这类石堂为举行宗教礼仪之所。

于其中设有祭坛，放置祭衣及弥撒经本，每于此间举行献祭。二千年前教难时代的祭司和教友生活，俨然复现，我觉得很有意思。

墓道辟有天窗，由墓中一直通到地面。窗口虽小，愈下愈宽，天光投入后，立即顺着形势，团团散开，所以天窗之口虽比普通井口大不到多少，下面竟有相当光明。当时构造这类天窗的工程师，对于光学极有研究，于此亦可见。天窗腹部的崖石若有崩塌，或引光角度不如理想，则用巨砖补砌，工程甚大，而且经过二千余年的岁月仍整洁如新，更足令人惊叹不置。

我们跟着那位指导司铎盘旋曲折走了半天，下了一道石阶，下面又是一层，规模相似。听说一共五层，我们大约拜访了两三层便没有再下去了。最下一层，仍有天光和空气，因为茔地虽低下，一样开有天窗。

读者倘问这些墓窟真实情况，则抗战时代到过四川、重庆或西南各县的人，不必解说，便可明白。这和抗战时我们用作防空壕的汉墓是完全相似的：同样利用凝灰岩层开掘，同样开成走廊，同样两壁挖石槽为埋葬死人之用，同样置有龛形小堂为一家重要人物藏蜕之所。所不同者，四川汉代人（或更古远）的墓穴，系由冈陵挖入，位置于地面，而罗马则在地底；四川古人每一家或一族拥有这样墓穴一座，罗马则相通连。前文原说这类墓道制度在小亚细亚和爱琴海一带传布甚广。四川在秦以前虽称为蚕丛鸟道的蛮夷之国，它的文化其实比中原还古，墓制相类，固可谓为暗合；即谓四川古代与小亚细亚已有文化上的交通，也不算是什么过分冒昧论断。不过这是另一问题，此处只有暂时带过。

当笔者尚在国内时，即耳熟罗马地下墓道之名。有人告诉我这些墓道之由来，乃因教难严重时代，一般教友不能公开活动，转入地下所致。当时所谓地下与现代所谓"地下钱庄"、"地下政治工作"意义大相径庭。现代之所谓地下，不过指暗中活动，活动人员还是好端端生活在地面上，而教难时代的教友竟像土拨鼠一般确实钻到地底下生活起来。自公元六二年，尼罗皇帝将宗教徒圣伯多禄和圣保禄及许多信友残酷地处死以后，教难继续不断，前后差不多有二百五十年之久。

苏 雪 林
散 文 精 选

这两个半世纪中，基督教友的生养死葬都在地下。现在我们在罗马所见的这些墓道便是教友子子孙孙增拓而成。这话不但中国有人如此说，欧洲亦然。我当日参观墓道后，回到所居旅馆与友人郑琴姊弟谈到这个问题，我因见墓道工程太大，主张乃系罗马贵家巨阀原有的茔场，基督教友不过利用其地点秘密，作为举行宗教仪式及集会之所，决非他们所开始创辟。郑氏姊弟不以为然，和我辩论甚久。他又转问一在座葡萄牙朝圣客，谁知那人的意见竟和郑等一致。后来我阅罗马指南关于墓道的缘起，则又说是基督教友的坟地，与罗马人好像毫无关系。这或者乃由今日罗马所开放的三四处墓窟，均系教难时代葬有宗教和殉教圣人的遗骨的地方，人们遂于不知不觉之间，将墓道和基督徒打成一片，而有这样误会吧。

像前文所述，已开放的三处墓窟，均有原始基督徒遗迹，并且也实是他们埋骨之地。不过我们倘观察残存云石墓铭虽为古文不可辨认，而字迹笔画歪斜潦草，有类小儿之雕虫，壁画也极简单，一望知其出于下等社会之手，与墓道伟大工程颇不相称。所以笔者曾主张或系当时教友利用罗马无主荒茔，或以已皈依公教罗马人的祖坟，作为教友公共坟地，不然，这种现象便无法解释。

今日墓中所留下的基督徒壁画，倒值一谈。为了避免统治阶级的注意，他们不敢明目张胆地绘制宗教性的画图，只有利用象征。譬如画只鸽子，原所以象征和平，也可以指示灵魂之圣洁；画只羔羊，原所以象征牺牲，亦可以指示信德；孔雀象征天国的永久；马象征生命逝去之迅速；雄鸡象征光明的先驱；鹿饮清泉，象征对天主之爱慕；棕榈枝象征胜利及不朽的光荣；蛇则除罪恶及一切黑暗的邪祟，别无可指。可见蛇之为物，实乃全人类所憎恶的东西。

更可喜者，原始基督教友竟能将新旧约的故事也象征化起来。譬如他们画拉匝禄从坟墓里爬出，乃系代表我们基督徒将来肉身复活的意味；挪亚乘在躲避洪水的方舟里，代表将来生命的希望；先知旦尼尔在巴比伦被投狮阱，代表我们为义而死，灵魂将获得解放。还有那吞在鲸鱼腹中，数日后居然安全复出的先知约挪，也表示同样的意思。梅瑟以杖敲击岩石而引出清泉，墓窟壁画关于这个题材最为普遍，画

下常注有"清凉解渴"的字样,这是指示信徒领了圣水而涤除灵魂之污点,获得新鲜活泼的生命。耶稣以五鱼二饼饱饫五千听道的民众,乃系象征"爱的聚餐"代表为死者祈祷时所举行的大筵宴。

十字架之作原来型式者,仅发现一二处,大多数画一锚以代(锚也是希望的象征),其形如佛教之卐字。系将希腊文的第二字母重复四次而成。

基督像均年轻无须,作牧童形状,表示其为"善牧",普通为十四五岁之少年人,身着一岥,肩荷一羔,足下又围绕数羊。有时则将基督画作希腊神话中的奥菲士在旷野里弹奏金琴,群羊伴随左右。

中国不识字的人,记账常作画以代,有趣话柄颇多。原始基督教也常利用图画来做墓志铭,死者生前从事何种行业,墓上则画他所用的工具。譬如死者生前为木匠,则画一斧或一刨;为泥工则画一镘。有时作种种兽形,则系从死者姓名字母中抽出。若以中国文字来作譬喻:倘死者名"融"则绘一虫,名"丽"则绘一鹿,名"群"则绘一羊,名"贵"则绘一贝,皆是。

此外鱼形更俯拾即是。有刻于墓石上者,有绘于墙壁上者,这是代表教主耶稣基督。因希腊古文的鱼字与耶稣名字笔画相似。这鱼字同时也可指教友。耶稣在日内撒肋湖边,遇见一个渔夫名叫西满,耶稣特显异迹使他打了满满一网鱼,几乎把网撑破,西满大惊。耶稣对他说:"不必害怕,从今以后,我要使你作一个捕人的渔夫。"西满果撒船弃网,诀别妻子,跟随耶稣。这便是耶稣大弟子伯多禄,耶稣升天后,他成了第一任教宗,今日罗马教宗皆系承继伯多禄之位,世世相传不绝。罗马教难严重时代,教友相逢,每以"鱼"字为切口,表明其基督徒身份,中国雍乾时代亦是如此。历代中国神职界每喜以渔为名,也是这个缘故。

罗马城外的地下墓道既有如此之长,又复歧岔百出,倘使无人领导,误入其中,颇易发生危险。常闻某处新发现墓道一条,有青年学生十余人,结伴探险,每人手持一炬,并以一细索系于墓口,牵之以入,走到半路上,绳索忽断,火炬亦燃尽,想摸索着出来,谁知误入歧途,愈入愈深。外面的人,见他们竟日不出,知有变故,组织了好

苏 雪 林
散 文 精 选

几队人马进去援救,一连十余天,不见他们踪迹。最后大约寻到了,可是这一群勇敢好奇的青年,都已和墓中陈死人为伍了。罗马地下墓道之长而且多曲折,在这件故事上,也可以觇其梗概。

真的,当我站在圣加斯特墓窟里,放眼一望,但见长廊相接,似乎永无穷尽,壁上石槽又密如蜂房,气象之壮大沉雄,难于以语言模拟。啊!这是一座地底迷宫,也是一座地底城市。觉得汉人形容墓地"佳城郁郁"四个字,惟罗马墓道足以当之。所以我在另一文中又曾说:"罗马人真是个伟大民族,不但生时伟大,连死后也还是这么伟大。"我想曾参观过罗马墓道者,当不河汉斯言吧。

(选自《苏雪林自选集》,1975年台湾黎明文化公司出版)

辑四 情思

喝茶

读徐志摩先生会见哈代记,中间有一句道:"老头真刻薔,连茶都不教人喝一盏……"这话我知道徐先生是在开玩笑,因他在外国甚久,应知外国人宾主初次相见,没有请喝茶的习惯。

西人喝茶是当咖啡的,一天不过一次的,或于饭后,或于午倦的时候,余是口渴,仅饮蒸气冷水,不像中国人将壶泡着茶整天喝它。他们初次见面,谈话而已,也不像中国人定要仆人捧出两杯茶来,才算敬客之道。这是中西习惯不同之处,无所谓优劣,我所联带要说的,是外国人对于应酬的经济。

我仅到过法国,来讲一点法国人的应酬罢。法人禀受高庐民族遗风,对于"款客之道"(Hospitalite)素来注重,但他们的应酬,都是经过艺术化的,以情趣为主,物质为轻,平常酬酢,不必花费什么钱财,而能尽交际之乐。

中国人朋友相见不久,便要请上馆子吃饭,法人以请吃饭为大事,非至亲好友,不大举行,而且也不大上馆子,家中日常蔬菜外添设一两样便算请了客。至于普通请客,就是"喝茶"(prendre du thé)了。每次茶点之费不过合华币一元,然而可同时请四五客。初交不请,一定要等相见三四次,友谊渐熟之后再请。他们无论男女自小养成一种口才,对客之际,清言娓娓,诙谐杂出,或纵谈文艺,或叙述故事,或玩弄乐器,或披阅名画,口讲指画,兴会淋漓,令人乐而忘倦,其

苏 雪 林
散 文 精 选

关于国家社会不得意的问题，从不在这个时候提起。他们应酬的宗旨，本要使客尽欢，若弄得满座欷歔，有何趣味呢？

法人无故不送人礼物，送亦不过鲜花一束，新书一卷而已，而且亦必有往有来，藉以互酬雅意。中国人不知他们习惯，每每以贵重礼物相送，不但不能结好，反而引猜嫌。我有一个同学，他有一个法友，是书铺的主人，平日代他搜罗旧书，或报告新出版著作的消息，甚为尽心，这位同学便送他一个中国古瓷花瓶，谁知竟将他弄得大不自在了，以后相见虽照常亲热，而神宇之间，颇为勉强，则因为他们素不讲究送礼，忽见人送值钱的东西，便疑心人将大有求于他的缘故。

人生在世，不能没有亲朋的往来，有之则应酬原所不免，但应酬本旨在增加交际间的乐趣，使人快乐，也要使自己快乐；若为应酬而弄得财力两亏，疲于奔命，那就大大的无谓了。

中国是以应酬为最重要的国家，而百分之九十九的应酬都是无谓。朋友虽无真实的感情，亦必以酒肉相征逐，婚丧呀，做寿呀，生日呀，小孩出世呀，初次见面呀，礼物绝不可少，而以政界应酬为最多。我有一个本家在北京做官，每年薪俸不过二千余元，而应酬要占去八九百元。虽说我送了人家的礼，人家也送我的礼，但现钱可以买各项东西，礼物不能变出现钱来。这种应酬，等于拿金钱互相抛掷，究竟有什么意思呢？而在应酬太繁，不能维持生活，不免要于正当收入之外想其他方法。中国官吏寡廉鲜耻，祸国殃民之种种，不能说与应酬无关。

（选自《苏绿漪创作选》，1936年上海新兴书店版）

山窗读画记

像长年干着粉笔黑板营生的我们，生活当然很枯燥，非有相当娱乐调剂不可。但樗蒲我不懂，酒食征逐嫌烦，看电影怕渡江，拍球野游，又不能常得伴，求其独乐之道，只有音乐和绘画了。音乐，我装有一具矿石收音机可以接收汉口市无线电台的播音，工作之暇，便享受一点廉价的耳福。绘画我虽然不大会，高兴时也喜欢涂抹几笔，所以我的书架上除了磊磊落落许多书本以外，还有十来册珂罗版印的近代名家精品。

近来长夏如年，山居无事，由学校图书馆借来一部美国 Osvold Siren《美国收藏中国画录》（Chinese Paintings in American Collections）披阅以为消遣。这部拓影共两大厚册，收罗唐、宋、元、明名画共二百号。展卷之下，真个琳琅满目，美不胜收。初以为自己所藏已萃国画之精华，今始知见闻之不广。现在且从这部画录中，拣几幅我个人最为欣赏者来一叙。可惜大部分作品没有印出标题，只好照着西文翻译，或按画意杜撰，不得不请读者原谅。

关于人物类的作品，佳作如林，第一号《洛神图》长卷，似是一种连续画。第一段曹子建持槌击鼓，有巨首大耳的水神凌波而来。第二段子建立水边柳下，洛神跨青鸾来与相会。第三段洛神返水乡，乘六龙之车，张翠羽之盖。巨鲤左右，天吴后随。第四段子建率从者乘巨舫渡水。第五段子建坐园中燃双烛似在祈祷。此画相传出晋代顾恺

苏雪林
散文精选

之手笔，董其昌题跋亦称之为顾氏真迹。但经西洋考古家鉴定，知为宋人摹本。

第五号宋徽宗摹唐张萱《捣练图》，第六，七，八诸号则为这幅画每段的放大。图之左端共有四妇，三妇持杵捣练，一妇右顾，以手自援其腕似用力久而腕酸。中间两妇，其一坐地毡上理线，其一坐矮足凳缝纫。右端六人，其二层所捣之练，一妇持熨斗熨之，一小女以手承熨处，一婢以扇扇铜盆中兽炭，一女孩嬉练下。人物大小十二，所事不一，姿态各异：捣者纸上如闻杵声；纫者纤手引针，若舍所纫物外，不知天地间更有何事；展练者挺腰努腕，力张练使平以受熨；熨者下斗至轻且慎，若恐火候太过灼练焦。各人全心贯注所为事，似不相谋，而其动作，又互相呼应，所以这样大画仍有一气呵成之妙。我所见中国人物画，神态之栩栩欲活，呼之欲出，"构图"（Composition）之铢两悉称，此画实为第一。图中妇女的装束尤可注意：高髻，额贴"花黄"，长裙短衫，袖口仄小，有近代风。衣服花纹图案之精雅，胜于今日摩登印花绸。这可见古代人服装美化高于今人远甚。妇女体格均顾长丰硕，精力充盈。看了这个以后，觉后代仇十洲费晓楼所画的那些"痨病美人"竟如粪土。中国民族以汉唐时代为最强，我以为从这画妇女的体格上也可看出一点。

第三十号《仙境图》，第三十二号《宫殿图》，都属李龙眠真迹。一则楼阁峥嵘，奇峰耸秀，仙灵十余，翩跹来去；一则万户千门，飞甍画栋，宫女如云，顾盼生姿，都是魄力很伟大的幅头。第三十四到三十六号为《斗鬼图》长卷，也出李氏手笔。松树数株各大十余抱，崖洞悬一竹筐，甲兵守护，不知中贮何宝物。一女仙拥皋比眠石床上，床前人骨零乱，三狞鬼各跨虎豹象率鬼卒来攻，另一女自松树放大毒龙下，鬼卒皆披靡四散。这画想必有个什么故事，可惜我没法去考它。统观这三大图：《仙境图》设色灵幻，《宫殿图》结构庄严，《斗鬼图》用笔豪放，题材不同，描写也就有变化，大艺术家的手腕固应如此。如其画来画去，总是一套笔墨，那还成其为李龙眠吗？

第五十六至七十九号，为周季常、林廷珪所绘罗汉佛像。或降龙，或伏虎，或入定，或云游，容貌奇古，神情飞动。衣折线条，尤极优

美。后世画佛像顶上圆光但作一白圈，此则透明，光后之物，历历可见，惟设色略淡而已。又罗汉像往往黑脸蜷须，耳垂大金环，如尼革罗人。并有黑种侍者，——或即唐人所谓之"昆仑奴"。汉唐时代与外国交通频繁，所以文人艺家见闻最广，艺术的领域也最大。周林都是宋代人，画佛像何以能如此？我想或者是从唐代画本模仿来的。

九五，九六，九七三号为《诸天图》，据说是吴道子所画，但经鉴定，知系元人摹本。印度是富于幻想的民族，神境想象之夐阔壮丽，罕有其伦。三十二天，更其想入非非，出人意表。这三幅画香幢宝盖，龙驾象车，八万天童，雾积云委，也极其庄严之致。是显明的受印度文化影响而产生的艺术。

仇英真迹有《弹箜篌图》，《相马图》，而我最喜欢一七一号的《斗鸡图》。雄鸡一对斗于金阶之前。一位皇帝模样的人骑着白马，宫女宦官簇拥前后，并有许多庶民扶老携幼共来观看。看了这图，令我联想到许多天宝时代的风流韵事。这画中的皇帝，想必就是那位风流天子唐明皇吧？还有许多元明无名画家的作品，亦称上选。

动植类的写真，好的比较少。第三号宋人摹韩幹《呈马图》，西域汗血名驹黑二白一，牵以胡奴数人，并有番僧二人前导。马背障泥及人物衣裳皆有金绣。障泥绣甲士驰马尤精。按韩幹为曹霸弟子。杜甫诗云"幹惟画肉不画骨，忍使骅骝气凋丧"，似乎韩所画马不及其师远甚。但现在看来他画的马固然不十分像真马——中国人画动物只有虫鸟逼真——可是除了元代的赵子昂，似乎更没有第三人及得他。

第四四号清高宗命金廷标摹宋代陈容《云龙图》，钤有"太上皇帝"和"古稀天子"、"乾隆赏鉴"、"嘉庆御览之宝"，高宗并亲题二诗。画中龙八九条盘旋云雾山水之间，蜿蜒翻腾，鳞甲如生。山涧石色如积铁，树木皆倒垂，横柯作拿攫势，与龙倔强之态相称。中国的龙原是"力"的象征，此画可说能将"龙"的精神传出，宋以后的龙便失去这"力"的优点了。

第一百号郭乾祐画鹰。大涧水上着老树一株，柯干臃肿，满缘藤络，苍鹰二栖枝间，颇具搏击的雄姿。第一二六，一二七号，元人《八骏图》，一四二号宋人《沙汀落雁图》，一九二号周渊《双鹿图》，

苏雪林
散文精选

一九三号龚开《柳阴白鹭图》，一九四号明人《双猿图》，一九五号黄筌《鸳鸯图》，均具有特别精彩。

第一二五号管道升画竹一幅，有其姊姚管道杲题跋。书法秀媚劲拔，绝似赵子昂。我们只知道管夫人善画，不观这画，又哪能知其姊亦善书，于我总算一个新发现。第八十号宋人画荷花，仿徐熙体。徐熙画我未尝见，于今才知道他的花卉是写实派。因为那荷花颜色之鲜润，真像才从池子里摘出来的。

山水类最值得欣赏者为二二至二四号之董源山水长卷。郑孝胥题"北苑真笔"四大字，旁又有"宣统辛亥正月十四日获观于朴孙都护之半亩园"小字两行。这画前半幅为山景峦岫回旋，树木森郁；后半幅为江景，白练平铺，遥峰隐约，笔墨雄秀苍润，力透纸背。后来王石谷等有此功夫无此气魄，模仿或能到，独创则不能。此等画真有惊心动魄之观，后代实为少见。

第八二号大横幅相传为巨然笔，奇峰嶙峋，夹江罗立，如戟如剑，森森逼人。日光下照，斑驳异色，明暗了然。描写光线变化，其工妙不下于西洋绘画中的印象派。但西洋印象派可以借助于光学而中国旧式绘画则全靠回忆和想像，更不容易。

第一三一号《双松湖亭图》，一三二号《深山访隐图》，一三三号《秋水始生图》，一五六号《柴门归客图》，皆明人大幅立轴，气息深稳，局势宏阔。《柴门归客图》意境最佳，明月在天，高峰静峭，时间似在深夜。松竹围绕之中有一双扉严肩的茅屋，一客自远道来，跨马背，地置行李一担，挑夫力挝扉，呼屋中人起。芦渚，流水，乱石，烟树，隐约月光中，有似迷离的梦境，看了令人联想古人许多诗句。这种恬静的境界，萧散的生活，现代是求之不得了。

一七四号蓝瑛《嵩山高》，一七八号郭熙《冬山图》，一八九号许道宁《冬山行旅图》，其工固不必说，但我最爱的却是一〇五号明人山水横幅，一三七号明人大立轴，和一九八号大立轴。这几幅山水的皴法都与近代的大相径庭，全用干皴，不假渲染，笔力略弱者，便无所藏拙。峦岫树木水石房屋等画法又一一逼真，有西洋画之写实，而又具中国画之神韵。一九八号据说出于宋代王诜，但笔法又似清代袁江。时代颇难

考定。这幅画规模之大，结构之精，更令人目瞪口呆，叹为观止。在这部画录中间，山水画之以工力表见者，此画当首屈一指。另外小品为一六二号吴道子（?）《竹松图》，一三九号元人雪景，一七六，一七七号许道宁山水，笔墨均挥洒自如，个性流露。不及一一叙述。

看了这一部中国画录，我有几个感想，可以在这里赘述一下。记得梁启超先生在《情圣杜甫》里曾说"艺术是情感的表现，情感是不受进化法则支配的。不能说现代人的情感一定比古人优美，所以不能说现代人的艺术一定比古人进步"。这话曾引起新文学评坛一场大辩论。谁胜谁负，暂不去管它，我个人的意见却很以梁氏为然。以中国山水画为例，便可以看出。中国山水晋代是萌芽时期，唐代是进步的时期，宋，元，明三代则为发展最高的时期，今人所长，古人已有；古人所长，今人反无。譬如我们常见的中国山水画最不讲究"透视学"（Perspective），一幅之上，万壑千岩，重复合沓。甚至遥峰之顶，忽见帆樯，近水楼台的体积，小逾树杪的飞鹭。但宋明之画则很少这类毛病。中国山水画又不讲光学，阴阳向背的形势，混乱不清，但前文所举的董源，巨然，王诜均为十世纪的人，对于这个，反知道注意。古人作画取景极多变化，今人则如一个模子倒出。科学固然随时代进化，艺术文学之事却未必一定后来居上，这可证明了。但这中间应当还有一个原因在：古人取法大自然，且富于创造的精神，以蹈袭为耻；而后人既为"论画以形似，见与儿童邻"之说所误，专去弄那"文人画""写意画"的玩意儿，又与自然隔绝，一味以模仿古人作品为能事，模仿的画好像八股中的"赋得诗"，自然要堕落到陈陈相因，了无新意的途径上去了。

古人作画讲究大结构，如上文所举李龙眠董源长卷，元气淋漓，魄力磅礴，富有艺术上"伟大"，"雄厚"，"庄严"，"崇高"诸优点。相对之顷，如聆金钟大镛之铿锵，如睹万马列阵之堂堂，如仰崇城巨埠之屹立，如临宗庙殿堂之肃穆，令人耳目发皇，精神壮旺。这才可以象征一个大艺术家的力量，一个拥有数千年文物历史民族的心灵。后代文化颓废，画家也思想局促，气象凋耗，这类"大手笔"，便不容易见到了。所以清代平金川等历史画只好假手于西洋教士郎世宁，

苏雪林
散文精选

而近代以政府的力量也奖励不出一幅可观的史迹画。近来一些自命名家的艺人只知画一匹骨瘦如柴的老马，一只哈叭狗似的狮子，几匹雏鸡，几条小鱼，而且卤莽决裂，古法扫地，自美其名曰"解放"，曰"艺术的反叛"，还要一次两次到外国陈列去，使那些没有见过中国精品的西洋人以为中国画原来如此，我真想替中国真正艺术叫冤了。

中国原是个败落的旧家，破铜烂铁堆积很多，珍宝古玩可也不少。这几十年来外人挟其雄厚的财力，和精明的赏鉴眼光，巧取豪夺，不知弄了我们多少好东西去。吴世昌在《大公报》《史地周刊》上所发表《近五十年中国历史文物之丧失》和《我国石刻及古画之流出海外》两篇文字，中国文物被攘夺于异邦人之多，令人惊愕。今年古物运英，引起国人的反对，说恐怕国宝有失，无物可赎，用意未尝不善，但我们须知道实际上故宫精华，久已被那些白蚁式的管理人暗中蛀蚀得差不多，这次出洋的古物恐怕在故宫中只算得二三等的货色罢了。我们虽不胜其敝帚自珍之情，人家见了，也许还有曾经沧海难为水之感呢。就像这一部《中国画录》吧，里面的精品，故宫里现在又何尝找得出？一国的文物为国民思想情感之所寄托，文物被人抢夺了去，其关系之大不下于土地和主权的丧失。我们看外国人如何宝爱他们的文化结晶，回头再看我们一班不争气的子孙将祖宗珍贵的遗传，一年一年大批向海外送，不禁愧汗无地。而且中国历史文物究竟不是无尽的宝藏，经得几回消耗，再过十年，我们这民族恐怕要成为像斐洲土人一样赤裸裸地一无所有的民族了吧？何况我们那个同文同种的好邻居，正在努力接受我们文化的遗产，以便将来移花接木，向世界夸耀自己为东亚文明世家，我们这些祖宗的心血结晶，在将来世界人的眼里，也许要认为是别人的光荣吧？法国劳郎司教授（P. A. Laurens）曾说中国民族是个"牺牲的民族"（Une Nation Sacrifice），血与汗的努力是她的分，成功的果子，却让别人享受。我看了这些流到海外的艺术品，想到将来种种情景，又怎样能不为这可怜的牺牲者的前途，放声一哭！

（选自《文学》杂志，1935年11月，5卷5期）

故乡的新年

中国是个农业社会，对于过年过节，特别起劲，这也无怪。我们"七日来复"的制度已全付遗忘，更谈不上什么"周末"，一年到头忙碌劳苦，逢着年节，当然要痛快地过一阵，藉此休息筋骨并调剂精神。

我的故乡是在安徽省太平县一个僻处万山之中的乡村，风俗与江南各省大同小异。自离大陆，忽忽十年，初则飘泊海外，继则执教台湾，由于年龄老大，且客中心绪欠佳，每逢年节，不过敷衍一下聊以应景而已，从前那股蓬勃的兴趣再也没有了。现特从记忆里将我乡过年情节搜索一点出来，就算回乡一次呢。

我家在太平乡间也算是个乡绅之家，经济虽不富裕，勉强也可度日，因之一切场面均须维持一个乡绅体统。我们又是一个大家庭，平时气氛已不寂寞，到了过年时候当然更形热闹。大概一到腊月，即一年最后一个月，我们便步入了"过年"的阶段，全家上下为这件事忙碌起来。

家乡做衣裳都是先上城上镇选购了衣料，然后请裁缝来家缝制的。全家大小每人都要缝件新衣过年。大陆冬季气候，不比台湾或南洋，冬衣是棉袄、皮裘一类。皮毛可由旧物翻新，棉则非新不可。讲究点则用丝绵，既轻且暖，穿在身上十分舒适。这类材料，配个粗布面子，你想适合么？当然非绸缎不行，于是一家为了做新衣服，先要大大支出一笔。

苏 雪 林
散 文 精 选

乡间家家养猪，并养鸡鸭。祖宗原是我们惟一宗教信仰的对象。到了冬至那一天，从猪栏里牵出一头又大又肥的猪，雇屠夫来杀。杀剥后架上木架，连同预先备下的十几色祭品，抬到祠堂祭祀祖宗——祖祭是由拈阄决定，并非每家每年都要当值。

祭祖毕，将猪抬回家分割。至亲之家要送新鲜猪肉一二斤不等，余者则腌成腊肉，或切碎成肉丁和五香灌制香肠。一头猪的肠不够，要预先到肉铺添购几副，才能做成许多串肠子供大家庭食用。腌鸡、腌鸭、腌各色鱼也于此时动手。猪头必须保持完整，头部只留毛一撮，以备将来应用时编成小辫，上插红纸花。同时腌下首尾留毛羽的大公鸡，长二尺以上的大鲤鱼各一，称为"三牲"，留作除夕"谢年"之用。

以后又翻黄历，在腊月里，挑选一个吉日，做年糕米粿等类。材料是糯粳米各半，水磨成粉，搓半干，揿入枣木制的模型中。那些模型虽比不上《红楼梦》里什么"莲叶羹"的银制模型精致，花色却颇繁多，有"福禄寿三星"，有"刘海戏金蟾"，有"黄金万两"、"步步平安"，还有"财神送宝"、"观音送子"等，无非是取个好兆头罢了。糕饼制成后，入大蒸笼蒸熟摊冷，用新泉浸于大缸，新年里随意取若干枚，或炒或煮，用以招待亲朋，一直要吃到元宵以后。

做妥年糕米粿，接着送黄豆到豆腐作坊换取豆腐。换来后，切块，煎以香油，渍以青盐，盛于瓦钵，供正月里佐膳之用。因为新年里有好多天买不到豆腐。

孩子们最欢喜的莫如"做糖"了。先预备了炒微焦的芝麻、爆米，用溶化的麦芽糖在热锅里将这些材料混合，起锅趁热搓成长条，拍得方整，利刀切片。纯粹的黑白芝麻糖，顶香、顶好吃；单是爆米的则为次等货。花生米、蚕豆、豌豆、葵子，逢到新年，消耗量数可观，所以也要大事预备。

送灶，各地皆在腊月廿四，我乡为了廿四接祖，故改在廿三。香烟纸马外，供品里必不可少的是麦芽糖和糯米圆子二色。因为灶君上天，将在玉皇大帝前报告我们一家这一年里所行各事。人们行事总是恶多善少，老头儿据实上陈，我们尚感吃不住，倘若他一时高兴，加

些油盐酱醋，那岂不更糟。麦芽糖和糯米团最富黏性，黏住灶公牙齿，他上天奏事的时候，说话含糊不清，玉帝心烦，挥手令退，他老人家自己也内愧于心，及时住口了。愚弄鬼神一事，我们中国人可算聪明第一：宋代便有"醉司命"，用酒糟敷满神龛，使得灶公醉醺醺地上天无法播弄是非。独怪灶公年年上当永不觉悟，这种颟顸老子，真只配一辈子坐在厨房里，火烈烟熏！

前面说过祖宗崇拜是我们家乡惟一宗教。祖宗不惟在全村第一宏丽的家祠里接受阖族祭祀，还要回到各个家庭，和子孙一起过年。腊月廿四日，乃祖宗"下驾"之日，各家先数日收拾正厅，洒扫至洁，从全家最高处的阁楼，将祖宗遗容请出，一幅幅挂起。祖宗服装，从明朝的纱帽玉带直到清代的翎顶朝珠，将来当然还要加上民国的燕尾服，大礼帽，不过我这一代还没有看见，想必将来祖宗喜神仅用照片，不必绘画了。那个正厅，上挂红纱宫灯，下铺红毯，供桌和坐椅一律系上红呢帷幕，案上红烛高烧，朱盘高供，满眼只觉红光晃漾，喜气洋洋！

"接祖"的一桌供品，丰盛自不必说。礼毕，只留干果素肴，荤菜则由家人享受。

到了除夕，又须大祭祖宗一次。又向天摆出猪头等三牲，名曰"谢年"，并将灶公接回凡间。而后阖家老幼，团聚吃"年饭"，饭毕，长辈互相用喜庆话道贺，晚辈则向长辈磕头辞岁，大人则每人赏以红包，名曰"压岁钱"。以前每人不过青蚨一百，渐变为银洋一元。恐小孩无知，说出不吉利的话，预先用粗草纸将各孩子嘴巴一擦，并贴出一张字条，大书"童言无忌"，则可逢凶化吉。

吃年饭的时候，照例要在中堂置一大火盆炽满兽炭，火光熊熊，愈旺愈好，象征一年的好运。

有守岁者，或摸着小牌，或磕着瓜子闲谈，开始精神颇旺，似乎可以熬个通宵，晨鸡初唱，便觉呵欠连连，不由沉入睡乡。不过元旦总该早起，打开大门，放一串鞭炮，以迎东来之喜气。

除夕前春联喜帖早已贴就，红纸条由正房、正厅直贴到猪栏、鸡栅，甚至扫帚上也贴，粪勺把儿上也贴。纸条上所写的无非是吉利话。

苏 雪 林
散 文 精 选

　　新正三日是我们中国人绝对休息的日子，读书人不开书卷，不拈笔墨，女人不引线穿针，磕得满地瓜子壳，抛得满地纸屑，只有由它。第二日，实在看不过了，才略略扫向屋角，说这些是"财气"，保留屋中才是聚财之道。直到第三日，室中垃圾，始用畚箕之类扫除出去。

　　元旦一早，凡家中男子都衣冠整肃，到宗祠向祖宗贺年，女子则没有这项权利，这是旧时代"重男轻女"习惯所酿成的现象。距宗祠过远者，只在家里拜拜了事。

　　拜祖后，大家开始互相登门贺岁。到处是恭喜声，断续鞭炮声，孩子掷"落地金钱"的劈啪声，家庭里则纸牌声、麻将声，连续七日。到了"上七"，又要办供品祭祖，自己也享受一顿。

　　每逢新年，人们个个放松自己，尽量休息，我们的肠胃则恰得其反，不但不能罢工，还要负起两三倍劳动责任。大概自腊月廿四祖宗下驾日吃起，直吃到上七，天天肥鱼大肉，糖饼干果，一张嘴没有片刻之闲。顶苦的是到人家贺年一定要"端元宝"。所谓元宝便是茶叶鸡蛋。你到了人家当然要坐下款语片刻，主人端出盛满各色糖果的"传盒"，你拈起一粒糖莲子，或几颗瓜子尚不算费事，等他捧出内盛"元宝"两枚的一只盖碗，无论如何，非端不可，一家两只元宝，十家便是廿只，你便有布袋和尚的大肚皮，想也盛不下，只有向主人说"元宝存库"，明年再来"端"吧。但也有许多主人，不肯负保管责任，非要你当场"端"去不可，那才叫你发窘。我想中国人很多患胃扩张症，又多患消化不良，也许与过年过节之际，痴吃蛮胀有关。

　　过了上七必须忙元宵的灯会，青年们兴高采烈，扎出各色灯彩，又要预备舞狮子、玩龙灯，过了元宵，年事才算完结。大家收拾起一个多月以来松懈、散漫的生活，又来干各人正当生活了。

（原载台湾《中国晚报》）

童年琐忆

一　玩具和小动物

　　古代希腊人将世界分为四个时代：一、黄金；二、白银；三、黄铜；四、黑铁。一个人自童年至于老大，这四个象征性的分期，又何尝不可以适用呢？我们生当童年，无忧无虑，逍遥自在，穿衣吃饭，有父母照料，天塌下来，有长人顶住，那当然是快乐的了；近代的儿童，更是人中之王，爷娘是他们最忠实的臣仆，鞠躬尽瘁地伺候着这些小王子、小公主。你没有读过美国人所写的一篇脍炙人口，转载不绝的文章吗？一个做父亲的人，因为他的儿子过于淘气，呵责了他几句，晚间那父亲良心发现，跪在孩子熟睡的床前，流着眼泪，深自忏悔。他们对于父母若能这样，岂非大大孝子？然而文章的主题是儿女，便足以赢得读者普遍的同情，写父母，也许读者会不屑一顾，无怪人家说美国是儿童的乐园，中年的战场，老年的地狱。

　　因此说儿童时代是那闪着悦目光辉的黄金，谁也不能否认，美国人的儿童的时代，更可说是金刚钻吧！

　　我的童年是黯然无光的，也是粗糙而涩滞的，回忆起来，只有令人愀然不乐，绝不会发生什么甜蜜回味，正是黑黝黝的生铁一块。原因我是一个旧时代大家庭的一分子，我们一家之长偏又是一个冷酷专制的西太后一般的人物。我又不幸生为女孩，在那个时代，女孩儿既

苏雪林
散 文 精 选

不能读书应试，荣祖耀宗，又不能经商作贾，增益家产，长大后嫁给人家，还要贴上一副妆奁，所以女孩是公认的"赔钱货"，很不容易得到家庭的欢迎。若生于像我家一样的大家庭，儿童应享的关切、爱护，都被最高一层的尊长占去了——他们也不是有心侵占，中间一层，即儿童的父母，整个心灵都费在侍奉尊长上，已无余力及于儿童而已。像那种"敬老不足，慈幼过度"的美国文化，我只觉得好笑，并觉可嫌；像我们过去时代，完全剥夺儿童的福利，作为尊长的奉献，也是不对的。怎样折衷至当，实现一个上慈下孝，和气冲融的家庭制度，那则有需于我们这一代人的努力。不过这是另外的问题，现在不必在这里讨论。

感谢天心慈爱，幼小时让我生有一个浑噩得近于麻木的头脑，环境虽不甚佳，对我影响仍不甚大；我仍能于祖母，即那位家庭里的慈禧太后，无穷的挑剔、限制、苛责之中，逃避到自己创造的小天地内，自寻其乐，陶然自得。

在七八岁以前，我和几个年龄差不多大小的叔父、哥弟混在一淘，整天游戏于野外，钓鱼、捕蝉、捉雀儿、掏蟋蟀；或者用竹制小弓小箭赌射、木刀木枪厮杀。我幼时做竹弓箭颇精巧，连最聪明的四叔都佩服我。先找一条两指阔的刚劲的毛竹，用锋利小刀削成需要的粗细厚薄，弯作弓形。弓的中部把手处，还要加上一层衬子，麻索紧缚，增加弓的弹力，弓的两端刻凹槽，扣上一条纤绳（牵船用的苎索，最坚牢）作弦，便成了一把可爱的小弓。若遇见衙署里喊来油漆匠来油漆什么，请漆匠给我的弓上一层红漆或黄漆，那把弓便更美观了，甚至有点像真的弓了。

箭的制作更不容易。先将竹片削成小指粗的竹枝，一尺五寸长短，两端都划一条深槽，一端嵌进鸡毛一片，算是箭羽，另一端嵌入敲平磨成三棱形的大铁钉一枚，算是箭镞，均用坚索缠紧，加漆。同样做十余支，便成了一簸箭。安上带子，将那布箙佩在肩上，整天和男孩子们比赛射艺。我的箭法很准确，射十箭，中靶可得四五。诸叔弟兄的弓箭都是我替做的，没有什么报酬。有时他们把玩厌了的木鸡泥狗，给我一两件，便可使我发生莫大的满足与喜悦。

后来小气枪也流入我们这古旧的家庭，我们又争学着练枪。大哥教我怎样瞄准，觉得比弓箭更易中的。我于是也和当时的清政府一样，革新军备，舍弓矢而言枪炮了。记得有一回祖父拟在花厅（县官有懒于升堂办公，则以便服在会客厅中办。此类客厅，当时名为"花厅"）问案，我手持一管小气枪跑过厅外，有几个卫兵站在那里，望着我笑，我要他们知我的枪法，立定，对着数丈外的柱子瞄准，砰然一声，弹中于柱，诸兵始相顾错愕，赞美道："看不出这小小姑娘，竟有这样手段。"

抗战时，我随国立武汉大学流寓四川乐山，一日见公园里有以气枪赌彩者，见游人不多，一时童心来复，打了三枪，得了三件彩物。一九五〇年在法京巴黎，偶过游戏场，试弓箭失败，因为弓劲太强，拉不动。试气枪，三次中得彩二次。

十岁后，我开始过深闺生活。后院一座小园，成为我的世界。每日爬在一株大树上，眺望外边风景，或用克难方式在树的横柯系一索一板，荡秋千玩耍。再不，便挑泥掘土，栽花种草，学作最简单的园艺。

母猫生了小猫，我可有了伴侣了。喂饭、除秽，替猫捉跳蚤，刷毛，布置窝巢，都由我一手包办。终日营营，不惮其烦。后来那只母猫，因病而死，小猫日夜悲鸣，我这个小保姆不得不负起乳哺的责任。幸而那几只小猫已不乳可活，无须我为它们冲调牛乳，否则简直要磨难死了我。因鹰牌罐头炼乳，那时食品店虽已有售，一般却视为珍品，普通人家的婴儿都享受不到，又何况于猫犬？

猫儿原是聪慧动物，失母幼猫便会将它们的保护人当作母亲看待。它们好像视我为同类——一只不长毛的大猫——一举一动都模仿着我，有如儿童之模仿大人。我将走出庭院，它们便踊跃前趋，在我那亲手布置的小园里和我扑蝴蝶、衔落花，团团争逐着捉迷藏，玩得兴高采烈。我一进屋子，它们也都蜂拥跟着进来，绝不肯在外逗留分秒。我虽没有公冶长的能耐，能晓禽言兽语，但猫儿与我精神上的冥合潜通，却胜于言语十倍。它伸出小头在你脚颈摩擦，是表示巴结；它在你面前打滚，是表示撒娇；当你拥猫于怀，它仰头注视你良久，忽然一跳

苏 雪 林
散 文 精 选

而起，一掌向你脸上扑来，冷不防会吓你一跳。但你无须担心猫爪会抓破你的脸，或伤了你的眼睛。那爪儿是藏锋的，比什么大书法家还藏得好，又非常准确。猫儿好像知道"灵魂之窗"对于人的宝贵，从来不会扑到你的眼睛上。总之，那一掌扑来时形势虽猛，到你脸上时却轻，轻得有如情人温柔的摩抚。每只猫儿都会这样同主人玩，都玩得这么美妙。它们虽每事模仿着我，这些事却都是"无师自通"的，连我想模仿它们也惭愧做不到。大概这便是所谓生物的本能。听说某心理学家主张推翻"本能"代以"学习"，唯物论者当然要热烈赞同，我却要根据幼时与小猫相处的经验，坚决反对！

当我偶然不在后院，婢女们打了我的猫，我回来时，那只猫儿会走到我面前，竖起尾巴，不断呜呜地叫，好像受了大委屈似的。我便知道它准挨了谁的扫帚把了。追究起来，果然不错。大家都很诧异，说我的猫会"告状"，从此相戒不敢再在背后虐待我的猫。

这一群可爱的小动物，白昼固不能离我片刻，晚间睡觉也要和我共榻。又不肯睡在脚后，一个个都要巴在我的枕边，柔软的茸毛，在我颈脖间擦着，撩得我发痒难受；它们细细的猫须，偶然通入我鼻孔，往往教我从梦中大嚏而醒。可是，我从来没有嫌厌过它们，对它们宣布"卧榻之畔，岂容酣睡"，而将它们驱出寝室以外。

猫儿长大到三四个月，长辈们说只留一只便够，其余都该送人，我当然无权阻止，富于男性从来不哭的我，为了爱猫的别离，不知洒了多少悲痛的眼泪！

我说自己幼时颇似男孩，那也不尽然，像上述与小猫盘桓的情况，不正是女孩儿们的事吗？此外我又曾非常热心地玩过一阵"洋囝囝"。于今回忆，这才是最不含糊的女孩天性的流露。

所谓洋囝囝便是外国输入的玩偶，在当时这类玩偶也是奢侈品，街上买不到，只女传教士们带来几个当礼物送人。我祖母便曾由女教士处接受过几个。她视同拱璧，深锁橱中，有贵客来才取出共同展玩一次，我们小孩可怜连摸一下都不被允许。

有一位婶娘不知从什么旧货摊花一二百文钱买到一个洋囝囝，脸孔和手足均属磁制，一双蓝眼可以开阖，瞳孔可以很清楚地反映出瞳

人,面貌十分秀美而富生气,比之现在布制的、赛璐珞制的,精致多多。只可惜,脑壳已碎,衣服污损,像个小乞丐的模样。婶娘本说要替它打扮,一直没有工夫。我每天到那婶娘屋里,抱着玩弄,再也舍不得离开,搞得她百事皆废,她实在受不住了,一天对我说:"小鬼,你爱这洋团团便拿去吧,别再像只苍蝇,一面嗡嗡地哼,一面绕着粪桶飞舞,你教我厌烦死了!"我抱回那个洋团团,用棉花蘸着水将它的头脸手足擦洗干净,半碎的脑壳用硬纸衬起,头发又乱又脏,无法收拾,爽性剪短,使它由女孩变成男孩。向姊姊讨了点零绸碎布,替它做了几件衣服。从来不拈针引线的人,为了热爱洋团团,居然学起缝纫来。家人皆以为奇,佣妇婢女更嬉笑地向外传述:"二孙小姐今日也拿针了!"当时县署里若发行小型报纸,我想这件事一定被当作"头条新闻"来报道的。

我替洋团团做衣服不算,还替它做了一张小床,床上铺设着我亲自缝制的小棉被,小枕头。可惜限于材料无法替它做帐子。姊姊取笑说,晚上蚊子多,叮了你的团团怎办?我虽不大懂事,也知蚊喙虽然锋利,却叮不动团团的磁脸,但为着过分的爱护,只有带着团团在自己床上睡。

我又曾发过一阵绘画狂,此事曾在他文述及,现无庸重复。

现在回想儿童时代之足称为黄金者,大概除了前述无忧虑之外,便是兴趣的浓厚。儿童任作何事,皆竭尽整个心灵以赴,大人们觉得毫无意义的事,儿童可以做得兴味淋漓,大人觉得是毫无价值的东西,儿童则看得比整个宇宙还大。从前梁任公先生曾说:"我是个主张趣味主义的人,倘用化学化分'梁启超'这件东西,把里头含的一种元素名叫'趣味'的抽出来,只怕所剩下的仅有一个零了。"其实何止任公先生,任何人也是如此的。人之所以能在这无边苦海一般世界生活着,还不是为了有"趣味"的支持和引诱。趣味虽有雅俗大小之不同,其为人类生存原动力则一。儿童时代玩耍是趣味,青年则恋爱,中年则事功名誉,老来万事看成雪淡,似乎趣味也消灭了。但老年人也有老年人认为趣味之事,否则他们又怎样能安度余年呢?

二 哑子伯伯的"古听"

倘问我儿童时代有什么值得怀念的人物，哑子伯伯会最先涌现于我的心版。这个人曾在我那名曰"黄金"其实"黑铁"的儿童时代镀上了一层浅浅的金光，曾带给我们很大的欢乐，曾启发了我个人很多的幻想，也培植了我爱好民间传说的兴趣。而且想不到她的话有些地方竟和我后来的学术研究有关。

哑子伯伯并不哑，哑子之名不知何所取义。据她自己说，幼时患病，曾有二三年不能说话，大家都说她哑了，后来她又会说话了，因为哑子二字叫开了缘故，竟不曾更正。乡下女孩子不值钱，阿猫阿狗随人乱叫，哑子之名不见得比猫狗更低贱，只好听其自然了。她是女性，何以我们又称她为伯呢？原来她在宗族辈分里属于我们的伯母一辈。伯伯是我们小孩对她的昵称。遵照我们家乡习惯，对疏远些的长辈为表示亲热爱戴，往往颠倒阴阳，将女作男。这位哑子伯母听我们喊她伯伯，非常高兴，说道："我只恨前世不修，今生成了女人，你们这样叫我，也许托你们的福，来生投胎做个男人吧。"旧时代女人在社会上毫无地位，处处吃亏。生为女身，便认为前世罪孽所致。你看清朝的西太后那样如帝如天，享尽了世上的荣华富贵，还要她承继的儿子光绪皇帝喊她做"亲爸爸"，希望来世转身为男，又何况于乡村贫妇呢？

哑子伯伯原在我们故乡太平县乡下地名"岭下"一个村角居住，二十来岁上死了丈夫，帮人做些零工度日，因为她太穷，族里没人肯将儿子过继给她，孤零零地独自守着一间破屋，没有零工可做时，便搓点麻索卖给人去"纳鞋底"。后因乡间连岁歉收，人家零工都省下不雇，她实在饿得没办法了，想起我祖父在浙江兰溪县当县官，便投奔来到我们的家。

她自述由我们"岭下"的乡村，走旱路由衢州入浙境，那一段行程倒是很悲壮的。这十几天的旱路，轿儿车儿可以不坐，饭总要吃，店总要歇的吧？她却想出个极省钱的旅行办法：炒了几升米、豆，磨

成粉，装了满满一布袋，连同几件换洗衣服背在肩上，放开脚便出发，第一天一口气走了七十里，到了青阳县境，天黑了投宿小客店，讨口冷开水吃了一掬米粉，讨条长板凳屋檐下躺了一夜，次日送给店家几文小钱算是宿费，又上路赶她的旅程。以后一日或走五六十里，遇天阴下雨则二三十里，走了十几天，一口饭没有吃，只花了二三百文歇店钱，居然寻到了兰溪县署。

我们徽州一带地瘠民贫，人民耐劳吃苦，冒险犯难，向外面去找生活，开辟新天地，往往都有这种精神。但哑子伯伯是个女人，更为难得。后来胡适之先生对我说徽州荞麦饼故事，称之为"徽宝"，我想哑子伯伯的炒米粉也可以宝称之了。

哑子伯伯到兰溪县署时年纪不过三十出头，看去倒像有五十几岁，一头蓬松的黄发，黑瘦的脸儿布满了皱纹，一方面实是为走路辛苦，一方面也由平日吃南瓜啃菜根度日，营养不良的缘故。在我家养息数月，面貌才丰腴起来，可是颜色还是黑。她在我的记忆里是个矮矮的个儿，两只黄鱼脚，走路飞快，无怪她能步行千里，做起事来也干净利落，绝不拖泥带水。她又会说会笑，一张嘴很甜，做人也勤谨，我们一家大小都欢喜她。祖母对她的毛遂自荐，突如其来，开始颇为讨厌，恨不得打发几个钱让她回去，后来见她并不是吃闲饭的，才让她在县署里安下身来。

县署"上房"最后处有几间小土屋，本来预备放置粗笨不用家具，祖母叫人清理出一间来，算哑子伯伯的卧室。她每天洗衣扫地例行公事一完毕，祖母便要她搓麻索，一天总要搓上几斤。一家纳鞋底用不完，便结成一束一束装进布袋，挂在空楼梁上以备他日之需。祖母是勤俭人，从来不许下人闲空，所以哑子伯伯搓麻索常常搓到深更半夜。

一盏菜油灯点在桌上，哑子伯伯在那一团昏暗光晕里露出一只大腿，从身边一只粗陶钵里，掂出水浸过的麻片，放在光腿上来搓。这是她的本行，自幼干惯，手法极其熟练，搓出来的麻索，根根粗细一律，又光又结实，现在想来，倒有点像机器制品哩。我们想学却无论如何学不像，白白糟蹋许多麻片。哑子伯伯常笑着说："小小姐，放

苏雪林
散文精选

下吧，这不是你们干的事，麻片耗费太多，老太太要怪我的呀。"照宗族行辈，哑子伯伯应唤我祖母为婶娘，但以贫富之殊，她只好以下人自居，唤她做太太，唤我们为小姐，不过她唤我们名字的时候居多。或者，她见我们不肯听话，尽捣乱，便用恳求的口气说："你们代我搓，说是想帮忙，这叫'郭呆子帮忙，越帮越忙'，算了，算了，还是让我自己来吧。你们安安静静坐着，我说个'古听'给你听，好吗？"

哑子伯伯会讲故事，当时我们只叫做"讲古听"，母亲当孩子太吵闹时，便叫哑子伯伯快领我们去，讲个"古听"给我们听。有时便把我们一齐赶到哑子伯伯那间小屋里去听她的"古听"，果然颇能收绥静之效。我们众星拱月般围绕着哑子伯伯坐下，仰着小脸，全神贯注地听她说话，不乖也变乖了。不过男孩子前面书房功课紧，不能常到上房，于是听"古听"的乐趣，往往由我们几个女孩独享。

我想读者要问了，"讲故事"怎么说"讲古听"呢？果然这话有点叫人莫名其妙。我们太平乡间说话讹音甚多，譬如春来满山开遍红艳艳的杜鹃花，我们却管它叫做"稻秆子花"，杜鹃那种鸟儿我们从没有看见，而稻秆则满目皆是，于是便读讹了。"蜻蜓"我们叫做"清明子"，清明是个节日，人人知道，于是那个点水飞虫的名字便和大家都要上坟化纸的那个日子混合为一了。说来也真可笑。"古听"二字不知是否由"古典"讹来？"典"和"听"双声，是可能的。也许这个词儿要用新式标点写成"讲古，听"才得明白，"讲古"指读者而言，"听"则指听者而言。可是那时根本没有新式标点，照老百姓说话惯例也没有这种文法，因此我对于这句话的意义，至今尚未得确解。

哑子伯伯装了一肚皮的"古听"，讲起来层出不穷，而以取宝者和野人故事为最多。取宝者的故事有七八个，大同小异。无非某处有宝，众人都不识，一日有取宝者告诉以取宝之法，主人不肯出卖权利，要照取宝者所传方法，自己来取，却总因一着之差失败了。那一着之差便是取宝者故意不卖的"关子"。所说野人好像是一种半人半怪的生物，说是人，却长着一身长毛，与猩猩相似，又爱吃人；说是怪，

却又不能变化，并且相当愚蠢，容易被人欺骗，甚至送掉性命。"野人外婆"是旧时代传遍全国，深印儿童脑海的故事，情节极像外国的"红风帽"。我想这个故事与红风帽当出于同一根源。像西洋童话里的"玻璃鞋"——又名"仙履奇缘"，不是曾见于唐代段成式的《酉阳杂俎》吗？杂俎的玻璃鞋，却是双金缕鞋或红绣鞋什么的，女主角于溪中拾得小鱼，初养之碗中，鱼长大甚速，易处之于缸于塘，女郎的幸运之获得，是由这匹感恩的鱼教导的。这又和印度摩纽之逃避洪水之祸是因他所救一鱼告知，如出一辙，我们不能说两者没有关系。

哑子伯伯也说洪水故事，我们第二代人类的祖父母是一双兄妹结婚而成夫妇。与今日流传于苗瑶傈罗各族间的传说也一丝不爽。兄妹二人自高山顶滚一对磨盘下来，磨盘相合则兄妹结婚，为人类传种，否则仍为兄妹。也亏得向天问卦得准，不然地球人类便及他们之身而绝了。世界都有洪水故事，都说第二代人类的祖宗是兄妹为婚的。伏羲与女娲是一个例，此外则印度、波斯亦有其说。

她说的"冬瓜郎"、"螺妻"，我于七八年前曾记录下来投台湾出版的某儿童读物。"螺妻"与《搜神记》所载谢端遇螺仙事，虽有文野之殊，故事性质却是一样。此事现在经我考证和希腊爱神阿弗洛蒂德诞生于螺壳，有同一渊源的可能。

目前邵氏公司与国联大打对台的"七仙女"，原出"二十四孝"董永卖身葬父。哑子伯伯说下凡与董为妻者乃是织女娘娘。后来我读干宝《搜神记》也说下凡助织者是织女。刘向《孝子图》则说是天女，天女即是织女。她为天孙，见《史记·天官书》与《汉书·天文志》。又为天女，则见《晋书·天文志》。东坡诗"扶桑大茧如瓮盎，天女织绡云汉上，往来不遣风衔梭，谁能鼓臂投三丈"，是根据《晋书·天文志》"织女星在天纪东，天女也"。不知在电影里何以变为七仙女，说是玉皇大帝的第七个女儿。

希腊以我国昴宿为七仙女星座，谓猎人星在天行猎，七仙女回翔其前，因为昴宿与参宿本相接近。中国天文并无七仙女星座，而民间却有七仙女之说，凡女人诞育女儿至六七人者则被人取笑谓为七仙女下凡了。电影公司的七仙女或者有所本，而所本则必为民间故事。

"马头娘"故事也是哑子伯伯说过的。黄帝妃嫘祖为蚕丝始祖,未闻她有马头之说,但《三才图会》所画嫘祖像背后隐约有一马形。三国时代张俨有太古蚕马记,干宝《搜神记》叙此故事更为详备。总之,我们所养之蚕说是由一女郎变成的。我考埃及有河马女神,巴比伦金星之神易士塔儿也曾一度为马首神,希腊地母狄美特儿曾幻变牝马以逃海王之逼,以后即以马首女神形受人祭祀。印度的马头观音,日本曾有好几个学者考证未得结果,其实与上述诸故事皆有相联的关系。

我现在研究民间传说,凡故事经民间代代口耳相传者,大都能保持其千百年或数千年前的型式,一经文人点染,原来色彩便漶漫,原来意义也失落了。譬如闽台所最崇祀的大女神妈祖,本来是女水神,也是海女神,具有世界性,传入我国当甚早。开始时,她的性质与世界古海女神尚相通,自林默娘之传说起,人们只记得这位女神是宋初人,把以前的传说都付之遗忘了。

哑子伯伯所说的故事大都朴素单纯,完全民间风味。所以我们还可拿来和世界神话传说相印证。若她是文人,她说的故事便不会有什么价值了。

哑子伯伯在兰溪县署住了几年,祖父写信与故里族长们相商,分了她几亩薄田,并替她承继一子,她便回到乡间去了。以后我们不再谈起她,大概她所过生活仍然免不了替人搓麻索,讲古听哄小孩,如是而已。

三　最早的艺术冲动

我自幼富于男性,欢喜混在男孩子一起。当我六七岁时,家中几位叔父和我同胞的两位哥哥,并在一塾读书。我们女孩子那时并无读书的权利,但同玩的权利是有的。孩子们都是天然武士,又是天然艺术家,东涂西抹,和抡刀弄棒,有同等浓烈的兴趣。我祖父是抓着印把子的现任县官,衙署规模虽小,也有百人上下。人多,疾病也多,医药四时不断。中药一剂,总有十几裹,裹药的纸,裁成三四寸见方,

洁白细腻，宜于书画。不知何故，这些纸都会流入我们手中。我们涂抹的材料，所以也就永远不愁枯竭。孩子又都带有原始人的气质，纸上画不够，还要在墙壁上发泄我们的艺术创作冲动。只须大人们一转背，便在墙上乱涂起来。大头细腿的人物，"化"字改成的老鼠，畸形的猫儿狗儿，扭曲的龙，羽毛离披的凤，和一些丑恶不堪的神话动物，都是我们百画不厌的题材。

一天，祖父的亲兵棚买来几匹马。孩子们天天去看，归来画风一时都变了，药纸和墙壁，凭空添出无数儿童韩幹和少年赵子昂的杰作。

我作画，大约便是这时候开始。每天，我以莫大的兴趣和他们到署外去看马，归来又以莫大的兴趣来画。记得有一天，一兵跨着一马，在空院中试跑，那马不知何故发怒，乱跳乱蹿起来，控制不住。我恰当其冲，被马一蹄踢开丈许远，倒在路旁，但竟丝毫未曾受伤，可谓天佑。后来给大人们知道了，给了我一顿严厉教训，并禁止我再出署外。但他们一个不留心，我又溜出去了。那时我在姊妹中是个顶不听话，顶野的孩子。

记得又有一天，不知谁给了我一只寸许长腰子形的脂盒，白铁所制，本来半文不值，但我觉得它形式颇似墨盒，欢喜得如获异宝。将它仔细洗涤干净了，记不清在哪位叔父的墨盒里，剪来了一撮丝绵，又记不清问哪一位哥哥，讨了一枝用秃的毛笔。我用刀将笔杆截去半段，作为一枝小笔，同我的小墨盒相配，以便作为随身的文房四宝，庶乎一发现某处墙壁尚有空白，衣囊中掏出笔墨来立刻便画。截短一枝笔管，在我那时年龄的小孩，也并非易事。记得曾被刀子勒伤手指，出了许多血，并且还溃烂了一些时光。小儿们总爱同他身量相称的小东西，读圣女德兰传，圣女幼时爱打造祭坛，烛台、花瓶，样样东西都小，蜡烛是两支蜡火柴。去年我游里修圣女故居，见墙窟尚保存她亲手建设的小祭坛一座。看了这个，回想自己儿时的故事，不禁发出会心的微笑。

我那苦心经营的文房四宝，一进衣囊，便出了岔子，墨汁渍出，染污了一件新衣，又得到大人们一顿教训，好像是挨了一顿打。不过现在已记不清楚了。那时我画马的兴趣之浓，恰如我某篇文字所述，

苏雪林
散文精选

当我替祖母捶背或捶膝，竟会在她身上画起马来。几拳头拍成一个马头，几拳头拍成一根马尾，又几拳头拍成马的四蹄。本来捶背的，会捶到她颈上去，本来捶膝的，会捶到腰上去，所以祖母最嫌我，也就豁免了我这份苦差云云，这些话都是当时的实景，现在回忆，每忍不住要笑，并且有些吃惊。史称古时有一善于画马的大师，每日冥想马的形态，并模仿马的动作，久而久之，自己竟变为马。这种艺术史上的灵异记，并没有什么意味，不过凝神之至，像我幼时那么发迷，我相信是有的。其实我那时虽爱看马，也不过胡乱看看，说不上什么实地观察，虽画马画得那样发迷，也并没有把马画好，六七岁的孩子能力究竟是有限的。不过那时的艺术创造冲动却真的非常热烈而纯粹。

十岁以后，能够看小说，那时风行绣像，西游、封神、三国都有许多的插画。我也曾加模仿，不过原图太精致，不易模仿，偶然用薄竹纸映在上面，描其一二而已。

十一二岁时，父亲从山东带回一部日俄战争写真帖，都是些战争画，人物极生动，并多彩色。它和三国、封神同样是打仗的写照，但炮火连天，冲锋陷阵的场面，似乎比长枪大马战三百合的刺激性强，所以每日展览不厌。孩子们幻想浓烈，我和一个比我小二岁的胞弟每天乱谈，捏造一篇猫儿国的故事，猫儿与老鼠开战，情节穿插极其热闹，居然自成章回。这一部"瞎聊"，虽然尚不知用文字记录，但却有图为证，那些图便是从日俄战争帖东抄西凑而来。记得当时是画了一厚册，可算是我幼年绘画的杰作。惜此图后被我自己撕去，不然现在翻开看看，一定蛮有意思。

我姊妹共三人，大姊长我五岁，从妹爱兰，少我一岁，她们都欢喜针线，干着女孩子正式营生。我则看小说，作画，完全不理会她们那一套，即从彼时起，植下了文艺的根基。

四 兰溪县署中女佣群像

当我的祖父在浙江兰溪做县长时，县署上房除祖母身边两三个丫鬟外，又用了几个女佣。人数究有多少，于今已记不清了，横竖那时

代人工廉，米价贱，普通人家用几个奴仆，视为常事。记得县署里那许多幕友，有的每月薪水仅仅八九两银子，也要养活一家老小，并且雇用个把佣人，何况堂堂县太爷的衙署呢？

上房有个李妈，来自乡间，年纪未及四旬，一口牙齿却已完全脱却。听说她怀孕一个女儿，怀孕期内，口中牙齿像熟透的果子无风自落，婴儿下地，她也变成瘪嘴老婆子了。乡下女人不知爱美为何事，不过牙齿全无，咀嚼太不方便，也不能竟置不理。有人传授她一个土方，用老鼠脊髓骨一条，焙干存性，加入麝香一钱及药数味，一齐研为粉末，作成药膏，每晚临睡，敷在牙床上，则一口新牙自然长出。

李妈颇相信这药方，看见我们用鼠笼鼠夹打到老鼠，一定讨去配药。一连配过几剂，每晚认真敷贴，始终没有效果，后来也就懒得再找这些麻烦了。

李妈女儿年仅十八，已嫁二年。一日，自乡间来县署探视其母，便在上房暂时住下，顺便帮帮她母亲的忙。那时我的二婶娘患肺痨已卧床不起，李妈女儿常在她身边传汤递药，二婶咽最后一口气时，她又恰恰站在病人榻前。回乡后竟也得了痨病，不过半年便死了。据那时代民间传说，痨病患者腹中生有"痨虫"，平时潜伏，临死，虫始自病人口中飞出，其状有类蚊蝇，但形体更小，它必飞入病人亲属口中，所以痨病每代代相传，或全家传染。若非病人亲属而站得太近，虫也会误投的。李妈女儿之死，便是为了这个缘故。

我稍长后，读了些科学书，才知肺病果有菌，但属植物性。病人周围事物均附病菌，痰唾中尤多，若不消毒均可传染给人，并非状类蚊蝇，临死始自病人口飞出。李妈女儿在我二婶屋里混了半个月，她自乡间来，不像我们之已稍具抗疫性，是以病菌一侵袭到她，便乖乖献出她青春的生命。

李妈仅此一女，听到她的死讯，当然悲痛万分。一年半载之后，也渐淡忘。一日她到我姊妹的家塾外土山上收晾干的衣服。那土山高数丈，登其巅，可眺望县署外景物。西边望去是一片郊野，荒烟蔓草间，土坟累累，似从前此地乃系丛葬之所。那时斜阳一抹，照着这些土馒头，景象倍觉凄凉黯澹。李妈见了此景，好像大有感触一般，她

223

苏雪林
散　文　精　选

初则站在土山头痴痴地望着，继则口中发出唏嘘之声，断断续续地说道："坟……坟……人死了，便归到这里面，永远不能再见，啊，我的女儿……我的女儿……"她索性坐了下来，掩面啜泣，又不敢放声大哭，只低低呜咽着。她的眼泪不断淌下来，以致前襟尽湿。我那时只是个七八岁的小孩，不会劝，只会陪着她流泪。李妈越哭越伤心，一直哭到像肝肠断绝的光景，尚不肯住声，后来有几个女伴来，才把她扶了回去。那几年里，我家接连死人，家人号泣，见过不少，但李妈那回的哭女，却使我深受感动，历久不忘。所谓母子天性，所谓生离死别的悲哀，均于李妈那回一哭见之。一向嘻天哈地，憨不知愁的我，才开始上了人生第一课，领略了人生真正的痛苦。

　　另一女仆姓潘。我祖父之入仕途是由浙江瑞安做县丞开始。县丞衙署局面仄小，不能用男庖，潘妈初来系替我们当厨娘，后来祖父升了县长，她便改变身份做一个打杂的佣妇。祖母把五叔托她带领，她又成了五叔的干奶妈。

　　她的称呼由"潘嫂"蜕变而为"老妈"，倒是逐渐而来的。大概她初以家贫没饭吃，出而帮佣，丈夫死后，家中更无亲人，遂安于我家而不去。在我家四五十年，在佣妇辈中，也算得资深望重。祖母令我们小一辈的尊称她为"老妈"不许更呼潘嫂。叫惯了，连祖母和我母亲一辈都称她为老妈，老妈二字便成了她特殊的头衔，一直顶着到死。

　　老妈年轻时曾经过洪杨之乱，被洪杨军掳去当了女伙头军。她常常和我们谈洪杨军也即民间所谓"长毛"的到处烧杀淫掠的惨况，不过她对官兵也没有好评。贼去官兵来，官兵去贼又到，双方交绥数次很少，借此抢劫倒是真的。老百姓的身家性命，便在官贼双方拉锯战中，给拉得七零八落。官兵除了劫掠银钱之外，杀、烧、奸淫三件事总不至于干吧。照老妈说，一样。有时指百姓窝藏盗匪或竟指为盗匪，把百姓房子凭空放火烧了，将百姓头颅砍了去，一箩一箩抬去报功。把女人奸淫过后也砍下了头，头发剃去半边，混充男匪，虽则女人耳轮有戴耳环的穿孔，但上下蒙蔽以邀军功，谁又理会这些。

　　老妈在我家帮佣，竭忠尽智，成了我祖母有力的臂膀。对于她自

幼带领的五少爷，更像亲生儿子般，嘘寒问暖，爱护周至。光复后，祖父罢官归太平故乡，老妈也跟到乡下。又过了七八年，始以老病死，寿八十三。我家因她为老仆，且系有功之臣，衣衾棺木，一切从厚，即葬在祖母预筑的墓边，俾祖母百年之后，主仆仍然相伴。

从前女仆年龄每在二十以上，二十以下的只算婢女，不过婢女是花钱买来的，女仆则为自由之身。祖母在兰溪县署雇用一个女仆，年纪大约只有十八九岁，喊她什么"婶娘"、什么"嫂"都好像使她承担不起，又不能像丫鬟一般喊她名字，因其年轻活泼，祖母便从其姓呼之为小张。

小张虽年轻，见的世面却不少。原来她是金华知府衙门的婢女，年长择配，嫁了府署中的一个二爷。那二爷因事被开革，回到兰溪原籍当小贩度日，叫妻子出来佣工，以补家计。小张常对我们谈说金华府署中事。她说府署以前曾被长毛军盘踞多年，杀了人便埋在后花园里，掘出的骸骨有几十箩筐。又说廊庑下埋了七只大缸，每缸可盛十几担水。缸上本铺有花砖，知府大人为砌花厅的地坪，将砖移去利用，缸口遂现出于地面了。那些缸口也奇怪，无论天晴下雨，总是潮湿的。有人说缸里藏的是金银，想挖开看，知府不许，因之大家也就不敢动。据小张说知府是嘱心腹家丁挖过的，缸里只有些碎砖瓦，鸡毛，并无他物。她又说长毛用大缸盛些碎砖石掩埋地下做什么，想必缸中财宝已被知府掘去，故意造此言骗人；又或者窖藏已被先入城的官兵得去了。小张坚信"财气"是有主的，应该属谁便归谁得，别人强掘，窖藏会变化为碎石清水之类，或自原来位置，自动转移到十数里外去，这几大缸财气的主人此时尚未来，等他来了，自然会变成满缸金银。不过若那主人甘心放弃，窖藏也会另觅他主。

府署上房有个女仆掘地埋死鼠，真的掘到一小罐的银子并金饰数件，于是阖署传染了掘宝狂，你也掘，我也掘，结果皆无所得。小张听说兰溪县署曾经长毛驻扎，断定必有窖藏。我祖母寝室前面有一天井，井中有个石砌的花台，搁着几盆花。小张一夕忽神秘地对祖母说，她半夜起来解手，看见花台下冒起白光，下面定窖有银子，何不掘开看看。祖母开始不信，过了一段时日后，小张又说某夜她又瞧见一只

苏 雪 林
散 文 精 选

白兔,满天井乱跑,她一赶,那兔便钻下花台不见了。财神这样一再示兆,听者岂能不动心?于是我祖母叫小张到前面花匠处借来几把锄头,会同婢女阿荣、菊花并力来掘,小张当然最为踊跃。先放倒花台,再从白兔钻入处向下挖,开始一日可挖一二尺,后来阬子深了不便用力,一日之工,仅得数寸。我姊妹也加入帮忙,掘及五六尺,地下水涌出,只好用铜面盆将积水一盆一盆戽出,用一扇破门板作梯上下,个个沾手涂足,弄成了泥母猪。后来水愈来愈多,不胜其戽,挖掘工程已无法进行。外间却已轰传知县夫人得了一个大窖,金银几百万。被祖父知道,进上房,将大家喝骂一顿。盼咐将阬子照旧填平,花台照旧竖起,那掘窖的事也就不了了之。别人倒没有什么,只有小张惋惜不置,她说财神爷屡次显灵,总不能没有道理,再挖下一二尺,一定可以掘得宝藏,于今白白丢开手,还不知便宜谁呢。

旧时代县官衙署内,上下人口,多以百计,良莠不齐,鱼龙混杂,奸盗之事,时有所闻,甚至产生私娃的丑事也在所不免。在我幼时便亲眼看见这幕戏的上演,主角是连珠嫂。这女人也是从太平乡间赶来兰溪县署的。她丈夫已死,仅存一女,交给外婆带领,以便轻身出外佣工,年纪约三旬左右,貌虽不美,也还长得干净。祖母收容她后,将她安置上房最后一进屋子里,与我姊妹隔室,与一方姓女仆同居,叫她替我们一家做鞋,浆洗衣服,并做各种打杂事务。

连珠嫂性情温和,照料我姊妹可称小心周到。待我尤厚,所以我特别欢喜她。

我姊妹家塾前面不是有一座土山吗?山高阳光足,女仆们洗了衣服总来山上晾晒,傍晚便收折了回去。家塾后面住着一位师爷,也是家乡穷亲眷,来此混饭吃的。连珠嫂每日收了衣服便顺便到师爷房中去叠折,和他谈谈家乡事,有时候便请那师爷替她写封把家信。

不知为什么连珠嫂的肚皮渐渐大了起来。她只好整日躲在那后进屋子里,低头做针线,轻易不敢走到我祖母跟前。我姊妹年龄均幼小,浑然不知,与她同室的方妈却已瞧料了几分,总是开玩笑似的问她:"连珠嫂,你近来吃了什么补品,身体发福了,你看你的肚皮一天天高起来,原来衣服都会绷不住哩。"连珠嫂听方妈这么说,脸皮总是

涨得通红,连声道:"没什么,没什么,我同你吃一样的饭食,发什么福?不过我这条棉裤装的棉花太厚,裤腰折在肚前,看起来肚皮便显得高些罢了。"她们这样一回一答,我姊妹仍听不出一点苗头。

后来我们家里来了一位远房祖姑母,阖署称她为"姑太太",她对我祖母为表示恭敬起见,并不敢姊呀妹的乱称呼,仍尊称为"太太",对我祖父则称"老爷"。这位姑太太是个久历江湖的妇女,见多识广,一见连珠嫂便发现她竭力遮掩着的秘密,对我祖母说道:"太太请莫怪我直言,那个连珠嫂肚子里已有了东西了,趁早打发她回乡下去吧,否则让她把私娃生在县衙里,岂不是一场大晦气?况这话传到外面去,老爷治家不严,对老爷做官的声名也不大好的。"那个时候,女人在别人家产子,认为对主家不利。私娃娃当然更认为不祥。

姑太太对祖母的一番话,被好事者传到连珠嫂的耳朵里,她倒脸红耳赤发作了一场,说哪里来的什么姑太太,赤口白舌冤枉人,说我怀着私娃娃。想必她生有一双"马快"眼,就瞧得这么清楚。我是个寡妇,这个声名可担当不起。等到天气暖和,我脱了棉裤,大家见见"包公",那时候,我不打歪她那张臭嘴才怪!这里几个名词,需要注解一下。"马快"是县署里专门缉捕盗贼的人,眼睛最锐利,坏人坏事,一见便知。包公即包拯,以善于断案著称。我们乡间凡疑难案件之得明白解决者,即称为"见包公",这也是中国民间死典活用的聪明处。

那连珠嫂虽在后屋生气骂人,却并不敢到祖母面前与姑太太对质,可见她的心虚。

待临盆日近,连珠嫂只好装病卧床。傍晚,她准备大半便桶的清水并草纸等物。腹痛发作,强忍不呻,待到孩子快要出来才坐上便桶。方妈有心要参究此事,那晚偏寸步不肯离房,坐在连珠对面,灯下缀补着一件旧衫,一双眼时刻斜溜过去,觑着连珠。据方妈事后向我们的描绘:她看见连珠坐在便桶上,脸色青黄。大冬天额角冒出一颗颗的汗珠足有黄豆大,脸上肌肉抽搐得连面目都改了形状。约有半顿饭的时光,见她连连努力,忽闻咚一声,似有重物坠水,稍停片刻,又像有液体物倾泻而下。连珠用草纸拂拭,一连用了几叠纸,才挣扎着

苏 雪 林
散 文 精 选

爬上床睡下。

第二天,她的病居然痊愈了,起身照常工作。方妈趁她不在房中,揭开她的便桶,疑案也便揭开。于是悄悄叫我姊妹近前,只见一双惨白色小脚向上翘着,婴儿大半身浸在血水里。我们骇怕不敢多看,方妈却细验一下说是个小男孩,活活淹死了太可惜,假如连珠事前说明了肯送给她,她倒愿意收养的。

祖母得知此事,怕连珠会寻短见,倒也不敢责骂她,只叫丫鬟阿荣对她说,生出来的东西必须赶快收拾,不可放在房中,不然,天气虽冷,日久烂臭起来也是不得了的。连珠嫂被人捉住真赃,嘴硬不起,只好将死孩子提出便桶,用件旧衣包裹了,趁黑夜携出县署,在署后荒僻处掘地埋掉。

那个作为祸首的师爷知道纸包不住火,半月前便托故请假返乡去了。连珠在县署养息了几日,也只有卷铺盖走路。她向我祖母叩别时曾说了几句颇为得体的话,她说:"太太,我做下那件事,实对不住您老人家。太太量大福大,有什么晦气也会转变成吉祥,请您老不必把这件事放在心上。"连珠产后失于调养,又感受风寒,得了咳嗽症,还有几项产后症,回家乡后,健康始终未能恢复。加之大家又瞧她不起,听说回去不久便郁郁而死。

因她待我厚,我始终可怜她,听见她的死信,还伤心过一阵子。

方妈,即与连珠嫂同一室的那个女仆,虽来自乡间,一字不识,却颇有侠义精神,曾攘臂出面,替一个可怜同性争生存的权利,虽无结果,总算难得。今日专打"里身拳"的须眉男子对于这个女人恐尚有愧色,所以我乐意在这里介绍她。

祖父因家中子弟众多,聘请家庭教师乃当务之急。在兰溪县署时,聘了一位富阳籍秀才,姓王,听说学问尚不错。他在县署附近赁了几间屋子与妻女同住。师娘闻出于富阳大家,脚缠得极小,走路袅袅婷婷,风吹欲倒,有时尚须扶墙摸壁,始能行动。自幼读过点书,能写出一封文理尚算清顺的信,论容貌只能算"中人之姿"。王先生却生得一表人才,颇嫌妻貌不能匹配;加之师娘脚又太小,不能操劳家事,一切委之女佣,家中常以盗窃为苦,柴米油盐还得丈夫亲自经管,他

对妻子遂更不满了。

王先生在我家教了一年的书，谓秋闱期近，要辞馆回去预备。妻女则送回富阳乡下家中住。王师娘听说要回去，日夕啼哭。方妈常奉祖母命到她家送东送西，见了师娘情况，深为讶异，问其缘故，师娘才道出她的苦情。

原来王家在富阳乡下尚属地主之家，拥沃壤数百亩，夏屋渠渠，仓充廪满。婆婆年未五旬，寡居后和一个管租的本家有了暧昧，嫌媳妇在家碍眼，百计折磨她。又乡下人家勤俭，事必躬亲，见媳妇荏弱无能，更加憎恶。据王师娘说她在家的时候，饭都吃不饱。因为饭一熟，婆婆便颗粒不剩铲取回到自己屋内，菜肴整治完毕也一托盘托回，闭门与管租人共享。她的宣言是世间只有媳妇伺候婆婆，没有婆婆伺候媳妇的理，况且我们家不劳动便没饭吃，要吃自己淘米去煮，自赴园中，拔菜去炒。这些事，王师娘又苦于做不得。

师娘未随丈夫到兰溪时，本诞有一子，周岁时患病，转为惊风，婆婆并不请医为之诊治，夭折了。过了三天，婆婆尚不叫人收葬，却将死孩暗暗搁置媳妇寝室门口，媳妇半夜起遗，又没有灯烛，摸黑出户，一脚踹在小尸体上，吓得魂魄消散，未免大呼小叫，又挨了婆婆一顿痛哭。

王师娘母家也算有钱，奈父母双亡，当家的是兄嫂，嫂对她不仁，兄又惧内，回母家不可能。丈夫经年在外游学，偶而回家，同他诉诉苦，他怕母亲，也不能为她作主，何况夫妇感情本不甚厚，诉苦也是枉然。

王师娘受苦不过，曾投缳一次，索断坠地未死，哥哥听得这个消息，觉得面子难堪，出面与妹夫交涉，要妹夫将妹子接出同住。那次夫妇在兰溪组织小家庭，便是她哥哥交涉的结果，谁知脱离火阱不过一年，又要投入，她当然不甘。

师娘哭对方妈说，回去只是死路一条，要死不如死在兰溪，求方妈替她买毒药，想和她的女儿同归于尽。

方妈回来把这些话说给祖母听，祖母也不胜恻然。想到王家不肯用人，师娘又无力照顾自己生活，若能派一女仆随去，情况或可改善。

苏 雪 林
散 文 精 选

况以县长之命派人送归，也许她婆婆会稍存忌惮。祖母以此意与我祖父相商，祖父亦未甚反对，方妈既与王师娘相熟，便遣她去，方妈也慨然答应了。

到了富阳乡间，王先生仅停留数日，便一肩行李到邻县朋友家里去读书了。婆婆与那妊夫故态复萌，并不因方妈系兰溪县署派来，将她放在眼里，竟教她和媳妇一同挨饿。幸而饭虽铲去，锅中尚存锅巴，方妈加水重煮，勉强填饱肚子，没有菜，方妈替师娘到镇上买点咸菜之类作为下饭。婆婆尚因煮锅巴费了她的柴薪，每日指桑骂槐，教方妈过不去。一日，方妈忍不住，同她辩了几句，王婆借此翻脸，锅里连锅巴也铲去，仓廪都加了锁，实行坚壁清野，这可教她主仆无计可施了。方妈到镇上办了小锅小炉，买米在房中自炊。师娘自兰溪带来的一点私蓄不久用尽，生活又陷窘境。写信给丈夫求援，好容易得到他居停主人回音，说王先生为求读书环境清净，屡迁其居，现迁居何处，不详。

王师娘想到一个无办法中的办法，她对方妈说，听说新来的富阳县长过去与我哥哥颇有交情，现在我写一张呈文，历述受恶姑虐待苦况，请求县长公断与姑析居，只须分给几亩田，两间屋，我便可以生活了。可是谁代我到县里呈递呢？方妈自告奋勇，愿意去试一下，于是王师娘细细写了一道呈文，典质钗环，雇了一顶小轿把方妈自乡间抬到距离三四十里的富阳县署。方妈也在兰溪县署中住过，认识县署一点门径，到传达室找到一个二爷，千求万恳，请他将呈文当面递给知县老爷。那二爷倒笑着答应了，可是方妈坐在署前石阶上自晨至于日昃，不见老爷升堂，也不见传她进去问话。饥肠辘辘，两个轿夫怨声载道，只好请他们在县署前小馆吃了一顿。又到传达室，找那二爷，问他结果，他说我们老爷今天公务太忙，不能断理这种小事，你先回去，过几天有传票到，你再来吧。方妈只好回家。

等了两个多月，富阳县署毫无消息，王师娘又撰写了一道呈文，托方妈再去县署一次。方妈找那传达二爷，二爷这一次变了脸色，说道："上次那呈子我已看过，婆媳不和是人家常事，哪有因此求分家的理？况且俗话说'清官难断家务事'，这种案子你要叫我们老爷怎

样断？我劝你趁早回去吧。你同王师娘非亲非故，要你强出头，岂不太好笑吗？"方妈历数王师娘惨况，声泪俱下，那二爷只是不理。

方妈磕头下跪再三恳求，有一个人扯方妈出去，悄悄地对她说："你这个大嫂怎么这样不明事理，俗话说'衙门八字开，无钱莫进来'，你想空手入公门，那日子还早得很哩，况且传达室只管往来宾客名片的传递，不管呈文，你强迫他去呈，恐怕要害他挨顿板子。不过有钱事情便好办，他可以转托刑房老夫子替你设法。"方妈问他要多少，他说至少鹰洋二百块，因为钱不止一个人得。方妈道："我没有钱，不过我有理，县老爷是父母官，百姓是他儿女，父母看见儿女要死能不救吗？"那人冷笑道："理，理，没听说媳妇控告婆婆也算是理，这样天也要翻过来了。你快回去算你便宜，不然，哼，莫怪我们对你不客气！"

这样缠磨到天色将黑，方妈情急，想起弹词唱本里"击鼓鸣冤"的故事。县衙大堂原高高架着一面大鼓，方妈想敲，不见鼓槌，她迅速自轿中取出携来的纸伞，转过柄，向鼓上"蓬"就是一下。众人没防她有此一着，一齐吆喝道："这女人发了疯吗？怎敢这么大胆！"你推我扯，要把方妈叉出大堂。方妈死赖在地上，大声叫屈，意欲惊动里面。于是皮鞭毫不容情乱抽下来，把她抽得号啕大哭。众人怕她闹得没个收场，七手八脚把她塞进原来的轿子，喝令轿夫抬起快走，若再逗留，连人带轿一起押进"班房"——那时牢狱之称。方妈这一回赴县，不但未替王师娘申得冤情，反而落了一场很大羞辱。

方妈两次赴县的事是瞒不了人的。王家那个管租托主母名义，写信给我祖父，先感谢遣人护送媳妇返乡之德，但又说方妈挟持兰溪县署威势，干涉人家家事，尤其不该者，挑拨舍下姑媳不和，若不早日召回，恐于老公祖清誉有损云云。我祖父读了此信果然着急，特派一幕友一男仆到富阳王家致歉，严限方妈立即随回。

方妈与王师娘作别时，师娘哭得异常凄惨，她说："方嫂，你这一年多以来多方保护我，吃尽苦辛，你的恩德，我只有来生报答。你去后，我是一定活不成的！"方妈也没有话可以安慰她，只劝她赶紧找回丈夫，仍出外生活为是。但王先生考举人落第，羞见江东，竟不

苏雪林
散文精选

知栖身何处。

方妈离开王家后,那个婆婆与姘夫追究王师娘二次告状之事,辱骂之不已,更加痛殴,王师娘之女因缺乏乳水,早殇,她再度投缳,这一回索子倒未断,成全她脱离了苦海。

上述王师娘的悲剧,以今日眼光来看,似乎太不近情理,但确系事实。旧时代亲权太重,恶姑虐媳至死,并无刑责,妇女缺乏谋生技能,即有,而以没有社会地位故,也不能离开家庭独立生活。加以缠脚的陋习,把一个人生生阮成了残废。像王师娘的故事,虽是一个特殊例子,但像《孔雀东南飞》里的刘兰芝,陆放翁妻唐氏的遭遇,却是常见的。于今大家主张复古,痛骂五四新文化的领导者为罪不容诛,我倒希望他们来读读这个故事。

至于我自己幼年时对旧时代的黑暗与罪恶,所见所闻,确乎比现代那些盲目复古者为多,是以反抗的种子很早便已潜伏脑海,新文化运动一起来,我很快便接受了,至今尚以"五四人"自命,也是颇为自然的事。

(原载台湾《传记文学》第 9 卷第 4 期)

想起四川的耗子
——子年谈鼠

今年适逢甲子属鼠。一九五二年，我自海外回到台湾，倏忽过了三十一二年，巧逢鼠年，几及三个，但以今年大家谈鼠的兴趣最浓。打开报章杂志，总读到谈鼠的文章，见大家谈鼠谈得这么高兴，我不妨也来凑一脚。

老鼠之为物，到处都是，而四川老鼠则硕大、狡猾，巧于智谋，工于心计，好像具有人类的灵性，其宗族又异常繁多，人家屋子容不下，甚至扩张地盘，到了街巷。

民国二十七年夏，为避日寇的侵略，我随国立武汉大学迁移到四川一个三等县的乐山，与老鼠开始周旋，才知四川老鼠之可恶与可怕。

乐山那个县份大街上，虽已铺有柏油路面，比较偏僻的街巷，所有人行道仍用石板铺成。石板下面是沟渠，石板每块相接处留宽缝，下雨则雨水由石缝漏下沟中。街道上便不致积水。有许多老鼠竟在石板下的沟渠两旁打洞，作为巢穴，繁殖子孙，常自石板缝钻出觅食。白昼也公然在街道上施施行走，并不畏人。人说"老鼠过街，人人喊打"，四川则并无此说，人们对于老鼠已见怪不怪，并且知道它们种类繁多，打不胜打，喊亦无益。就是狗儿猫儿遇见这些老鼠也懒得追扑，因为每条石缝都是它们逃脱之路，才一追扑，它们已逃得无影无踪了。既如此，又何必白费气力，习惯成自然，猫狗对鼠儿也就视同无睹了。

苏 雪 林
散 文 精 选

至于人家的房室更是鼠类的天下。白昼它们在庭院固自由出没，灭灯后，它们在屋子里更奔驰跳跑，打斗叫闹，不但你吃的东西搁不住，任何物件都不免于它们利齿的啮咬。真像柳宗元所记永州之鼠，搞得那主人家"室无完器，椸无完衣"，那家主人因自己属鼠，故爱鼠而不杀，我们并不都属鼠——即属鼠也不曾爱鼠。

人家告诉我老鼠惯偷油，连盛在油瓶里的油也会偷。果然，我有一瓶油在厨房皮架上，老鼠竟能将那软木塞拔开。瓶口小，鼠嘴虽尖，也伸不进，则以尾伸进，蘸满了油，再拖出让友伴舐吮。轮流来，一而再，再而三，你一整瓶的油便去了半瓶。老鼠又会偷蛋，我买了一篮蛋搁在皮架上，每天总会少几个。疑心是房东家中小孩干的，问她又矢口否认。房东告诉我这应该是老鼠的杰作，他就曾亲眼见过老鼠的这种把戏。他曾有一篮蛋搁在地上，见一只大鼠四只脚紧紧抱住蛋，仰面躺卧，然后又来几只老鼠衔着它的尾巴，拖着走入它们的巢穴，共同享受。

老鼠偷油偷蛋的伎俩天下一般，本不必说。但我的油瓶塞得极紧，自己用油时，拔开尚费力，又搁在一条甚狭的皮架上，它们竟能拔开瓶塞，未将瓶子弄倒摔于地上摔碎，功夫真正不凡。至于那篮鸡蛋，系悬挂于梁上，槛距灶头丈许远，竟能一鼠仰卧抱蛋，群鼠拽其尾空中飞渡到灶头，更不知它们用的是何种方法，可赞之为神通了。这种老鼠的神通，我至今还想不透！

抗战时代，物力维艰，我们教书匠每天为柴米油盐发愁，哪里经得起老鼠无穷尽的偷窃？总是设法严封密盖，使这群"宵小"之徒无从施技。可是战时后方一个玻璃罐子或一个马口铁盒子视同罕物，我们只有用川地粗陶制的泡菜坛。这类大小坛子便是我们储藏养命之源的器皿，大大小小，高高下下，床底桌下，到处陈列。一到夜晚，老鼠成群而至，掀开坛盖，各取所需。那合力掀揭的声音，盖子落地破碎的声音，它们劫略得手后满屋狂舞乱窜的脚步声和吱吱地所唱胜利之曲的声音，谱成一阕交响乐，倒也异常热闹。次日起来一看，除了盐罐它们不动外，糖是整块扛去（四川的蔗糖是红砂糖熬成，大块有重数斤者），干豆笋条、面粉和其他少许饼饵都浅了几层，并撒得满

地都是。虽说老鼠浑身带有足资传染的毒菌，我们那时也顾不得，东西得来不易，岂忍将所余的废弃，收拾一下，仍照吃不误。真像柳子厚所记永州爱鼠的主家"饮食皆鼠之余"了。

记得我们有口米缸，其大可容一石，系我从一店家连盖买来的，盖系川地杉制，重约十几斤，以为鼠辈万难掀动，谁知它们仍有妙法，就是"群策群力"，合十几只老鼠共同来掀。我们睡到半夜，每忽闻室中砰、砰、砰的声音，其声甚厉，但有韵律，便知是鼠儿在掀缸盖。那些鼠儿站在靠近米缸的小几上，一齐将头向缸盖碰去，想将它碰下地来，至少也要碰开一条缝。并不闻它们喊一、二、三，它们的动作竟能这样一致，真是奇怪！它们碰这样重的缸器，鼠头恐难免碰裂，至少痛吧！而它们的头并不裂，也不觉得痛。想这些老鼠都是"铁头将军"，由鼠王特别选出来执行这种任务的吧！

我大声呵叱，并敲击板壁，它们毫不畏惧，猛碰如故。划根火柴，想点燃油灯。乐山经敌机大轰炸后，电灯早已绝迹，想看个究竟，却右点不着、左燃不着，次日一看，灯池中的灯芯已不知何时被鼠儿拖走了，淋了一桌子的油。那晚鼠儿合力碰我的米缸盖，原是谋定后动，志在必得的，所以预先来这一着，你看鼠儿的战略高明不高明呢？

当然缸盖碰开以后，全屋的老鼠都来参加盛宴，我缸里的米浅了一层不必说，那撒落满地的米粒和纵横鼠迹，又害我清扫了一个上午。

有一回，我发愤同鼠子决战，把它们常所出入的洞穴尽行堵塞，仅留一穴不堵，先预备了几支蜡烛，一根木棍，一闻鼠声，便起身燃烛扑打，进来的几只，很顺利自原穴逃脱，仅留下一只行动稍迟钝些的。我先把那一穴也封住，便持棍追扑。满室瓶罍，追扑极不容易，真是"投鼠忌器"，后来不知怎样，这只鼠儿竟跃上窗子，冲破窗纸走了，我们空折腾了半夜。

次夜，我在睡梦中，忽有水自我帐顶冲下，淋了我一脸，疑是天雨屋漏，但未闻窗外雨声，用手摸了就鼻一嗅，腥臊难闻，才觉悟是鼠溺。这一定是昨晚被我追扑的老鼠报仇来了。我和家姊对床而眠，这只老鼠竟能辨认哪张床是我所睡，并知我睡在哪一头，就是头脸露出衾被外的那一头，竟能爬上帐子，给我来个"醍醐灌顶"！

苏 雪 林
散 文 精 选

　　鼠类最喜在板壁上打洞，有人说鼠牙不磨则会长得太长，所以常要磨之使短。又有人说老鼠到处打洞，是要全屋所有房间贯通为一，以便来去自如。一日，我发现一间房子的门缝有鼠啮的痕迹，遂找了些破碎玻璃，插在它们所常啮处。次日一看，那些锋利的玻片都被搬开一旁，我插玻片时节，手指尚被划破一处，搽了好多红汞水，不知老鼠搬时受伤没有？我想它们灵巧胜人，一定不会。

　　听说武大卫生组有一些砒霜，不知作何用，我原同校医相熟，讨了一小撮，用水溶解，再用药棉涂在门缝，以为老鼠来咬啮时，不被砒霜毒死，也会叫它病上一场。那晚我在睡梦中，左耳轮似被物猛咬一下，痛醒后，疑心是蛇，川地因多蛇，但它不会进屋。是蜈蚣？我从前曾被蜈蚣咬过，痛楚情况相类，不过这座屋子尚未见蜈蚣踪迹。翌日，家姊察看我耳轮伤口，从细细沁出的鲜血里有两个齿痕，是属于老鼠的。才知又是老鼠为砒霜来报复的结果。

　　老鼠两次报仇，一回撒尿，一回咋耳，不找家姊，却专找我，想必知道我是与它们为敌的正主。老鼠竟有这样聪明，我若非亲自得过那两次的经验，人家说给我听，我无论如何不会相信。

　　领了老鼠这次大教后，我不得不举手向鼠兄投降了。咋耳尚未酿成大害，咬瞎了我的魂灵之窗，那结果便严重了！

　　后来养猫，鼠患始稍弥。但四川老鼠之可怕，我至今尚深镌脑中，不能忘记。

（选自《遁斋随笔》，1989年台湾中央日报社出版部出版）

适之先生和我的关系

谈起适之先生和我的关系，有同乡和师生的两层。胡先生是徽州绩溪人，我是太平县一个包围万山中地名"岭下"村庄的人。论地理很接近。周围"岭下"二十里内，言语自成系统，但和徽州话还是差得很远。假如我打起乡谈，胡先生大概听得懂，胡先生若说起他那绩溪土白，我便半句也弄不明白了。现代人对乡土观念已甚淡泊，胡先生是个世界主义者，岂屑为乡土狭小圈子所束缚？我虽不配称为世界主义者，可是常认中国人省籍关系、亲属关系等，极妨碍政治的进步，因之乡土观念也极不浓厚。不过觉得我们安徽能产生胡适之先生这样一位人物，私衷常感骄傲，那倒是不免的。

我之崇敬胡先生并不完全由于同乡关系，所以这一层可以撇开不谈。

说到师生关系，也很浅。我只受过胡先生一年的教诲。那便是民国八年秋，我升学北京女子高等师范国文系的事。胡先生在我们班上教中国哲学，用的课本便是他写的那本《中国哲学史》上卷。我的头脑近文学不近哲学，一听抽象名词便头痛。胡先生那本哲学史所讲孔孟老墨，本为我们所熟知，倒也不觉烦难，不过当他讲到墨经所谓墨辩六篇，我便不大听得进了。再讲到名家坚白同异之辨，又《庄子》天下篇所学二十一例，更似懂非懂了。胡先生点名时，常爱于学生姓名下缀以"女士"字样，譬如钱用和女士、孙继绪女士……尝使我们

苏雪林
散文精选

听得互视而微笑。他那时声名正盛，每逢他来上课，别班同学有许多来旁听，连我们的监学、舍监及其他女职员都端只凳子坐在后面。一间教室容纳不下，将毗连图书室的扇槅打开，黑压压的一堂人，鸦雀无声，聚精会神，倾听这位大师沉着有力、音节则潺潺如清泉非常悦耳的演讲，有时说句幽默的话，风趣横生，引起全堂哗然一笑，但立刻又沉寂下去，谁都不忍忽略胡先生的只词片语。因为听胡先生讲话，不但是心灵莫大的享受，也是耳朵莫大的享受。

杜威先生来华演讲，每天都是胡先生担任翻译，我也曾去听过一二次。杜威的实验主义当时虽曾获得学术界的注意，并有若干演讲纪录刊布出来，却引不起我钻研的热情，实际上是由于我的哲学根底太浅，不能了解的缘故。

记得某晚有个晚会，招待杜威，胡先生携夫人出场。胡夫人那时年龄尚不到三十。同学们以前对我说她比胡先生大上十岁，并立一起有如母子，那晚见了师母容貌，才知人言毫不正确。师母的打扮并不摩登，可是朴素大方，自是大家风范。

可惜胡先生只教了我们一年，便不再教了。我生性羞怯，在那上课的一年里，从来不敢执卷到胡先生讲桌前请教书中疑义，更谈不上到他府上走动，胡先生当然不大认识我。他桃李满天下，像我这样一个受教仅一年的学生，以后在他记忆里恐怕半点影子都不会有——但胡先生记忆力绝强，去年九月间，我赴南港，他同我谈女师大旧事，竟很快喊出他教过的国文系好几个同学名字。我以后即不稍露头角于文坛，也许胡先生仍然依稀记得有这样一个学生哩。

民国十七年我在上海，胡先生那时在中国公学任校长，家住江湾路。我曾和一个同学去拜望他，并见师母。胡先生正在吃早餐，是一碟徽州特制麦饼，他请师母装出两盘款待我们。他说：徽州地瘠民贫，州人常到江浙一带谋生活，出门走数百里路，即以此饼作糇粮，所以这种饼子乃徽人奋斗求生的光荣标志。我后来在《生活周刊》上写了一篇谒见胡先生的报道，谈及麦饼故事。后来在某种场合里遇及胡先生，他称赞我那篇文章写得很不错。大概从此脑中有了我的印象了。后来胡先生翻译一篇小说，题目好像是《米格儿》，是说一个女子不

负旧盟,愿意终身伺候残废丈夫的故事。我又在《生活周刊》上作文赞美,以为此类文章对于江河日下的世风,大有挽转功效。胡先生第二次又翻译了一篇性质相类的小说,曾于小序中提及我的名字,说苏雪林女士读我所译的《米格儿》,写信鼓励我多译这类文章,我也打算译几篇云云。胡先生对于一个学生竟用起"鼓励"的字眼,你看他是怎样谦虚!

在那几年里,胡先生一有出版的新著作,一定签上名字送我,如《白话文学史》、《词选》、《庐山游记》、《胡适论学近著》等,他主编的《努力周报》、《独立评论》,每期都由发行部给我寄来。可是我为人极为颠顸,又奇懒无比,接到他寄给我的新著,竟连道谢信都不回他一封。即如我在收到他替我撰写的一副对联(联文见我近著《台北行》"春风再坐"一节),也未有只字称谢。好像胡先生欠了我的东西,应该偿还。这些事我现在回忆起来,疚心之极,可是当时的胡先生却一点也没有怪我。气量之宽宏,古今学者中试问有几?

抗战发生后,胡先生奉命赴欧美宣传,我们没有再通信。直到三十八年,五月间,我毅然离开武汉大学十八年的岗位,到了上海。听说胡先生那时也在上海正准备出国,打听到他住址去谒见他。胡先生对待我非常亲热,说我写的那封劝他快离北平的信,太叫他感动了。我一共见了他两次,第三次我自杭州游览西湖回,带了一大包龙井茶叶和二包榧子送他。他出门去了,留条托侍役转送,也未知他究竟收到没有。

我以前写信给胡先生,仅称"适之先生",自一九五二年胡先生来台湾讲学,我写信和当面说话,便改称"老师"了。自己年龄渐长,阅历渐深,"价值观念"也愈明了,对胡先生学问、人格愈来愈尊敬,觉得非这样称呼于心不安。记得一九五九年夏胡先生在师范大学毕业会上演讲,我那一年为疗治目疾,也在台北,听讲时恰坐在前排。胡先生演讲当然是关于师大毕业生为人师之道,不知怎么,胡先生忽然说为人师不易,他自己教书三十年,不知自己究竟给了学者多少好处,所以听人称他为师,每觉惶愧。譬如他所教的北京女师大国文系,出了好几个人才,像女文学家苏雪林,到于今还"老师"、"老师"地称呼他,真叫他难以克当。胡先生说时望着我笑,在台上的杜校长及其他几个也望着我笑,羞得我连头都抬不起。后来杜校长在他办公室招待胡先生等,我恰从门口走过,胡先生欠身对我打招呼,意欲我入内共享茶点,我竟匆匆走过了。我的羞怯天性至老不改,而大师之如何的"虚怀若谷"也可以更看出来了。

我对胡先生的尊崇敬仰,真是老而弥笃。记得去秋在南港胡先生第二次请我吃饭时,我坐在他客厅里,对着胡先生,受宠若惊之余,竟有一种疑幻疑真的感觉。孔子、朱熹、王阳明往矣,苏格拉底、柏拉图、亚里斯多德及历代若干有名哲人学者也都不可再见,而我现在竟能和与那些古人同样伟大的人,共坐一堂,亲炙他的言论风采,岂非太幸运了吗?谁知这种幸运竟也不能维持多久,胡先生也作了古人了。

(选自《苏雪林自传》,江苏文艺出版社1996年版)

幽默大师论幽默

现偕夫人来台湾访问的林语堂博士乃笔者所心折的现代作家之一。林氏平生提倡幽默文艺，谓幽默在政治、学术、生活上均有其重要性，德皇威廉为了缺乏笑的能力，因此丧失了一个帝国（见林著《生活与艺术》），故幽默不可不倡。

我们中国人虽然不至像威廉翘着他那菱角胡子，永远板着他那张铁血军人的脸孔，可是说到真正的幽默，我们也还是够不上谈的资格。因此林语堂先生过去曾极力提倡，他所办的《论语》、《人间世》、《宇宙风》一面教人作小品文，一面也叫人懂得什么是幽默的风味。所以他遂被人奉上了"幽默大师"的头衔了。

林氏所倡的幽默究竟是什么东西，恐国人知者尚鲜。即说从前听过林氏解说，事隔多年，恐怕也忘记了。幸笔者手边尚保存资料若干篇，现特录出要点，以供读者参考。

按林大师曾在《论语》某期刊《文章五味》一文云：

"尝谓文章之有五味，亦犹饮食。甜、酸、苦、辣、咸、淡，缺一不可。大刀阔斧，快人快语，虽然苦涩，当是药石之言。嘲讽文章，冷峭尖刻，虽觉酸辣，令人兴奋。惟咸淡为五味之正，其味隽永，读之只觉其美，而无酸辣文章，读之肚里不快之感。此小品佳文之所以可贵。大抵西人所谓射他耳 Satire（讽刺），其味辣；爱伦尼 Irony（俏皮），其味酸；幽默 Humour（诙谐）其味甘。然五味之用，贵在调和,最佳文章,亦应庄谐杂出,一味幽默者,其文反觉无味。司空图与李秀才论诗书曰:'江岭之南,凡足资适口,若醯,非不酸也,止于酸而已,若醝,非不咸也,止于咸而已。中华人所以充饥而遽辍者,知其咸酸之外,醇美者有所乏耳。'知此而后可以论文。"

又某期《论语》有《会心的微笑》,引韩侍桁《谈幽默》一文云:"这个名词的意义,虽难于解释,但凡是真理解这两字的人,一看它们,便会极自然地在嘴角上浮现一种会心的微笑来。所以你若听见一个人的讲话,或是看见一个人作的文章,其中有能使你自然地发出会心微笑的地方,你便可以断定那谈话或文章中是含有幽默的成分……"又说:"新文学作品的幽默,不是流为极端的滑稽,便是变成了冷嘲……幽默既不像滑稽那样使人傻笑,也不是像冷嘲那样使人于笑后而觉着辛辣。它是极适中的,使人在理知上,以后在情感上感到会心的甜蜜的微笑的一种东西。"

林大师又曾与李青崖讨论幽默的定义,则可算他对幽默一词所作正面的解释。李氏主张以"语妙"二字翻译 Humour 谓音与义均相近,大师则谓"语妙"含有口辩上随机应对之义,近于英文之所谓 Wit 用以翻译 Humour,恐滋误会。大师主张以"幽默"二字译 Humour 者,二字本为纯粹译音,所取其义者,因幽默含有假痴假呆之意,作语隐谑,令人静中寻味……但此亦为牵强译法。若论其详,Humour 本不可译,惟有译音办法。华语中言滑稽辞字曰"滑稽突梯"、曰"诙谐"、曰"嘲"、曰"谑"、曰"谑浪"、曰"嘲弄"、曰"讽"、曰"讽"、曰"诮"、曰"讥"、曰"奚落"、曰"调侃"、曰"取笑"、曰"开玩笑"、曰"戏言"、曰"孟浪"、曰"荒唐"、曰"挖苦"、曰"揶揄"、曰"俏皮"、曰"恶作剧"、曰"旁敲侧击",然皆指尖刻,或偏于放诞,未能表现宽宏恬静的"幽默"意义,犹如中文中之"敷衍"、"热闹"等字,亦不可得西文正当的译语。最者为"谑而不虐",盖存忠厚之意。幽默之所以异于滑稽荒唐者:一、在同情于所谑之对象,人有弱点,可以谑浪,已有弱点,亦应解嘲,斯得幽默之真义。若单尖酸刻薄,已非幽默,有何足取?……二、幽默非滑稽放诞,故作奇语以炫人,乃在作者说话之观点与人不同而已。幽默家视世察物,必先

另具只眼，不肯因循，落人窠臼，而后发言立论，自然新颖。以其新颖，人遂觉其滑稽。若立论本无不同，故为荒唐放诞，在字句上推敲，不足以语幽默。"滑稽中有至理"，此语得之。中国人之言滑稽者，每先示人以荒唐，少能庄谐并出者，在艺术上殊为幼稚。中国文人之具有幽默感者如苏东坡，如袁子才，如郑板桥，如吴稚晖，有独特见解，既洞察人间宇宙人情物理，又能从容不迫，出以诙谐，是虽无幽默之名，已有幽默之实。

读林大师的解释，幽默究竟是什么，大概可以明白了。试问提倡幽默是应该的事呢，还是像左派所抨击，厥罪应与汉奸卖国贼同科呢？

（原载1958年10月18日《中华日报》副刊）

北风

——纪念诗人徐志摩

　　天是这样低，云是这样黯淡，耳畔只听得北风呼呼吹着，似潮似海啸，似整个大地在簸摇动荡。隔着玻璃向窗外一望，哦，奇景，无数枯叶在风里涡漩着，飞散着，带着颠狂的醉态在天空里跳舞着，一霎时又纷纷下坠。瓦上，路旁，沟底，狼藉满眼，好像天公高兴，忽然下了一阵黄雨！

　　树林在风里战栗，发出凄厉的悲号，但是在不可抵抗的命运中，它们已失去了最后的美丽，最后的菁华，最后的生意。完了，一切都完了！什么青葱茂盛，只留下灰黯的枯枝一片。鸟的歌，花的香，虹的彩，夕阳的金色，空翠的疏爽……都消灭于鸿蒙之境。这有什么法想？你知道，现在是"毁坏"统治着世界。

　　对于这北风的猖狂，我蓦然神游于数千里外的东北，那里，有十几座繁荣的城市，有几千万生灵，有快乐逍遥的世外仙源岁月，一夜来了一阵狂暴的风———一阵像今日卷着黄叶的风——这些，便立刻化为一堆破残的梦影了！那还不过是一个起点，那风，不久就由北而南，由东而西，向我们蓬蓬卷地而来，如大块噫气，如万窍怒号，眼见得我们的光荣，独立，希望，幸福，也都要像这些残叶一般，随着五千年历史，在恶魔巨翅鼓荡下归于消灭！

　　有人说，有盛必有衰，有兴必有废，这是自然的定律。世无不死之人，也无不亡之国，不灭之种族。你试到尼罗河畔蒙非司的故地去

旅行一趟。啊！你看，那文明古国，现在怎样？当时 Cheops, Chephren, Mycerinus 各大帝糜费海水似的金钱，鞭挞数百万人民，建筑他们永久寝宫的金字塔时是何等荣华，何等富贵，何等煊赫的威势。现在除了那斜日中，闪着玫瑰色光的三角形外，他们都不知哪里去了！高四四米突、广一一五米突的 Ammon 大庙，只遗下几根莲花柱头，几座残破石刻，更不见旧日的庄严突兀，金碧辉煌！那响彻沙漠的驼铃，喋嚅在棕榈叶底的晚风，单调的阿拉伯人牧笛，虽偶尔告诉你过去光荣的故事，带着无限凄凉悲咽，而那伴着最大的金字塔的 Giseh, 有名的司芬克斯，从前最喜把谜给人猜，于今静坐冷月光中，永远不开口，脸上永远浮着神秘的微笑，好像在说这个"宇宙的谜"连我也猜不透。

你再试到幼发拉底斯、底格里斯两河流域间参观一次，你将什么都看不见，只见无边无际的荒原展开在强烈眩人的热带阳光下。世界文化摇篮——美索波达尼亚——再不肯供给人们以丰富的天产；巴比伦尼尼微再不生英雄美人，贤才奇士；死海再不起波澜；汉漠拉比的法典已埋入地中；亚述的铁马金戈，也只成了古史上英豪的插话。那世界七大工程之一的悬空花园，那高耸云汉的七星庙，也只剩下一片颓垣断瓦，蔓草荒烟！

试问你希腊罗马，秦皇汉武，谁都不是这样收场呢？你要知道，自从这世界开幕以来，已不知换了多少角色，表现无数场的戏。我们上台后或悲剧，或喜剧，或不悲不喜剧，粉墨登场，离合欢悲地闹一阵，照例到后台休息，让别人上来表演。我们中华民族已经有了那么久长的生命，已经向世界供献过那样伟大的文化，菁华已竭，照例骞裳去之，现在便宣告下台，也不算什么奇事，难道我们是上帝赋以特权的民族，应当永久占据这个世界的吗？

这话未尝不对，但是……

我正在悠悠渺渺胡思乱想的时候，忽听有叩门的声音，原来是校役送上袁兰子写来的一封信。信中附有一篇新著，题曰"毁灭"，纪念新近在济南飞机遇难的诗人徐志摩。她教我也作一篇纪念文字。

苏雪林
散文精选

自数日前听见诗人的噩耗以来，兰子非常悲痛，和诗人相厚的人也个个伤心。但看着别人嗟叹溅泪，我却一味怀疑，疑心诗人并未死——死者是别人，不是他。他也许厌倦这个世界，借此归隐去了。你们在这里流泪，他许在那里冷笑，因为我不相信那样的人也会死，那样伟大的精神也是物质所能毁灭的。不过感情使我不相信他死，理性却使我相信他已不复生存了。于是我为这件事也有几个晚上睡不安稳，一心惋惜中国文学界的损失！

我和诗人虽无何等友谊，对于他却十分钦佩。我爱读他的作品，尤其是他的散文。我常学着朱熹批评陆放翁的口气说他道："近代惟此人有诗人风致。"现在听了他遭了不幸，确想说几句话，表示我此刻内心的情绪。但是，既不能就怀旧之点来发挥，又不能过于离开追悼的范围说话，这篇文章应当如何下笔呢？再三思索，才想起了对于诗人的一个回忆。好，就在这个回忆里来追捉诗人的声音笑貌吧……

距今二年前，我住在上海，和兰子日夕过从，有时也偶尔参与她朋友的集会。第一次我会见诗人是在张家花园。胡适之，梁实秋，潘光旦，张君劢都在座。聚会的时间很匆促，何况座客又多，我的目力又不济，过后，诗人的脸长脸短，我都记不清楚。第二次，我会见诗人是在苏州。一天，二女中校长陈淑先生打电话来说请了徐志摩先生今日上午九点钟莅校演讲，叫我务必早些到场。那时虽是二月天气，却刮着风，下着疏疏的雨，气候之冷和今天差不了许多。我到二女中后，便在校长室中，和陈校长曹养吾先生三人，等待诗人的来到。可是时间先生似乎同人开玩笑：一秒，一分，一刻过去了，一点过去了，两点也过去了，诗人尚姗姗其来迟。大家都有些不耐烦，怕那照例误点的火车又在途中瞌睡，我们预期的耳福终不能补偿。何况风阵阵加紧，寒暑表的水银刻刻往下降，我出门时，衣服穿得太少，支不住那冷气的侵袭，冻得发抖，只想回家去。幸而陈校长再三留我，说火车也许在十一点钟到站，不如再等待一下。我们只好忍耐地坐着，想出些闲谈来消磨那可厌的时光。忽然门房报进来说，徐志摩先生到了。我们顿觉精神一振，竟不觉手舞足蹈，好像上了岸干巴巴喘着气的鱼，又被掷下了水，舒鳍摆尾，恨不得打几个旋，激起几个水花，来写出

它那时的快乐!

我记得诗人那天穿着一件青灰色湖绉面的皮袍,外罩一件中国式的大袖子外套。三四小时旅程的疲乏,使他那双炯炯发亮,专一追逐幻想的眼睛,长长的安着高高鼻子的脸,带着一点惺忪睡意。他向陈校长道迟到的歉,但他又说那不是他的罪过,是火车的罪过。

学生鱼贯地进了大礼堂,我们伴着诗人随后进去。校长致了介绍词后,诗人在热烈掌声中上了讲坛了。那天他所讲的是关于女子与文学的问题。这是特别为二女中学生预备的。

他从大衣袋里掏出一大卷稿子,庄严地开始诵读。到一个中等学校演讲,又不是莅临国会,也值得这么的预备。一个讽嘲的思想钻进我的脑筋,我有点想笑。但再用心一听便听出他演讲的好处来了。他诵读时开头声调很低,很平,要你极力侧着耳朵才能听见。以后,他那音乐一般的调子,便渐渐地升起了,生出无限抑扬顿挫了,他那博大的人格,真率的性情,诗人的天分,都在那一声一韵中流露出来了。这好似一股清泉起初在石缝中艰难地,幽咽地流着,一得地势,便滔滔汩汩,一泻千里。又如他译的济慈《夜莺歌》,夜莺引吭试腔时,有些涩,有些不大自然,随即一声高似一声,无限变化的音调,把你引到大海上,把你引到深山中,把你引到意大利蔚蓝天宇下,把你引到南国苍翠的葡萄园里,使你看见琥珀杯中的美酒,艳艳泛着红光,酡颜的青年男女在春风中捉对跳舞……

他的辞藻真繁富,真复杂,真多变化,好像青春大泽,万卉初葩,好像海市蜃楼,瞬息起灭,但难得他把它们安排得那样和谐,柔和中有力,浓厚中有淡泊,鲜明中有素雅。你夏夜仰看天空,无数星斗撩得你眼花历乱,其实每颗的距离都有数万万里,都有一定不错的行躔。

若说诗人的言语就是他的诗文,不如说他的诗文就是他的言语。我曾说韩退之以文为诗,苏东坡以诗为词,徐志摩以言语为文字,今天证明自己的话了。但言语是活的,写到纸上便滞了,死了。志摩的文字虽佳,却还不如他的言语——特别是诵读自己作品时的言语。朋友,假如你读尽了诗人的作品,却不曾听过诗人的言语,你不算知道徐志摩!

苏 雪 林
散 文 精 选

一个半钟头坐在空洞洞的大礼堂里，衣服过单的我，手脚都发僵了，全身更在索索地打颤了，但是，当那银钟般的声音在我耳边响着时，我的灵魂便像躺上一张梦的网，摇摆在野花香气里，和筛着金阳光的绿叶影中，轻柔，飘忽，恬静，我简直像喝了醇酒般醉了。这才理会得"温如挟纩"的一句古话。

风定了，寒鸦的叫声带着晚来的雪意，天色更暗下来了。茶已无温，炉中余炭已成了星星残烬，我的心绪也更显得无聊寂寞。我拿起兰子的《毁灭》再读一遍。一篇绝妙的散文，不，一首绝妙的诗，竟有些像诗人平日的笔意，这样文字真配纪念志摩了。我的应当怎样写呢？

当我两眼痴痴地望着窗前乱舞的黄叶时，不由得又想：国难临头，四万万人都将死无葬身之所，我们哪能还为诗人悲悼？况我已想到国家有亡时，种族有灭日，那么，个人寿数的修短，更何必置之念中？

况早死也未尝不幸。王勃，李贺，拜伦，雪莱，还有许多天才都在英年殂谢，而且我们在这样的时代，便活到齿豁头童有何意味。兰子说诗人像一颗彗星，不错，他在世三十六年的短短的岁月，已经表现文学上惊人的成功，最后在天空中一闪，便收了他永久的光芒，他这生命是何等的神妙！何等的有意义！

"生时如虹，死时如雷"，诗人的灵魂，你带着这样光荣上天去了。我们这个拥有五千年历史的伟大民族，灭亡时，竟不洒一滴血，不流一颗泪，更不作一丝挣扎，只像猪羊似的成群走进屠场么？不，太阳在苍穹里奔走一整天，西坠时还闪射半天血光似的霞彩，我们也应当有这么一个悲壮的收局！

（选自《青鸟集》，1938年商务印书馆出版）